KB093865

스타트업 대표 35인에게 창업가 정신을 묻는다

스타트업 대표 35인에게 창업가 정신을 묻는다

코리아스타트업포럼
지음

〔 픽 1 〕

미메시스

우리는 창업가를 〈세상의 문제를 발견하는 사람들〉이라고
정의합니다. 이들은 기존에 해결되지 못한 문제를 발견하고
기발한 아이디어나 기술로 세상에 혁신의 가치를 만들어
냅니다. 모빌리티, 블록체인, 인슈어테크, 커머스, 프롭테크,
핀테크 등 다양한 산업군에서 차량 공유, 원격 진료, 가사
서비스, 새벽 배송 등 우리의 일상에 편리함을 제공하고,
시니어 케어, 장애인 일자리, 육아 돌봄, 반려동물 장례,
교통 편의 제공 등 사회적으로 필요한 영역으로까지
비즈니스를 펼치며 세상에 이로움을 공급하고 있습니다.
이 책은 창업가 35인의 이야기로 가득 차 있습니다. 더 큰
시장과 임팩트를 창출하기 위해 벤처 캐피털의 투자를 받아
가파르게 성장하고, 때로는 기존에 없던 산업을 등장시켜
새로운 질서를 만들어 가는 사람들. 스타트업이 가진
불확실성 속에서 창업이라는 거친 파고를 넘어 혁신을 향해
도전하는 이들에게 〈창업가 정신〉과 〈혁신〉에 관해
물었습니다.
코리아스타트업포럼이 만난 35인의 창업가는 다양한
산업군과 비즈니스 유형, 성장 단계에서 각자의 성장
방정식을 만들어 가고 있었습니다. 우리는 인터뷰를 통해
혁신을 향해 끊임없이 도전하는 창업가들의 공통점을
발견할 수 있었고, 창업의 여정에서 깨달은 배움과 행복,
회사의 문화, 창업 생태계를 향한 마음가짐을 자세히 들어
볼 수 있었습니다.
코리아스타트업포럼은 창업가를 존중하는 사회적 공감대를

이루며 〈스타트업 하기 좋은 나라〉를 만들고자 국내 창업가들이 연대해 2016년 9월 출범한 스타트업 단체입니다. 우아한형제들, 쏘카, 컬리, 직방, 토스 등 스타트업과 혁신 기업 2,150여 곳이 동참하고 있습니다. 새로운 산업에 대한 낡고 불합리한 규제 혁신에 앞장서고, 선후배 창업가들이 〈선행 나누기Pay it Forward〉를 실천하며 함께 성장하는 커뮤니티를 조성하고 있습니다. 글로벌 네트워크 연결, 혁신 인재 양성, 지역 생태계 활성화 등 스타트업 친화적인 환경을 만드는 일에 마음을 다하고 있습니다.

이러한 창업가 정신을 널리 알리기 위해 2021년부터 창업가의 이야기를 글과 영상으로 기록하는 〈THE 창업가 캠페인〉을 이어 왔습니다. 그 인터뷰를 엮은 『스타트업 대표 35인에게 창업가 정신을 묻는다』는 창업가들이 세상을 바라보는 시선과 사회적 책임, 진정성이 오롯이 전달될 수 있도록 그들의 답변을 각색 없이 진솔하게 담아낸 책입니다. 오늘도 고군분투하며 혁신을 향한 도전을 멈추지 않는 모든 창업가에게 공감과 용기를, 독자 여러분에게 도전과 희망의 메시지가 전달되기를 바랍니다. 혁신하는 우리, 스타트업!

2023년 10월
코리아스타트업포럼

들어가며
창업가 35인의
혁신 이야기
P. 5

차례

8퍼센트 × 이효진

모두의
미래를

바꿔
나가다

좋은 아이디어를 가진
사람들은 많습니다. 다만,
이것을 더 정교하게
최적화하고 따뜻한 시선으로
세상을 바라보며 사업 모델에
집착하는 것이 창업가에게
필요합니다.

자기소개 부탁합니다

반갑습니다. 대한민국 1호 중금리 대출 핀테크 서비스 〈8퍼센트〉를 운영하는 이효진입니다. 8퍼센트는 모바일을 통해 자금이 필요한 대출자와 수익을 원하는 투자자를 연결해 주는 형태를 갖추고 있어요. 결과적으로 8퍼센트의 심사를 통과한 대출자는 합리적인 대출 이자를 지급하며 자금을 빌릴 수 있고, 이 채권에 투자한 사람은 저금리 시대의 좋은 투자처로 활용할 수 있습니다.

창업을 결심하게 된 계기는 무엇입니까?

은행원으로 재직할 때, 고금리와 저금리로 양분화된 국내 대출 시장의 금리 공백을 목격하는 때가 많았습니다. 이러한 틈을 메울 중금리 대출 시장에 대한 필요성을 느껴 사업을 시작했어요. 그래서 회사 이름 또한 이 영역의 금리를 상징하는 〈8PERCENT(주식회사 에잇퍼센트, 서비스명 8퍼센트)〉로 짓게 되었죠. 이 사업을 시작하기 전에 은행에서 8년간 근무했는데, 고객과 창구 상담할 때마다 늘 은행에서 서비스하지 못하는 고객층이 생겨 아쉬웠어요. 그분들이 어떤 금융 서비스를 쓰나 봤더니 20퍼센트 이상의 고금리 대출을 쓰고 있더군요. 시장의 불합리함을 느끼던 중에 은행을 그만두고 친구랑 이야기를 나누다가 해외에서 P2P 금융 산업이 크게 성장하고 있다는 이야기를 듣게 됐습니다. 그때 〈아, 우리나라에 꼭 필요한 서비스이다!〉 확신하고 8퍼센트를 운영하게 되었죠.

일하면서 생긴 사건, 사고가 있었나요? 해결하는 과정에서 어떤 배움을 얻었는지요?

8퍼센트는 지난 2014년 11월, 국내 1호 중금리 전문 플랫폼으로 설립됐습니다. 사업 초기, 금융 당국이 불법 사이트로 오인하여 폐쇄당하는 우여곡절을 겪었으나, 금융감독원 한국핀테크지원센터의 도움으로 사업 구조를 정비하고 서비스를 재개할 수 있었어요. 이어서 중소벤처기업부가 P2P 대출 기업에 VC 투자가 가능해지도록 규정을 마련하면서 P2P 대출을 활성화할 발판을 마련할 수 있었고, 현재는 관련 산업을 제도권 금융으로 편입시키게 되었죠. 시대의 수요에 부응하는 새로운 산업이라고 하더라도, 발걸음을 떼는 것에는 복합적인 이해관계와 정밀한 의사소통이 필요함을 느꼈던 과정입니다.

창업 과정에서 느낀, 소소하더라도 행복한 경험이 있나요?

8퍼센트는 투자받는 사람과 투자하는 사람 모두의 미래를 바꿔 나가는 곳입니다. 8퍼센트를 통해 투자하면 투자 이익을 얻을 뿐 아니라 우리 이웃의 이자 부담을 절감해 주고 새로운 삶의 기회를 제공하는 계기도 되지요. 고객들의 참여를 통해 우리 사회의 양극화 문제를 해결하는 데 일조한다고 느낄 때 행복합니다.

당신은 어떤 것으로부터 영감과 에너지를 얻고 있나요?

창업가들의 기업 스토리나 창업 뒷이야기와 관련한 책에서
에너지를 얻습니다. 맥도널드 창업자 레이 크록의 자서전인
『로켓 CEO』, 나이키 창업자 필 나이트의 자서전『슈독』,
배틀그라운드 신화를 만든 10년의 도전을 그린『크래프톤
웨이』, 밥 아이거가 직접 쓴 디즈니 제국의 회고록
『디즈니만이 하는 것』등에서 기업이 성장하면서 여러
장애를 어떻게 극복하고 위대한 성과를 이루는지 살펴보면
교훈도 얻고 의지도 더 다질 수 있게 됩니다.

당신이 생각하는 〈창업가 정신〉은

좋은 아이디어를 가진 사람들은 많습니다. 다만, 이것을 더
정교하게 최적화하고 따뜻한 시선으로 세상을 바라보며
사업 모델에 집착하는 것이 창업가에게 필요합니다.

당신이 생각하는 〈혁신〉은

인류의 삶이 진보하는 것은 어제보다 나은 내일을 만드는
다양한 시도가 누적되어 혁신이 이뤄졌기 때문입니다.
무에서 유를 만드는 대단함보다는 혁신은 이러한 크고 작은
변화가 시도된 것으로 생각합니다.

8퍼센트만의 핵심 가치가 있다면

더 많은 사람의 대출 이자를 줄여 주는 것입니다. 가계
부채를 절감한다는 것은 더 많은 사람에게 여유를 전할 수

있고, 8퍼센트가 쌓아 온 데이터가 시간이 지날수록 역량을
발휘할 수 있는 부분이기 때문이지요.

8퍼센트의 조직 문화를 소개해 주세요

우리 회사는 더 많은 대출자의 이자를 낮춰 주자는 목표를
갖고 있습니다. 이를 위해 온라인 투자 연계 금융업에
최적화된 IT 전문가와 금융 전문가로 구성된 팀원들이
함께하고 있습니다. 또한, 2030세대와 5060세대의 조화를
통해 데이터와 기술을 발전시키면서 경험의 역량도
반영하고 있어요. 무엇보다 리스크 매니지먼트를 통해
최상의 시너지를 발휘하지요.

8퍼센트를 자랑한다면

8퍼센트의 목표는 지금의 대출자가 투자자가 되는, 이른바
〈금융의 선순환〉입니다. 8퍼센트가 희망하는 것은
제2금융권을 이용하며 20퍼센트 이상의 고금리로
힘들어하던 대출자가 우리 플랫폼을 통해 중금리로
갈아타고 부채를 빠르게 상환한 후 8퍼센트에 투자자로
돌아오는 것입니다. 일반적으로 고금리 대출의 늪에 빠지면
신용도가 낮아져 기존에 이용하던 고금리 대출에서
벗어나기 어렵습니다. 우리 국민끼리 상부상조할 수 있는
금융 직거래 시스템을 구축하여 가계 부채 경감에
이바지하고 싶어요. 이를 통해 중산층 복원뿐 아니라 우리
사회에 활력을 불어넣고, 많은 사람에게 조금 더 여유로운

삶을 선사하고 싶습니다. 앞서 말했듯이, 8퍼센트는
투자받는 대출자와 투자하는 투자자, 모두의 미래를 바꾸고
있습니다. 8퍼센트를 통해 투자하면 투자 이익뿐 아니라
우리 이웃의 이자 부담을 절감해 주고 새로운 삶의 기회를
제공하는 계기도 됩니다. 저와 8퍼센트 동료들은 고객의
참여를 통해 우리 사회의 양극화 문제를 해결하는 데
조금이나마 도움이 된다는 점에 큰 자부심을 갖고 대중적인
서비스로 거듭날 수 있도록 준비하고 있습니다.

〈한 아이를 키우려면 온 마을이 필요하다〉라는 아프리카
속담이 있습니다. 당신 회사가 성장하는 데 어떤 도움을
받았는지요?

2014년 11월, 법인 설립 이후 있었던 많은 일이 주마등처럼
스쳐 지나갑니다. 〈P2P 금융〉은커녕 〈중금리 대출〉이라는
말이 일반적이지 않을 때 8퍼센트를 시작했는데, 이 업무에
관한 제정법이 만들어져서 시행되니 감회가 새로워요. 신생
금융 산업이 시장에서 자생적 발전을 거듭하며, 법안의
제정까지 이끌었다는 점에서도 상당히 감회가 새롭지요.
무엇보다 법제화 필요성에 많은 분이 공감해 주고
도와주었습니다. 금융위원회와 금융감독원에서는 열린
마음으로 저희 얘기를 경청하면서 시행령도 포괄적이고
유연하게 만드는 것으로 방향 설정해 주었어요. 8퍼센트의
모든 팀원과 업계 동료들, 인터넷기업협회와
코리아스타트업포럼, 그리고 한국핀테크산업협회와

대한상공회의소도 한마음으로 힘을 보태 주었습니다.

그동안 우리 산업은 많은 시행착오를 겪어 왔습니다. 가치 있는 BM이지만 내부 통제의 빈틈과 운영 미숙함 등으로 고객을 불편하게 하기도 했지요. 심지어 P2P 금융을 빙자한 비정상적인 영업으로 물의를 빚는 곳도 다수 생겼어요. 이제 적절한 시기에 법률이 시행되면서 향후 안정적인 산업 환경이 구축될 것이라 기대합니다. 결과적으로 중금리 대출과 합리적 대안 투자처라는 가치는 더욱 빛을 발할 거예요. 과거에 저희는 황무지였던 중금리 대출에 주력하여 국내에서 최초로 취급하다 보니 신용 평가 모형에서 시행착오를 꽤 겪었습니다. 다만, 그동안 축적한 대출 신청 데이터 분석을 통해 보유한 자체 모형은 해가 갈수록 점점 빛날 거라고 자신합니다. 지난 2022년 한 해 동안 97만 건의 대출 신청(약 50조 원 규모)을 심사했고, 자체 신용 평가 모형인 E-index 2.5는 1개 채권당 500여 개의 정보를 활용하고 있습니다.

스타트업의 대변인으로서 하고 싶은 이야기

스타트업은 시대의 변화에 부응하며 발전적인 혁신에 도전해 왔습니다. 현재 중추적인 역할을 하는 많은 기업 역시 이용자에게는 유용한 가치를 제공하고 사회적으로 의미 있는 역할을 다할 것을 꿈꿔 왔어요. 스타트업이 잘되는 사회를 만드는 것은 우리의 미래를 더 밝게 만들어 가는 일이기도 합니다. 핀테크 분야로 창업을 희망하는 분들이 제게 소회를 물어볼 때가 많은데, 우선 이 일을 정말 하고 싶은지, 그리고 인내의 시간을 견딜 준비가 되어 있는지 숙고해 보면 좋겠습니다. 막상 사업을 시작하면 생각한 계획 그대로 진행되지 않거든요. 1년을 열심히 하면 될 것 같았는데 3년, 5년, 아니 10년이 걸릴 수 있습니다. 정말 하고 싶은 일이 맞는지, 가치 있는 사업을 운영한다는 사명감을 꾸준히 가질 수 있을지 자문하기를 바랍니다. 그다음으로 하고 싶은 말은 남과 다른 삶을 선택한 만큼 그에 따르는 어려움을 잘 이겨 내야 한다는 점입니다. 또한 핀테크뿐만 아니라 다양한 분야로 창업하는 분들이 더 많아졌으면 해요.

마지막 한마디

은행 퇴직 후 설립한 8퍼센트가 핀테크 산업의 새로운 영역인 온투업 1호 기업으로 최초 등록되어 현재 저희가 제공하는 서비스는 온투업법으로 운영됩니다. 이 법안은 세계 최초의 P2P 금융 전용 법률이자 국내에서는 17년 만에 제정된 신금융업법이기도 합니다. 온투업의 출범은 스타트업이 주도하는 신생 산업이 자생적 발전을 거듭하며 새로운 금융업을 만들었다는 점에서도 각별한 의미가 있습니다. 그렇기에 8퍼센트 역시 더 무거운 책임감을 갖게 되었어요. 누군가에게는 꼭 필요한 서비스로써 기쁨을 드렸으나, 데이터가 지금보다 풍부하지 못했던 초기 몇 년간은 일부 고객에게 실망을 드린 죄송스러움도 있습니다.

더 정교하고 빠르게 데이터를 쌓아 서비스를 단단하게 만들어 금융 소비자에게 만족을 전할 예정입니다.

8퍼센트는 2024년에 설립 10주년을 맞이합니다. 많은 분의 성원 덕분에 큰 걸음마를 뗄 수 있었던 시간이었고, 초심을 기억하며 보내 준 성원에 보답할 수 있도록 노력하겠습니다.

이효진

포항공과대학교 수학과 졸업 이후 은행원 생활을 하며 겪은 금융 시장의 불합리함을 해결하고자 2014년 대한민국 최초의 중금리 대출 전문 서비스 8퍼센트를 시작했다. 2020년 중소벤처기업부 장관 표창을 받았다.

더 나은 서비스를 고민 중인 개발자의 모습.

온투업 등록을 반기는 8퍼센트 임직원들.

프로젝트 진척에 관해 논의 중인 동료들.

21그램 × 권신구

작은
성취를

반복해서
만들어야

성장한다

실패하더라도 실행을
계속하면서 가설을 입증하고,
작은 성취를 반복해서 만들어
내야 장기적인 성장이
가능합니다.

자기소개 부탁합니다

안녕하세요. 꿈을 현실로 만드는 것에 진심인 〈21그램〉
권신구입니다. 현재 반려동물 장례 서비스에 주력을 다하는
저는 21그램을 창업하기 전에는 건축가였습니다. 언뜻 보면
접점이 없을 것 같지만, 제가 생각하기에 건축가와 스타트업
창업가의 기질은 일맥상통하는 부분이 있다고 생각해요.
바로 꿈을 현실화시킬 수 있다는 것인데요. 꿈을 하나하나
현실로 만들어 가는 희열이 저를 창업가의 길로
이끌었습니다. 21그램은 국내 최초로 반려동물 장례
서비스에 브랜딩을 도입한 스타트업입니다. 반려동물과
사람의 외모는 다르지만 영혼의 무게는 같다는 점에서
사명을 21그램으로 정했고, 차별 없는 서비스를
제공하겠다는 의지를 담았습니다. 현재는 반려동물 장례
서비스에 집중하고 있지만, 곧 반려동물과 보호자의 건강한
삶과 아름다운 이별을 위한 통합 케어 서비스로써 반려동물
산업을 이끄는 것이 최종 목표입니다.

창업을 결심하게 된 계기는 무엇입니까?

창업 이전에 건축가로 7년을 지냈는데, 건축 설계는
매력적이었지만 마음 한편에 자리한 아쉬움은 〈늘 다른
사람의 꿈을 실현하는 일〉이라는 점이었어요. 이제는 나의
꿈을 만들어 보고 싶다는 생각이 강해졌죠. 그런 마음을
조금씩 키워 가던 중 반려동물 장례식장 설계를 맡게
되었고, 이를 계기로 창업에 뛰어들게 되었습니다. 당시

부모님과 함께 살며 반려동물을 키우고 있었지만 반려동물 장례에 대해 경험한 적도 없고 들어 본 적도 없었어요. 너무나 생소했기에 사전 답사를 적극적으로 진행했는데, 열악한 실태에 충격받았습니다. 그때 제가 갖고 있는 건축 경험으로 반려동물 장례 산업과 문화를 바꿔 보고 싶다고 꿈꾸게 되었어요. 좋은 장례 공간을 만들어 더 많은 보호자가 좋은 경험을 하게 되면 반려동물 장례 산업과 문화는 훨씬 더 성장하리라 확신이 들었습니다. 그래서 같이 근무하던 대학 동기이자 현재 공동 창업자로 함께하는 이윤호 이사와 의기투합해 2014년 10월, 드디어 21그램을 설립하게 되었습니다.

일하면서 생긴 사건, 사고가 있었나요? 해결하는 과정에서 어떤 배움을 얻었는지요?

2018년 1월, 반려동물 장례 산업의 정보 비대칭을 해결하고자 국내 최초로 반려동물 장례 중개 서비스를 시작했습니다. 3년간 반려동물 산업을 경험했기에 장례 중개 서비스에 확신을 두고 뛰어들었죠. 2017년 와디즈 클라우드 펀딩을 통해 5천만 원과 매칭 펀드 투자를 유치했고, 곧바로 3억 원의 시드 라운드 투자 유치를 완료했습니다. 5명이었던 팀원은 금세 15명으로 늘어났고 회사 사무실도 넓은 곳으로 옮겨야 했어요. 모든 팀원이 새로운 서비스의 성공을 확신했기에 마케팅에도 과감하게 투자했습니다. 그러나 시장의 반응은 냉담했고, 2년 만에

서비스를 종료하게 되었어요. 서비스의 의도가 아무리
좋아도 시장과 소비자가 원하지 않을 수도 있다는 사실을
그렇게 배웠습니다.

창업 과정에서 느낀, 소소하더라도 행복한 경험이 있나요?
창업 초기에 21그램의 사업 철학과 방향에 확고한 의지를
갖추고 있었지만 보호자들에게도 그러한 진심이 닿을지, 또
우리가 가고 있는 방향이 맞는지 늘 고민스러웠어요. 마침
저희 21그램 장례식장에서 반려동물을 보낸 보호자가
당시의 심정과 감사하다는 말을 글로 길게 적어 보내 준
적이 있습니다. 〈아, 우리가 잘 나아가고 있구나〉 하고 그때
느끼게 된 것 같습니다. 정말 말로 다 할 수 없는 큰 행복과
뿌듯함, 나아가 성취감까지 맛본 경험이었죠. 장문의 문자로
먼저 떠난 고양이의 장례를 담당한 장례 지도사에게
고마움을 표시하는 보호자들도 있고, 오프라인 행사에
참여할 때 21그램을 이용한 적이 있다며 당시 느낀 감동을
잊지 않고 감사하다는 인사와 함께 저희 모두에게 음료를
사주신 분도 있습니다. 21그램을 통해 보호자가 받은
위로의 경험이 반려동물 장례 문화를 성숙하게 하고, 장례
산업뿐만 아니라 반려동물 문화를 바꿀 수 있다는 점에서
자부심을 느끼는 것 같아요.

당신은 어떤 것으로부터 영감과 에너지를 얻고 있나요?
21그램을 창업한 해에 결혼했고, 시드 라운드 투자 유치를

받은 해에 첫째가 태어났습니다. 그리고 시리즈 A 라운드 투자 유치를 받자마자 둘째가 세상 밖으로 나왔죠. 우연의 일치겠지만, 제게는 의미가 큽니다. 저에게 영감과 에너지는 가족입니다. 아이들이 하루가 다르게 커가는 모습처럼 21그램의 성장도 이와 닮아 가길 바랍니다.

당신이 생각하는 〈창업가 정신〉은

제가 생각하는 창업가 정신은 〈실행력〉입니다. 창업가 대부분이 그렇지만 처음 시작은 패기가 넘치고 자신만만하지요. 그러나 처음 시작하다 보니 실패를 두려워하게 되고 완벽한 전략과 준비에 집착하게 됩니다. 스타트업의 특성상 실행은 대부분 실패로 돌아가고요. 하지만 그런데도 반복적인 실행이 필요해요. 실패하더라도 실행을 계속하면서 가설을 입증하고, 작은 성취를 반복해서 만들어 내야 장기적인 성장이 가능합니다.

당신이 생각하는 〈혁신〉은

제가 생각하는 혁신은 〈관찰을 통한 개선〉입니다. 혁신이 새로운 것이라고 생각하고 집중하기 시작하면 완전히 다른 것, 혹은 낯선 무언가를 찾기 바쁘게 됩니다. 그런데 그런 서비스나 제품은 결국 소비자에게도 낯설고 어려운 것일 확률이 높습니다. 그러나 익숙한 것의 작은 불편부터 해소하고 개선하면 그전까지 발견하지 못했던 새로운 불편함을 찾게 되고 그것이 반복되면 더 크고 중요한 혁신의 기회를 마주하게 될 확률이 높아집니다.

21그램만의 핵심 가치가 있다면

〈공감을 통한 위로〉입니다. 반려동물 상실 증후군은
심리학적으로도 명명되는 만큼 절대로 가볍지 않습니다.
일상에서 보호자가 미리 이별을 준비하고, 이별한 후에는
회복 과정을 거쳐 보호자가 일상으로 복귀하는 여정까지를
〈위로〉라고 정의하고 있습니다. 반려동물 장례는
개인적이거나 가족적인 경우가 많아 주변의 구체적인
도움을 받기 어렵기 때문에, 반려동물 장례에 대해 정확하게
분석하고 보호자의 상황에 공감하며, 구체적이고 효과적인
위로의 방법을 제시하는 것이 21그램의 역할이라고
생각합니다.

21그램의 조직 문화를 소개해 주세요

새로운 아이디어에 대한 높은 실행력을 유지하는 것입니다.
이를 위해서는 모든 구성원이 새로운 도전을 두려워하지
않아야 하며 감당할 수 있는 작은 실패의 경험이 쌓여야
합니다. 이를 통해 실패가 단순히 괴로운 일이 아니라, 다음
도전을 할 수 있는 자양분이라는 것을 깨닫는 것이
중요합니다. 이것이 조직의 실행력이라고 생각하며, 또
21그램이 가장 중요하게 생각하는 조직 문화입니다.

21그램을 자랑한다면

반려동물 장례 산업과 문화의 혁신을 위해 모든 구성원이
매일 노력하는 것이야말로 회사가 나아가는 원동력입니다.
현재 반려동물과 보호자의 행복하고 건강한 삶을 위한
21그램 케어 센터도 준비하고 있습니다.

〈한 아이를 키우려면 온 마을이 필요하다〉라는 아프리카
속담이 있습니다. 당신 회사가 성장하는 데 어떤 도움을
받았는지요?

우선 21그램이 창업했던 2014년 당시에는 반려동물 장례에
관한 관심이 굉장히 낮았습니다. 또 보호자들에게 장례
정보를 말씀드리면 무작정 화부터 내는 경우가 있을 정도로
반려동물의 죽음에 대해 외면하고 싶어 하는 분들이 매우
많았어요. 그렇기에 무엇보다 좋은 장례 서비스에 대한
필요성에 대한 홍보가 필요했고, 반려동물과 관련 있는 신문
매체를 찾아 다니며 조언을 구했습니다. 지금은 국내 유일의
수의학 전문 언론으로 성장한 데일리벳의 이학범과 윤상준
대표에게 갑작스럽게 연락하고 찾아갔는데도, 21그램의
철학과 사업 방향을 좋은 기사로 담아 주어서 큰 도움이
되었던 기억이 납니다.

스타트업의 대변인으로서 하고 싶은 이야기

명절에 만나는 어르신들이 덕담으로 창업을 권할 만큼 국내
스타트업의 환경이 좋아진 것은 사실입니다. 특히 정부 지원

사업을 통한 창업과 초기 기업의 투자 환경은 매년 크게 성장하고 있습니다. 그러나 창업 후 본격적인 성장을 위해서는 좋은 인재 영입이 매우 중요합니다. 그래서 근무 환경이 안정적이지 못한 스타트업에 인재들이 입사할 수 있도록 지원하는 제도적인 방안이 꼭 필요해요. 그뿐만 아니라 M&A와 IPO를 통한 스타트업 졸업 생태계가 매우 중요합니다. 현실적으로 국내에서 스타트업의 IPO가 힘든 상황에서 M&A를 통한 인수 합병이 활성화되지 못한다면 국내 스타트업의 성장 추세는 꺾이고 말 것이고, 결과적으로 좋은 스타트업의 창업과 좋은 인재의 스타트업 입사는 불가능한 일이 될 것입니다. 그리고 오늘도 회사의 성장과 혁신을 위해 뜬눈으로 밤을 새우는 스타트업 창업자와 예비 창업가 여러분 모두를 존경합니다. 우리의 노력과 희생으로 세상이 좀 더 살기 좋고 아름다운 곳이 될 것이라고 믿습니다. 모두 끝까지 포기하지 말고 이뤄 냅시다!

마지막 한마디

코로나19로 모두가 어렵고 힘든 시기를 지나고 나니 미국 금리 인상과 글로벌 경기 침체로 기업 환경과 투자 시장이 어려워지고 있습니다. 특히 세상의 혁신을 이끄는 스타트업 대표들의 어려움이 여기저기서 들리고 있습니다. 어려운 시기지만 모두 함께 힘내자고 말씀드리고 싶습니다.

권신구

경희대학교 건축학과를 졸업하고 동 대학원에서 석사 학위를
받았다. 소리건축사사무소와 아라그룹 등에서 7년간 건축 실무를
거치고, 2014년 21그램을 창업하여 2023년 6월 기준 누적 투자
금액 140억 원을 돌파했다. 2021년 대한민국 동물복지대상
농림축산식품부 장관상을 받았다. 현재 한국동물장례협회
이사로도 활동 중이다.

21그램의 공동 창업자인 이윤호(왼쪽)와 권신구(오른쪽).

21그램을 처음 알리는 언론 소개 글.

소화할 수 있다"고 설명했다.

반려동물 장례 도우미 서비스
"펫로스 증후군 예방하는 반려동물
장례 및 치유 프로그램"

'반려동물 장례 도우미 서비스'는 반려동물과 아름다운 이별을 준비할 수 있게 도와주는 서비스다. 반려동물을 떠나보낸 사람들은 대부분 우울증의 한 종류인 펫로스 증후군을 앓는다. 반려동물 장례 도우미 서비스는 펫로스 증후군을 방지하기 위해 반려동물 사망 전 이별을 준비하는 과정을 시작으로 장례식 진행, 치유와 회복 프로그램, 나눔 프로그램이 단계적으로 구성돼 있다.

반려동물이 세상을 떠나기 전에 추억이 담긴 엔딩 앨범 및 3D 프린터를 이용하여 피규어를 제작하고, 죽음을 앞둔 반려동물에 대한 상식과 유의점을 교육받을 수 있다. 반려동물이 사망한 후에는 반려동물 장례 지도사가 장례식을 함께 진행한다. 반려동물이 세상을 떠난 후에는 전문가에게 심리치료를 받을 수 있는 프로그램이 준비돼 있다. 또한 반려동물의 사망으로 상실감을 느끼는 가족이 유기동물을 입양할 수 있도록 돕는 매개 역할도 한다.

스타트업 기업인 '21그램'이 창업 아이템으로 준비한 이 서비스는 사업이 가진 잠재력을 인정받아 대한민국 창업·혁신 페스티벌에서 크라우드 펀딩 업체인 와디즈로부터 1600만 원을 투자받았다. ⑥

장가현 위클리 공감 기자

스타트업 21그램 권신구 대표
**"창업·혁신 페스티벌 참여하니
펀딩이 늘어나네요"**

창업을 하게 된 계기는?

21그램은 건축가 권신구와 이윤호가 설립한 기업이다. 5년 전 반려동물 장례식장 설계 문의를 받고 반려동물 장례 문화를 처음 접했다. 우리가 방문한 반려동물 장례식장은 지역 주민의 반대와 죽음에 대한 부정적인 인식 때문에 낙후된 시설에서 불법으로 영업하고 있었다. 이에 반려동물 관련 산업에 관심을 갖고 알아보니 잠재력이 큰 시장이었다. 하지만 반려동물 장례 문화에 대해서는 아직 인식이 부족하다는 생각이 들었고, 한국 사회에 반려동물 장례 문화가 정착하는 데 이바지하고 싶어 사업을 시작했다.

창업·혁신 페스티벌에 참가한 후 얻은 성과는?

창업·혁신 페스티벌에서는 새로운 투자 사업으로서의 가치뿐 아니라 반려동물과 관련된 사회문제를 해결할 수 있다는 가능성을 보여주고 싶었다. 페스티벌에 참가한 후 많은 분이 관심을 보여 와디즈 크라우드 펀딩을 통해 현재 약 2500만 원 펀딩이 진행 중이다. 또한 다양한 벤처캐피탈, 엔젤 투자자와 투자 협의가 이뤄지고 있다.

앞으로의 사업 계획은?

21그램은 장례 서비스뿐 아니라 노령 반려동물 케어 사업과 호스피스 병원 건립 등 이른바 반려동물 토털케어 서비스로 영역을 확장할 계획이다. 단순한 수익 사업을 넘어서 반려동물 문화를

가장
쉽고
편한

의료
서비스를

만들다

내가 생각하는 창업가 정신은
세상을 더 발전적으로 만드는
것입니다.

자기소개 부탁합니다

원격 의료 플랫폼 닥터나우의 팀 리더 장지호입니다.
닥터나우는 〈아플 때 가장 먼저 생각나는 앱〉을 목표로
2020년 11월 서비스 출시 이래 의료 산업을 가장 빠르게
혁신하고 있는 조직입니다. 서비스를 좀 더 설명하자면,
아픈데 병원에 가기 어려운 상황은 누구나 한 번쯤 겪어 본
적이 있을 거예요. 집에 혼자 있다거나 일이 바빠서, 또는
정확히 어떤 증상으로 아픈 건지 애매모호할 때도 있죠.
그때 닥터나우 앱을 열면, 현재 아픈 증상이 어떠한
질병인지부터 가장 가까운 병원이 어디인지, 기존
방문객들이 어떻게 평가하고 있는 병원인지, 그리고 증상
이후 관리까지 모두 닥터나우 앱 하나에서 해결할 수
있습니다. 닥터나우는 3년간 누적 다운로드 수 430만, 회원
가입자 200만 명을 돌파하며 많은 분께 사랑받고 있습니다.

창업을 결심하게 된 계기는 무엇입니까?

의과 대학에 진학하면서 이전과 너무 다른 세상을
경험했습니다. 예전에는, 그리고 주변에서는 의료진을
만나는 과정이 너무 어렵고 불편한 과정인데 저는 의대생이
되었다는 것만으로 주변에 선배부터 교수까지 모두 의사
선생님들로 가득했죠. 공부하다 눈이 불편하면 안과 전문의
선배에게 문자만 해도 전문 상담을 받을 수 있었고, 축구를
하다 다리가 불편하면 옆에 계신 정형외과 전문의
교수님께서 봐주셨죠. 당장 저희 부모님만 해도 좋은 병원을

찾기 위해 고생하고 있었는데도 말이지요. 왜 특정 누군가만 이런 편의를 누릴까? 누구나 이렇게 〈의사 친구〉가 있으면 〈자신의 상태를 빨리 확인하고 좋은 의료 서비스를 누릴 수 있지 않을까?〉라고 생각했습니다. 여기에 실제로 국내외에서 원격 의료 현장을 직접 경험하면서 우리나라에 적용할 수 있겠다는 확신이 들었고, 직접 이러한 고민을 해소할 수 있는 원격 의료 서비스를 만들어야겠다는 생각으로 창업을 결심하게 되었어요.

일하면서 생긴 사건, 사고가 있었나요? 해결하는 과정에서 어떤 배움을 얻었는지요?
초기에는 저희 닥터나우 앱 서비스를 모두가 반기지 않았던 것 같아요. 직접적으로 영향을 미치게 되는 이해 관계자들은 여전히 반대하기도 합니다. 다만 이러한 부분도 코리아스타트업포럼과 함께 지속하여 소통하며 협의하고, 또 꾸준히 노력했더니 조금씩 변화가 일어나고 있어요. 앞으로도 이러한 협의를 이어 나가면서 닥터나우가 국민의 건강과 편의를 증진하는 데 큰 역할을 할 거로 자신합니다.

창업 과정에서 느낀, 소소하더라도 행복한 경험이 있나요?
우선 첫 번째로, 저희 앱 이용자들에게 감사하다는 평을 받을 때 너무 기분이 좋습니다. 아무래도 닥터나우가 해결하려는 페인 포인트는 〈아프다〉라는 말 그대로 불편한 요소이기 때문에 이 문제를 해결해 주는 저희 서비스에

이용자들도 저희 서비스의 진심에 공감해 준다는 걸
느낍니다. 이런 서비스가 있어서 진심으로 감사하다는
후기를 볼 때마다 〈하루하루 열심히 사는 건 매우 의미가
있구나!〉 하는 생각이 들어 역시 기분이 좋습니다. 두
번째로, 저희 팀원이 들려준 이야기인데, 채용 인터뷰를
진행할 때 많은 분이 저희 닥터나우에 지원한 이유가 이전
회사에서 느낄 수 없었던 〈기존에 없던, 세상에 필요한
서비스를 만들고 있어서〉라고 합니다. 그럴 때도 너무너무
기분이 좋습니다.

당신은 어떤 것으로부터 영감과 에너지를 얻고 있나요?
저는 회사에서 책을 보거나, 일하는 것을 매우 좋아합니다.
종종 샤워하면서 혹은 자기 직전에도 고민을 해결할 좋은
방법을 떠올리기도 해요. 무언가 명확하게 어떤 것으로부터
영감을 얻기보다는 여기저기에서 많이 참조하는 편이에요.

당신이 생각하는 〈창업가 정신〉은
내가 생각하는 창업가 정신은 세상을 더 발전적으로 만드는
것입니다.

당신이 생각하는 〈혁신〉은
내가 생각하는 혁신은 〈out of 틀〉입니다.

닥터나우의 핵심 가치가 있다면

우리 팀은 〈우리는 오늘도 사람을 살린다〉는 임무를 바탕으로, 고객(환자, 의사, 약사)에게 가장 쉽고 편한 의료 서비스를 만들어, 〈아플 땐 닥터나우〉를 떠올릴 수 있는 것을 목표로 삼고 있습니다. 핵심 가치는 우리 목표 달성을 위해 나아가는 과정에서도 절대 흔들리지 않는 우리의 신념이라고 생각하는데, 총 세 가지 가치 중심적 사고로 일하고 있습니다.

첫째, 고객 지향입니다. 우리는 서비스의 고객인 환자, 의사, 약사에게 고품질 의료 서비스를 제공하고 모든 사람이 쉽고, 간단하게 더 건강한 삶을 추구할 수 있도록 고객 지향적 사고를 우선하고 있습니다. 이를 위해 시장과 고객, 그리고 우리 자체에 대한 겸손함으로 행동하며, 항상 무엇이 최선인가를 고민하고 판단합니다.

둘째, 시장 혁신입니다. 의료 영역에서 대한민국 모든 고객이 서비스를 편리하게 이용할 수 있도록, 한 가지 서비스에 그치지 않고 지속해 서비스를 혁신해 나가려고 합니다. 메디컬테크 영역에서 할 수 있는 혁신은 너무나도 무궁무진하고, 우리의 서비스가 대한민국을 넘어 세계 의료 시장의 혁신을 이끈다는 마음가짐으로 행동하고 있습니다.

셋째, 최고 지향입니다. 우리는 언제나 더 나은 방법이 존재한다는 확고한 믿음으로, 현재의 결과물에 만족하지 않고 항상 최고의 방법이 무엇인지 고민합니다.

0.0016퍼센트의 집요함을 행동 지침으로 만들었는데,

0.0016퍼센트란 데카콘이 될 확률이라고 해요.
0.0016퍼센트가 되기 위해서는 얼마나 많은 집요함과
지속적 고민이 필요할까요? 저희는 0.0016퍼센트가 되기
위해서, 시장에서 최고가 되기 위해서 끊임없이 고민하고
생각하며 행동하는 것을 지향합니다.

닥터나우의 조직 문화를 소개해 주세요
조직 문화를 한마디로 표현한다면 〈원 팀 나우One Team
and Now〉라고 할 수 있습니다. 하나의 팀으로, 누구보다
빠르게 성장할 수 있는 문화로 원 팀과 나우로 나눌 수
있어요. 원 팀이란, 닥터나우는 우리의 임무와 명확하게
일직선인 하나의 팀이라는 뜻입니다. 그렇기에 모든 조직과
구성원은 우리의 임무(우리는 오늘도 사람을 살린다)와
목표(아플 땐 닥터나우)를 우선합니다. 이를 위해 구성원
개인과 조직의 목표보다는, 우리의 임무를 먼저 생각하고
개인의 이해관계보다는 팀의 이해관계를 더욱
우선시합니다. 원 팀을 위해 닥터나우가 일하는 방식은 총
네 가지로 나뉩니다.
〈첫째, 하나의 목표는 팀을 강하게 만든다.〉 닥터나우 팀은
단기 목표를 빠르게 완료하고 다음 목표를 향해 뛰어갑니다.
팀의 목표는 곧 구성원의 목표이기도 합니다. 최근 분기별
OKR을 운영하면서, 팀원들이 자연스럽게 우리의 목표에
공감하고 참여할 수 있도록 하고 있어요. 또 매주 월 1회,
리드 회의를 통해 리더들에게 지속해 목표를 상기시키고

공감을 불러일으킵니다. 팀원들에게는 매월 전사 1회 타운홀 미팅을 통해 방향성과 목표를 공유해요. 이 과정에서 자연스럽게 팀원 모두가 주인 의식을 갖고 일하며, 조직별 업무가 어떻게 진행되는지 투명하게 보여 줍니다.

〈둘째, 겸손한 생각과 겸손한 행동.〉 우리는 시장과 고객을 위해 항상 겸손한 생각과 행동을 갖고 일합니다. 우리의 핵심 가치인 고객 지향적 사고를 기르기 위함으로 스프린트 제도를 전사 차원에서 운영하면서 조직별로 성과 리뷰를 통해 시장과 고객이 원하는 것은 무엇인지 치열하게 토론하며 나아갑니다.

〈셋째, 자주 만나고 투명하게 소통하자.〉 회사에서는 영어 이름을 사용하는데 상하, 직책, 직급 구분 없이 소통할 수 있는 환경을 만들기 위해서입니다. 원 팀 문화를 가장 잘 만들어 주는 것이 바로 원활한 소통이며 사용자에게 좋은 서비스를 제공하려는 본질에 집중하고, 조직과 팀원 간 신뢰를 만드는 데 가장 중요한 역할을 하기 때문이에요. 그렇기에 구성원 사이에 원 온 원 문화가 굉장히 활성화되어 있고, 궁금한 것은 그 자리에서 바로바로 물어보고 제안하는 문화가 활성화되어 있습니다.

〈넷째, 함께 성장하고 함께 나아간다.〉 팀원의 성장이 곧 회사의 성장이라는 것을 잘 알고 있습니다. 그렇기에 팀원들이 디자인 콘퍼런스나 다양한 직무 교육, 행사 등에 참여를 권장하고 있습니다. 누군가는 업무하기 바쁜데 그곳을 왜 가느냐고 묻는 사람도 있지만 그만큼 시간을

들였을 때, 팀원이 성장한다면 향후 성과 창출에서도 더
빠른 속도로 더 좋은 성과를 만들어 낼 수 있다고
확신합니다.

위의 네 가지가 원 팀을 이루는 조건이라면 〈나우〉를 위해
일하는 방식은 세 가지입니다.

〈첫 번째, 5초의 불편함 때문에 5일을 고생하지
말자〉입니다. 닥터나우는 서로의 성장과 고객을 만족시키는
데 있어 솔직한 피드백을 주고받습니다. 때론 〈이렇게 하면
미움받는 거 아니야?〉라는 생각에 피드백을 주저하는
경우가 있습니다. 5초의 불편함이 5일을 고생시키는 일을
하지 않기 위해, 우리는 솔직하게 피드백하고 즉각적인
반영이 이뤄질 수 있도록 노력합니다. 최근에는 〈피드백
나우〉라는 전사 구성원 다면 진단을 시행하고 있습니다.

〈두 번째, 완벽함보다는 빠름을 무기로〉입니다. 우리의
성장에 핵심은 신속함과 도전 정신입니다. 완벽함은 한 번에
이뤄질 수 없다는 것을 이해하고, 지속적인 개선과 발전을
이뤄 더욱 완벽함을 추구하는 데 초점을 맞추고 있습니다.
어쩌면 우리가 매주 1회 리드 회의, 구성원 원 온 원 미팅,
스프린트 제도 등이 활성화되어 있는 것은, 빠름과 개선을
전제로 하는 우리의 문화가 자연스럽게 녹아 들어갔는지도
몰라요.

〈세 번째, 칭찬과 인정은 곧바로 지체 없이 비타민을
부여하자〉입니다. 일하는 과정에서 가장 큰 원동력은
동료의 칭찬과 인정입니다. 긍정적 피드백은 사람을

열정적으로 움직이게 만드는 가장 큰 동기 부여이기 때문이에요. 닥터나우는 비타민 문화를 만들어 가려고 노력합니다. 협업 툴인 슬랙 채널에 오늘 하루 감사했던 동료에게 비타민을 선물하는 문화가 있어요. 물론 비타민을 많이 받았을 때, 선물이나 상품을 주는 것은 없습니다. 다만, 우리는 비타민을 통해 동료들에게 인정받았다는 인정 욕구와 성취감을 주기 위해 노력하고 있어요. 그것이 우리 팀의 성장에 지대한 영향을 미치는 것을 알고 있기 때문입니다.

닥터나우를 자랑한다면

첫째, 자율 출근제. 우리는 팀원들의 자율과 책임을 바탕으로 모든 제도를 설계하고 문화를 구축하고 있어요. 근무제는 그중 가장 큰 핵심입니다. 하루 8시간을 기준으로 자신이 일하고 싶은 시간대를 선택합니다. 다만, 핫 타임(오전 11시~오후 4시)에는 중요한 회의나 업무를 진행할 수 있도록 모든 구성원이 반드시 지키는 근무 시간입니다. 이 시간을 제외하고는 자유롭게 출퇴근하고 있습니다.

둘째, 무제한 연차와 무제한 반차. 일하는 것도 중요하지만 쉬는 시간을 갖는 것도 매우 중요해요. 밀도 있게 일하고, 쉴 땐 마음껏 쉴 수 있도록 유급 휴가를 제공합니다. 사실 굳이 제도를 만들어야 하느냐는 말도 있었지만, 팀에서 공식적으로 운영하는 것과 그러지 않은 것은 엄연히

다르다고 생각해요. 우리가 밀도 있게 일하고, 쉴 땐 마음껏
쉬는 조직임을 분명히 하고 싶었고 실제로 팀원들도 이러한
취지를 공감하고 우리의 목표 달성을 위해 최고의 자세로
나아가고 있습니다.

셋째, 점심 및 저녁 식사 제공. 충분한 식대로 맛있는 한
끼를 먹는다는 것은 팀의 성과에도 큰 영향을 미친다고
생각해요. 가장 기본적인 게 되지 않으면, 우리가 일하는 데
어려움을 느낄 수 있기 때문입니다.

넷째, 장비 지원. 우리의 목표 달성을 위해 팀원들이 최대의
퍼포먼스를 낼 수 있도록 다양한 장비와 환경을 지원해 주고
있습니다. 특히 실제 제품과 서비스를 구현해 주는 개발/
디자인 직군에게는 400만 원 상당의 장비를 직접 선택할 수
있도록 지원하고 있어요.

다섯째, 기념일엔 무조건 반차/선물. 팀원의 생일은
우리에게도 중요한 날이에요. 소중한 날을 소중한 사람들과
보낼 수 있도록 무조건 반차, 그리고 선물(CGV 영화표
2매)을 제공하고 있어요.

여섯째, 도서비 제공. 팀원들의 업무 성장뿐 아니라 인생의
성장에서 읽고 싶은 책이 있다면 읽을 수 있도록 도서비를
지원하고 있습니다. 앞서 말했던 함께 성장해서 나아가자는
취지에서 진행된 복지 혜택이기도 합니다.

〈한 아이를 키우려면 온 마을이 필요하다〉라는 아프리카 속담이 있습니다. 당신 회사가 성장하는 데 어떤 도움을 받았는지요?

코리아스타트업포럼은 닥터나우의 시작부터 현재까지 함께 산업을 같이 키워 온 형제라 해도 과언이 아닐 정도로 매우 밀접하게 정말 많은 도움을 받고 있습니다. 규제 샌드박스, 장차관 간담회, 대선 후보 간담회, 원격의료산업협의회 등 지금도 코리아스타트업포럼과 함께 나아가고 있습니다.

스타트업의 대변인으로서 하고 싶은 이야기

세상에 혁신을 불어넣는 것은 혁신의 힘을 가지고 있는 스타트업만이 가능하다고 생각해요. 4차 산업 혁명 시대는 단순히 한 국가 안에서의 선점이 목표가 될 수 없습니다. 어떠한 경계도 없는, 그야말로 테크 기업들 간의 전쟁이라고도 할 수 있죠. 물리적 거리의 한계도 이점도 사라진 현 상황 속에서 거대한 글로벌 기업과 경쟁하기 위해서는 혁신의 씨앗을 가지고 있는 스타트업이 성장하면서 산업을 확장하고 이끌어 가야 한다고 생각합니다. 저도 많은 선배에게 배우는 중이라서 뭐라고 말할 만한 경험은 아직 많이 부족하지만, 동료 창업가들과 이야기를 나누다 보면 결국 우리가 할 수 있는 것은 올바른 방향을 설정하고 버티는 것, 그것이 성장과 이어진다고 믿으며 나아가는 것이 중요하다고 생각합니다. 우리가 더 버티며 이러한 환경에서 함께 성장한다면, 정말로 이 세상에 풍요를 만들어 줄 수 있지 않을까요?

마지막 한마디

닥터나우가 성장하는 만큼 저를 포함한 저희 구성원들도 빠르게 성장하는 것 같습니다. 더 좋은 국민 서비스로 거듭나겠습니다!

장지호

한양대학교 의과 대학을 휴학하고 이용자 중심의 의료 서비스 혁신을 위해 2019년 닥터나우를 설립했다. 『포브스』 선정 30세 이하 아시아 리더 30인으로 뽑혔다. 벤처기업협회 부회장으로도 활동 중이다.

닥터나우는 직급 없이 서로 영어 이름으로 부르며 소통한다.

2021년 iF 디자인 어워드에서 UI 디자인 부문 본상을 받았다.

우리의

핵심
가치는

〈연결〉이다

시장에서 창업가에게 기회를
주는 시기가 언제인지 알 수
없으니 현재 하는 일을
꾸준히 하면서 기회가 왔을
때 잡는 것이 중요합니다.

자기소개 부탁합니다

뷰티 MCN(다중 채널 네트워크) 회사 〈디밀〉에서 대표로
일하는 이헌주입니다. 신학 공부를 하고 교회에서 일하다가
20대 후반에 신학으로 미국에서 유학하던 중 삶의 방향성에
변화가 필요하다고 생각되어, 30대 초반에 한국으로 돌아와
사업을 시작하게 되었습니다. 한국에서 사회생활을
시작하며 첫 번째 창업했던 회사는 강연 교육 회사였고,
이후 해당 사업체가 잘되지 않아서 뷰티&패션 쇼핑을 돕는
서비스 써프라이즈를 운영하는 엠버스에 입사하여 사업
개발 팀장으로 일했습니다. 엠버스에서 좋은 대표와 사수를
만나 일을 많이 배우게 되었고, 해당 서비스에서 신사업을
추진하던 과정에서 결과가 좋지 않아 회사의 잔류 제안에도
퇴사를 결정했습니다. 엠버스에서 뷰티 산업에 대해 알게 된
이후 프리랜서로 뷰티 크리에이터 관련 일을 시작하게
되었는데, 두세 명의 뷰티 크리에이터의 온라인 카페 광고
영업으로 시작해 다음 해에는 함께할 수 있는 직원도
채용하며 현재 사업으로 이어지게 되었습니다.

디밀은 뷰티 MCN 회사로서 뷰티 크리에이터(유튜버)의
매니지먼트를 기반으로 광고 사업과 커머스 사업을
운영하고 있어요. 미디어 산업이 기존 매스 미디어 중심에서
디지털 뉴미디어로 급격히 주도권이 넘어오는 과정에서
인플루언서를 관리하는 MCN 기업이 탄생하였고, 후발
주자로 합류한 디밀은 2017년 프리랜서로 시작해 2018년에
팀을 꾸렸고, 2019년 법인 설립, 그리고 2020년 150억 원

규모의 시리즈 A 투자 유치로 이어져 왔습니다. 초기에는 광고 중계 비즈니스로 시작해 현재는 커머스 영역에서도 뷰티 크리에이터의 영향력을 활용하여 비즈니스를 운영하고 있어요. 각 영역에서 매출 비중은 광고 40퍼센트, 커머스 60퍼센트 정도로 운영하고 있으며, 브랜드 인수 등을 통해 커머스 비중을 높여 가고 있습니다. 뷰티 산업 역시 디지털 기반 영역으로 변화가 시작된 만큼 향후 뷰티 전문 인플루언서와 MCN 기업의 역할이 중요해질 거라고 생각합니다.

이전에 운영했던 강연 교육 기업 〈스토리스테이지〉는 초기에는 강연 방송 프로그램 제작으로 시작하여, 금융권(국민은행, 신한은행)에 교육 프로그램을 제공하는 방식으로 비즈니스를 운영했습니다. 또한 대학생과 청소년을 위한 커리어 콘퍼런스를 국내 주요 대기업, 지자체, 대학교와 함께 운영하는 등 여러모로 포트폴리오를 구성하여 운영하였으나, 비즈니스 모델을 만드는 데 실패하여 폐업하게 되었습니다.

창업을 결심하게 된 계기는 무엇입니까?
처음 창업했던 스토리스테이지의 폐업 이후 사업에 소질이 없다고 판단하여 회사 생활을 시작했어요. 그런데 회사에서 신사업 실패로 인해 퇴사 후 창업을 고려하기보다는 프리랜서로 생활비를 벌기 위해 개인 사업자를 시작하였습니다. 가능하면 회사보다는 프리랜서를 유지하고 싶었지만, 뉴미디어 산업의 성장에 따라 자연스럽게 사업을 규모화하는 과정에서 직원을 뽑아야 할지 어떨지 선택해야 하는 시기가 왔어요. 개인적 수익을 고려하면 프리랜서 생활을 유지하는 것이 맞는다고 생각했지만, 약 1년간 프리랜서 생활을 하며 향후 미래를 유의미하게 그리기 어렵다고 판단해 한 번 더 직원 채용을 시도하며 다시 해보자고 결정하게 되었습니다.

일하면서 생긴 사건, 사고가 있었나요? 해결하는 과정에서 어떤 배움을 얻었는지요?

2018년에 팀을 구축하여 여섯 명이 함께 공용 사무실에서 일하던 중 직원 한 명이 소속 크리에이터들과 함께 독립하여 회사 자산이 순식간에 사라지는 일이 있었습니다. 이를 통해 조직의 시스템화와 중계형 비즈니스보다는 자산이 쌓이는 형태로 비즈니스 전환이 필요하다고 생각하게 되었어요.

창업 과정에서 느낀, 소소하더라도 행복한 경험이 있나요?

회사가 성장함에 따라 다양한 사람이 조직에 합류하고, 팀워크를 통해 과업을 수행하는 것을 보면서 〈디밀〉이라는 경제 공동체를 통해 구성원들이 성장하는 하나의 유기체가 생겼다는 것에 기쁨을 느꼈습니다. 또 디밀의 성장을 지켜보던 시장에서 향후 비전에 공감해 주는 대기업 두 곳이 투자사로 합류해 주주로서 함께하는 것에 대해 진정한 기쁨도 경험했습니다.

당신은 어떤 것으로부터 영감과 에너지를 얻고 있나요?

제가 학생 때부터 영감과 에너지를 얻는 가장 큰 방식은
〈책을 읽는 것〉이었습니다. 그런데 최근 3~5년은 점차
디지털 플랫폼(페이스북/커뮤니티/포털)을 통해 정보와
영감을 얻는 아티클을 많이 만나고 있습니다. 현재는 책
30퍼센트, 온라인 아티클 40퍼센트, 사람과 대면 30퍼센트
정도로 영감과 에너지를 얻고 있습니다.

당신이 생각하는 〈창업가 정신〉은

〈믿음을 가지고 버티기〉입니다. 결국 시장에서 창업가에게
기회를 주는 시기가 언제인지 알 수 없으니 현재 하는 일을
꾸준히 하면서 기회가 왔을 때 잡는 것이 중요합니다.

당신이 생각하는 〈혁신〉은

고객의 삶에 긍정적인 변화를 만드는 것입니다. 사업체가
존재하는 이유는 고객의 삶에 이바지하기 위함이고, 고객의
삶에 긍정적인 변화가 사업체를 통해 발생했을 때 존재
이유가 증명되며 성장할 수 있기 때문입니다.

디밀의 핵심 가치가 있다면

디밀의 핵심 가치는 〈연결〉입니다. 문명사회에서 의미 있는
가치는 항상 연결을 통해 이루어지고 있습니다. 디밀은
고객/크리에이터/브랜드/팀이 유기적으로 연결되고 이를
통해 혼자 할 때보다 더 큰 가치를 만들어 내는 것에

집중합니다.

디밀의 조직 문화를 소개해 주세요

저희는 유기적인 경제 공동체로서 각 구성원 모두가 이
공동체를 통해 경쟁력 있게 성장하는 것을 목표로 합니다.
이들이 회사에서 몰입하는 경험을 가지게 되고 이러한
경험이 향후 산업 내에서 대체 불가능한 인재로서 역할을
하는 데 큰 자산이 되겠다고 생각해요.

디밀을 자랑한다면

최근에 2세 탄생이 많아지고 있어요! 회사 초창기부터
함께했던 분들이 결혼하고 2세까지 가지게 되는 과정을
보는 것이 모두에게 기쁨이 됩니다.

〈한 아이를 키우려면 온 마을이 필요하다〉라는 아프리카
속담이 있습니다. 당신 회사가 성장하는 데 어떤 도움을
받았는지요?

회사가 성장하는 데 큰 역할을 한 사람들, 그리고 이전에
함께했던 팀원들과 크리에이터분들, 그리고 지금 같이
일하는 사람들입니다. 회사가 커가는 과정에서 시기마다
함께한 분들의 노력과 창의력 덕분에 지금의 우리가 있다고
생각합니다.

스타트업의 대변인으로서 하고 싶은 이야기

이전 세대에서 사회적으로 성공하기 위해서는 국가 고시,
혹은 유명한 대학을 나와야 주류 사회로 편입할 수
있었습니다. 사회적 계층 사다리를 오르는 일은 엘리트
그룹에 속하는 소수에게만 기회가 주어졌어요. 스타트업
생태계가 만들어지면서 이제 다양한 출신의 창업가들이
자신의 꿈을 이뤄 가려는 방안으로 스타트업 창업에
뛰어들고 있고, 성공적인 사례도 만들어지고 있습니다.
이제는 개인이 성공을 꿈꿀 수 있는 더 넓은 문이
스타트업을 통해 이루어졌어요. 스타트업 생태계가
지속적으로 발전해야 사회적 계층 사다리에서 움직임이 더
활발해질 것이고, 이를 통해 더 많은 사람이 사회 안에서
기회를 얻을 수 있습니다. 그리고 이를 통해 향후 국가가
성장하기 위한 거대한 기회 역시 나타나게 될 거예요.
글로벌에서 경쟁력 있는 제2의 넷플릭스, 구글,
에어비앤비가 대한민국에서 나올 수 있도록 모두가 힘쓰고
지지해 주시길 바랍니다.

스타트업 생태계가 성장하려면 국가적인 공감대와 지원을
받기 위한 흥행 요소가 필요한데, 결국은 중국에서 이전에
마윈의 사례가 국가적인 관심과 젊은 세대를 스타트업
열풍으로 이끌었던 것처럼 국내 스타트업 사례를 잘
다듬어진 스토리로 엮어서 적절하게 대중에게 보여
줌으로써 하향식 형식의 국가/기업 지원과 상향식 방식의
젊은 세대 유입을 만들어 내는 것이 전략적으로 유효할 수

있겠다고 생각해요.

예비 창업가들 역시 창업은 늘 어려움의 연속이지만 기회의
문은 열려 있고, 주기적으로 우리에게 찾아오고 있다는
믿음을 가지고 버티면서 앞으로 나아갑시다.

마지막 한마디

어느 때보다 커다란 변화와 기회의 시대를 경험하고 있다고
생각합니다. 함께 멋지게 새로운 역사를 만들어 갈 수
있으면 좋겠습니다.

이헌주

미국에서 신학을 공부하던 중 MBA 과정으로 방향을 전환했다.
한국으로 돌아와 강연 교육 회사를 창업했으나 수익성 악화로
폐업하고, 이후 뷰티&패션 쇼핑 콘텐츠 서비스 기업 엠버스에
입사했다. 2017년 뷰티 크리에이터 프리랜서 에이전트로 시작한
디밀은 2019년 법인 전환 후 이듬해 현대홈쇼핑과
아모레퍼시픽으로부터 투자를 유치하며 4년 차 기업으로 운영
중이다.

사옥 지하 1층에 위치한 스튜디오 〈퍼텐셜〉.

외부에서 본 1층과 지하 1층 풍경. 두 곳은 내부 계단으로 연결된다.

디밀 테라스 빌딩 1층 라운지로 이곳은 〈연결Connection〉로 불린다.

디밀 × 이헌주

런드리고 × 조성우

오늘도

도전은
계속된다

수많은 안 되는 이유에도
불구하고 그럼에도 또 다시
일어나 도전하는 것이 창업가
정신이라고 생각합니다.

자기소개 부탁합니다

비대면 모바일 세탁 서비스 〈런드리고〉를 운영하는 의식주컴퍼니의 조성우입니다. 바쁜 현대인의 삶을 단순하고, 더욱 윤택하게 만들기 위해서 오늘도 열심히 세탁하고 있습니다. 런드리고는 제가 두 번째 창업한 회사입니다. 2011년 덤앤더머스라는 소셜 커머스를 창업해 남성 직장인 포털, 정기 배송 플랫폼 등으로 여러 번 피보팅했고, 지금은 엄청난 규모로 성장해 있는 신선 식품 새벽 배송의 모델을 국내 처음으로 만들었습니다. 〈새벽 배송〉이라는 단어는 제가 만든 말이기도 해요.

신선 식품의 새벽 배송 서비스가 성장해서 2015년 배달의민족에 매각하게 되었고, 이름을 배민프레시로 바꾸고 그곳에서 CEO로 2년 반 근무했습니다.

배민에서 퇴사한 날, 집에 돌아와 침대에 누웠는데 어느 순간 너무 허무한 거예요. 창업이라는 것이 결국 다시 혼자가 되는 과정이구나……. 무엇을 위해서 7년 동안 이렇게 달렸는지에 관한 답을 제대로 할 수 없었어요. 그 과정에서 많은 사람이 떠났고, 몸도 너무 아프고 우울한 마음이 들어서 한 달간 밖에 나가지도 않고 집에만 있을 정도로 너무 지쳐 있었어요. 이제 내 인생에서 더는 사업은 없다고 다짐에 다짐하면서, 나를 위한 시간을 보내야겠다고 생각해서 미국으로 퇴사 여행을 떠나게 되었습니다.

그런데 미국 퇴사 여행 중, 샌프란시스코에서 벌어진 한 사건이 런드리고가 탄생하게 된 계기가 되어 저를 여기까지

데려왔어요.

2017년 여름, 미국 여행 한 달쯤 되었을 때 샌프란시스코 중심가에서 친구와 저녁 식사 후 숙소를 향해 고속도로를 100킬로미터로 달리고 있는데 무언가 썰렁하고, 음산한 기운이 들었습니다. 친구에게 창문을 닫으라고 했는데 문을 안 열었다는 거예요. 세상에나! 룸 미러로 뒤를 보니, 차량 뒤 유리가 산산조각이 났더라고요. 갓길에 세워 놓고 트렁크를 여니 도둑이 차 유리를 깨고 캐리어 가방, 백 팩, 랩톱, 현금 등등 모든 짐을 몽땅 훔쳐 간 것도 모르고 운전했던 거죠.

지금은 웃으면서 이야기하지만, 정말 타지에서 뭘 어떻게 해야 할지 모르는 절망적인 상황이었어요. 친구는 충격받아서 다음 날 쇼핑백 하나 들고 귀국했고요. 저도 며칠간 제정신이 아니었는데, 곰곰이 돌아보니 한 가지는 안 훔쳐 갔던 것을 발견했습니다. 바로 쇼핑백에 넣어 두었던 빨래! 그러면 안 되는데, 사업적인 가설이 마구 떠오르기 시작했어요. 좋은 옷도 많았는데, 왜 빨래는 안 훔쳐 갔을까? 아무리 도둑이라도 빨래는 안 훔쳐 갈 수 있겠는데? 그렇다면 예전 비즈니스 모델과 경험을 살리면 뭔가 재밌는 모델이 나올 수도 있겠는데? 마치 계시처럼 뭔가 신호를 주는 듯했습니다. 이후 제 여행은 퇴사 여행에서 세탁 여행으로 바뀌었지요.

창업을 결심하게 된 계기는 무엇입니까?

런드리고 비즈니스 모델 구상이 끝난 뒤에도 3개월을 다시
고민했습니다. 〈그럼에도 불구하고 스타트업을 꼭 다시
해야겠느냐〉를 묻기 위해서. 그만큼 사업하는 것이 두렵고
싫었어요. 저도 왜 지금 세탁을 하고 있는지 잘
모르겠습니다. 또 그토록 힘든 스타트업을 다시 하고
있는지도 설명하기 어렵네요. 그런데 세탁이 우리 삶에 너무
많은 영향을 미치고 있는데도 그동안 제대로 된 혁신의
시도조차 없었고, 페이팔 창업자 피터 틸의 말처럼 세탁
산업을 변화시키는 것이 다른 사람들이 해결하지 못한 문제,
해결할 엄두도 내지 못한 문제라는 것을 느끼며 무언가
사명감 같은 마음이 솟구치더라고요. 세탁 혁신을 통해 주거
공간과 사람들의 삶을 비가역적으로 바꿀 수 있겠다, 또
세탁은 다른 산업과 다르게 국내뿐만 아니라 세계인들이
모두 비슷한 기준을 가지고 있으니(잘 빨아 주고, 다려주고,
편리하게 이용하게 해주면 되므로) 세계 시장에서도 충분히
1등 할 수 있겠다는 생각이 들었습니다. 그래서 결심하고,
도전하게 되었습니다.

일하면서 생긴 사건, 사고가 있었나요? 해결하는 과정에서
어떤 배움을 얻었는지요?

지난봄에 있었던 일입니다. 일반적으로 세탁 산업에서 봄
시즌이 가장 성수기라고 해요. 겨울옷이 들어가고, 봄옷이
나와야 하므로 물량이 두 배 이상 증가하게 됩니다.

런드리고가 건강하게 성장하고 있었고, 오퍼레이션에
자신이 있었기에 봄맞이 이불 프로모션을 진행했어요.
그런데 엄청난 위기가 시작됐어요. 주문이 감당할 수 없을
지경으로 쏟아졌고, 날이 따뜻해지면서 세탁 주문도 함께
증가하면서 운영이 무너지기 시작했습니다. 음식은 오늘 안
먹고, 다른 것을 먹으면 그 요구가 대체될 수 있지만, 빨래는
오늘 하지 않으면 내일 해야 하고, 지금 하지 않으면 쌓이기
때문에 주문을 막는다고만 문제가 해결될 수 없었어요. 결국
사과문을 게시하고 주문을 제한했지만, 운영의 위기는
이렇게 두 달이나 지속됐어요.

사무실 직원들까지 공장에 총동원되어 일했음에도
불구하고 〈대표님, 정말 죄송합니다. 정말 더 이상
못하겠습니다〉 말하며 떠나는 직원들도 있었고…… 저도 한
달 넘게 매일 새벽 6시에 퇴근하고, 두세 시간 자고
출근하는 것을 계속했어요. 몸무게가 10킬로그램 정도
빠지더군요. 도저히 이 위기가 끝날 것 같지 않았습니다.
저도 포기하고 싶은 심정이었어요. 정말 이렇게 망할 수도
있겠다는 위기감이 들었습니다. 투자자들에게 정말 이러다
회사 큰일 날 수도 있겠다고 말한 적도 있을 정도였어요.
아무리 노력해도 실마리가 도무지 보이지 않아서, 무모한
모험을 하기로 했습니다. 저희가 1년 동안 고객의 옷을
자동으로 이동시켜서 출고해 주는 자동 출고 시스템을
개발하고 있었는데 미완성이었습니다. 그런데 지금 이거
아니면 도저히 위기가 끝날 수 없다는 생각이 들더라고요.

아직 검증이 100퍼센트 되지 않았지만 한번 승부를 걸어
보자며 지푸라기 잡는 심정으로 하루 주문을 막고 돌리기로
한 거예요. 마치 24시간 특수 작전처럼.

세계에서 누구도 해본 적이 없고, 시스템이 어떻게 될지도
모르는데, 솔직히 미친 척하고 돌렸습니다. 모두가
무모하다고, 이거 실패하면 진짜 망한다는 이야기를
들으면서……. 결과는 하늘에 맡기고 도전했는데 너무
절실하면 하늘도 들어주시나 봅니다. 하루 만에 자동 출고
시스템을 돌리는 것에 성공하게 되었어요. 그렇게 조금씩
위기를 해결하고 극복할 수 있었습니다. 다시 생각해도
아찔한 순간이었는데, 지금은 이 자동 출고 시스템이 우리가
가진 세계 최고의 경쟁력이 되었습니다.

창업 과정에서 느낀, 소소하더라도 행복한 경험이 있나요?
최근에 소소하게 기쁘다고 생각한 적이 있었는데요. 어떤
고객이 런드렛(런드리고 전용 세탁 수거함)에 직원들
수고한다고 손 편지와 먹을 것을 보내 주셨을 때와 그걸
받아 들고 감격해 하는 직원들의 모습을 봤을 때, 8년 전
인턴을 했던 친구가 이제 우리 고객이라며 그동안 어떻게
지냈고, 어떻게 성장했고, 옛날의 경험이 소중했고 좋았다는
안부 문자를 보냈을 때, 그리고 긴장된 모습으로 실무
면접을 기다리면서 무어라 중얼중얼 열심히 연습하는
지원자를 멀리서 지켜보며 우리 회사에 입사하고 싶은 진짜
마음을 보았을 때!

당신은 어떤 것으로부터 영감과 에너지를 얻고 있나요?

죽을 때까지 세상의 모든 것을 경험해 볼 수 없기에 간접적으로 경험할 수 있게 해주는 것들을 좋아하고 감사해합니다. 책과 영화, 그리고 음악인데요. 책 한 권을 읽는 데 적게는 하루에서 1주일 남짓, 한 편의 영화를 감상하는 두세 시간, 한 곡의 음악을 듣는 데는 몇 분 걸리지만 이를 만들기 위해서 엄청난 노력과 시간, 비용이 들어간다고 생각하고, 그렇게 생각하면 아주 저렴한 비용으로 많은 사람의 압축된 생각과 경험을 대신해 볼 수 있다고 생각합니다. 요즘은 수영하는 것을 좋아하는데, 수영하는 동안만이라도 잡생각이나 고민을 하지 않아서 사업으로부터 자유로움을 느낍니다. 수영도 아주 잘하게 되면 수영하면서 딴생각하게 되겠죠?

당신이 생각하는 〈창업가 정신〉

창업가 정신은 〈그럼에도 불구하고 또 다시 도전하는 것〉이라고 생각합니다. 사실 잘될 이유보다 잘되지 않을 이유가 훨씬 많고, 문제를 해결하기 쉬웠다면 아마 누구나 창업한다고 하지 않을까요? 수많은 어려움과 굴곡에도 불구하고, 크고 작은 실패의 연속에도 불구하고, 수많은 안 되는 이유에도 불구하고 그럼에도 또 다시 일어나 도전하는 것이 창업가 정신이라고 생각합니다.

당신이 생각하는 〈혁신〉은

삼성전자를 이끈 실질적 수장 권오현 회장은 자신의 책
『초격차』에서 〈어떻게 하면 혁신적인 세탁기를 만들 수
있을까요? 한 시간 걸리는 세탁 과정을 50분 줄였다면 그건
개선이지 혁신이 아닙니다. 빨래와 건조를 마친 세탁한 옷을
반듯하게 개어 주면 얼마나 편리할까? 이런 세탁기가
시중에 나온다면 세계 시장을 주름잡지 않을까요?〉라고
말한 적이 있습니다. 이런 측면에서 런드리고는 혁신이라고
생각합니다. 불편이 분명히 존재하지만 모두가 질문조차
하지 않을 정도로 너무나 당연하게 생각하고, 바꿀 생각을
하지 않는 것, 혹은 해결할 엄두조차 내지 못하는 것을
조금씩 바꾸어 나가는 것, 그게 바로 〈혁신〉이라고
생각합니다. 새로운 기술로 세상에 없던 완전히 새로운
무언가를 만들어 내는 것이라기보다 우리 일상에서 불편한
것들을 해결하려는, 조금 더 나은 삶을 만들어 가려는
꾸준한 시도와 노력이 축적되는 과정을 통해 만들어지는
변화가 혁신이라고 생각합니다.

런드리고만의 핵심 가치가 있다면
① 우리의 손에 고객의 내일이 달려 있다.
② 우리는 고객 창출과 고객 만족을 위해 일한다.
③ 옆 동료도 나의 고객이다.
④ 아무리 바빠도 〈왜〉 하는지 설명하는 과정을 생략하지
않는다.

⑤ 프리뷰가 있으면 리뷰도 있다.

⑥ 안 되는 이유보다 되는 방법을 생각하고, 치열하게 토론하되 결정하면 달린다.

런드리고의 조직 문화를 소개해 주세요

세탁업에 종사하는 사람들의 일하는 방법과 문화를 바꾸는 데 많은 관심이 있습니다. 세탁 산업은 전형적인 도제식, 장인 중심의 문화라서 눈치껏 배우고 지식과 기술의 전파가 불투명하게 이뤄지기 때문에(본인의 세탁 방식이 중요한 영업 비밀이라고 생각하기 때문에), 팀으로 일하는 것에 매우 방어적인 경향이 있습니다. 또한 자식들에게 세탁업을 물려주는 일이 없을 정도로 이 일에 종사하는 분들은 다른 사람들의 삶을 윤택하게 하고 있지만 세탁이라는 업에 대해 열등감이 존재하는 것도 사실입니다. 결국 일하는 문화와 방법이 바뀌지 않고는 서비스가 성장할수록 서비스를 표준화, 고도화하는 것은 불가능하다고 생각하고 있어요. 저희가 최근 의식주 필로소피 팀을 만들었는데, 의식주컴퍼니의 기업 철학을 고민하고 우리만의 기업 문화를 만들어 가는 팀으로, 어떻게 하면 세탁 업계의 일하는 방법과 문화를 멋지게 만들어 갈 수 있을지 근본적으로 고민해 나가려고 합니다. 여기에서부터 진정한 의식주 혁신이 시작될 것이라고 믿고 있습니다.

런드리고를 자랑한다면

Go green! 런드리고는 국내 세탁 업계 최초로 드라이클리닝, 이불, 와이셔츠 등 모든 세탁 비닐을 친환경 비닐로 교체하고 수거함 내부에 비닐 수거 파우치를 장착하여 고객이 사용한 비닐을 다시 수거하고 있어요. 이 비닐은 재활용 업체에 전달되어 비닐이 원천적으로 쓰레기로 배출되지 않고 다른 비닐로 재생산됩니다. 재활용 수익금은 크지 않지만 환경 보호에 사용하고 있습니다. 국내 세탁 업계에서 사용하는 비닐이 무려 연간 5억 장이나 되는 걸 아시나요! 대부분 일회용으로 쓰고 버려지기에 환경 측면으로 많은 문제가 있지만 비용이나 기술적인 이유로 하지 못했는데 런드리고는 세탁 공정 자동화 등으로 절감할 수 있는 비용을 활용하여 친환경 비닐 프로젝트에 투자했습니다. 예전 프레시 비즈니스를 할 때 배송만을 위해 사용되고 버려지는 스티로폼 상자, 테이프, 보냉재 등이 비용도 엄청나지만 환경적 책임감이 들어 마음이 너무 무거웠습니다. 런드리고는 비즈니스 기획 때부터 에코 친화에 관해서 많이 고민하였어요.

비대면 서비스를 가능하게 해준 런드리고의 수거함 런드렛 자체도 매우 친환경적입니다. 배송에 필요한 배송 상자, 테이프, 완충재 등을 전혀 사용하지 않으므로 사용하면 사용할수록 비용과 환경 면에서 매우 큰 의미가 있다고 자부합니다. 세탁 과정에서 가장 많이 사용하는 세제나 유연제의 주요 성분을 화학 성분이 아닌 모링가, 대청 나무

추출물 등 친환경 재료로 만든 이유도 이러한 저희의 철학이 담겨 있다고 할 수 있습니다.

누군가는 그게 무슨 큰 의미가 있느냐고 얘기할 수도 있겠지만, 수십 년간 변화가 없었던 부분을 일개 스타트업이 과감히 시도하고, 운영한다는 자체가 분명 업계에도 자극이 되어 큰 변화를 만들 계기가 될 것으로 확신합니다. 우리 회사의 영문 이름 라이프고즈온Life goes on 처럼 삶은 계속되고 지속 가능한 비즈니스를 만들어 가는 데 큰 노력을 쏟겠습니다.

〈한 아이를 키우려면 온 마을이 필요하다〉라는 아프리카 속담이 있습니다. 당신 회사가 성장하는 데 어떤 도움을 받았는지요?

저는 오늘도 현장에서 수고하는 분들에게 너무나 감사하다고 말하고 싶어요. 다른 사람들의 생활을 지원한다는 의미는, 그만큼 보이지 않는 곳에서 많은 분이 노력해 주고 있다는 의미이기도 합니다. 그들의 헌신적인 땀과 수고가 존재하기에 비로소 고객이 존재할 수 있고, 당연시 여겼던 삶의 불편함도 조금씩 해결되어 간다고 믿습니다. 진정한 혁신은 새로운 기술보다 어쩌면 고객을 생각하는 마음과 노력에서 비롯되는 것이 아닐까요?

스타트업의 대변인으로서 하고 싶은 이야기

스타트업이 불합리한 규제를 피하고자 쓰는 노력과 자원이 사업의 본질과 고객 만족에 쏟는 시간보다 훨씬 많이 들어가는 경우가 허다한 것 아시죠? 스타트업이 맨땅에 헤딩하는 것 같지만, 시간이 지나 보면 맨땅에 엄청난 집을 짓고 있었다는 것 아시죠? 스타트업은 변방에서 작게 시작하는 것 같지만, 결국 산업을 바꾸고 국가를 바꾸는 것 아시죠? 스타트업이 5대 대기업을 합친 것보다 더 많은 고용 창출을 하는 것 아시죠? 더 말 안 해도 아시죠?

페이팔의 창업자 피터 틸과 나이키 창업자 필 나이트가 한 말이 저에게 때로 큰 도전이 되고, 큰 위로가 되기도 하더라고요. 그들의 말로 대신하고 싶습니다. 파이팅!

〈트렌드는 중요하지 않다. 다른 사람들이 해결하지 못한 문제, 해결할 엄두도 내지 못하는 문제를 해결하려는 대체 불가능한 사명을 찾는 것이 미래 삶을 결정하는 가장 중요한 일이다 ─ 피터 틸.〉

〈기업가는 결코 포기해서는 안 된다고 말하는 사람들이 있다. 그들은 한마디로 사기꾼이다. 기업가는 때로 포기할 줄 알아야 한다. 때로는 포기할 때를 알고, 다른 것을 추구해야 할 때를 아는 지혜가 필요하다. 포기는 중단을 의미하지 않는다. 기업가는 결코 중단해서는 안 된다 ─ 필 나이트.〉

마지막 한마디

세탁하는 회사가 왜 〈의식주컴퍼니〉냐고 많이들 물어봅니다. 저희는 세탁이 혁신되면 주거 공간이 혁신될

것이라는 강력한 믿음을 가지고 있습니다. 아무리 전용
면적이 작은 주거 공간이라도 세탁 공간과 세탁기가
필수적으로 있는데, 런드리고 서비스가 더욱 성장해서 더욱
많은 사람이 쓰게 된다면 우리가 그동안 너무나 당연하게
생각해 왔던 공간이나 세탁기가 필요 없는 삶이 펼쳐질
것으로 생각합니다. 세탁으로부터 의식주의 변화가 하나씩
시작될 것이라 믿고, 세계인의 삶을 비가역적으로 바꾸어
윤택하게 하는 데 조금이라도 도움이 되었으면 좋겠습니다.

조성우

연세대학교 신문방송학과와 동 대학교 경영전문대학원을
졸업했다. 현대중공업그룹 홍보실에서 첫 직장 생활을 하면서
정주영 현대 창업자의 〈해봤어?〉 정신에 매료되어 덤앤더머스 창업
후 국내 최초 새벽 배송 모델을 만들어 2015년 배달의민족에
매각하고 배민프레시 대표를 역임했다. 2018년
의식주컴퍼니(런드리고)를 창업하고 오늘도 열심히 세탁하고 있다.

런드리고는 천연 세제와 스마트 팩토리로 완성하는
비대면 한밤 배송 세탁 서비스이다.

〈런드리고〉를 운영하는 의식주컴퍼니의 조성우.

렌딧 × 김성준

문제점을

발견하고

풀어내다

문제를 발견하고 풀어
감으로써 세상에 커다란
영향을 만들어 가고
싶습니다.

자기소개 부탁합니다

생명 공학자를 꿈꿨지만 산업 디자인을 공부하고 지금은
테크핀 스타트업을 경영하는 렌딧 대표 김성준입니다. 길지
않은 시간 동안 이렇게 서로 다른 경험을 하게 된 데는
그때마다 제 머리와 가슴을 동시에 깨우고 자극한 트리거가
있었기 때문인데요. 오늘 인터뷰에서 제 인생의 기폭제가
되었던 순간들에 대해 나누어 보려고 합니다. 가장 기억에
남는 트리거는 대학 1학년 때 들었던 강연입니다. 서울 과학
고등학교 졸업 후 생명 공학 전공을 목표로 카이스트에
진학했으나, 대학 1학년 때 세계 최고의 혁신적인 디자인
회사인 IDEO에서 일하던 한국계 디자이너 다니엘 킴의
강연을 들은 후 산업 디자인으로 전과하여 학부는 산업
디자인을, 석사는 스탠퍼드 대학원 기계과의 Joint program
in design에서 공부했습니다. 다니엘의 강연을 들은 후
지금까지도 제 사고의 바탕에는 디자인 싱킹design
thinking이 자리하고 있습니다.

제가 창업한 첫 회사는 2009년에 시작했던 1/2
프로젝트라는 사회적 기업입니다. 현재는 인티메이트
코스메틱 스타트업인 세이브앤코를 창업한 박지원 대표와
함께 공동 창업했습니다. 〈디자인 프로젝트를 통해 기부
문화를 바꾸고 저변을 넓혀 보자〉는 소셜 운동
프로젝트였고, 함께 참여해 도와준 여러 선후배 동료는 현재
한국 스타트업을 이끌어 가는 훌륭한 창업자들로 성장해
있습니다. 프립의 임수열 대표, 해시드의 김서준 대표 등이

있습니다. 모두 파이팅!

두번째 창업은 2011년 스탠퍼드 대학원 유학 때 일입니다. 2010년 스티브 블랭크 교수의 창업 실전 프로그램에서 대학원 친구들과 만들었던 팀에서 시작된 스타일세즈StyleSays라는 소셜 이커머스 사업이었습니다. 지금의 지그재그나 스타일쉐어, 인스타그램의 숍 같은 서비스라고 보시면 됩니다. 이 회사 창업 초기에 당시 비슷한 사업 모델로 급성장 중이던 핀터레스트의 인수 제안 등 주목받았지만, 약 3년 뒤 더 이상 성장이 어렵다고 판단하여 사업을 접었습니다.

그리고 제 인생 세 번째 창업 회사가 바로 렌딧입니다. 렌딧 창업은 스타일세즈와 관련이 깊어요. 2014년 12월 당시 사정이 어려워진 스타일세즈 운영 비용을 구하고자 잠깐 한국에 귀국했습니다. 은행에서 한 3천만 원 정도 대출을 시도했는데, 5년 정도 미국에서 생활하고 있는 갓 서른이 된 사람은 은행에서 좋은 조건으로 대출받을 수가 없더군요. 신용이 부족하기 때문이었습니다. 다음으로 시도할 수 있는 대출은 저축 은행이었습니다. 여기에서는 1천5백만 원 한도에 무려 22퍼센트의 고금리를 내라고 했습니다. 〈아니 도대체 은행의 4퍼센트 대출 다음에 22퍼센트라니, 중간에 5~21퍼센트까지의 금리는 어디로 사라진 거지?〉라는 의문에서 시작된 스터디를 통해 P2P 금융이라는 새로운 기술 기반 금융 산업을 알게 되었고, 곧바로 미국에 돌아가 미국 생활을 정리한 후 한국에 돌아와 렌딧을 창업하게 되었습니다.

창업을 결심하게 된 계기는 무엇입니까?

이제까지 했던 세 번의 창업 모두 〈우리 사회 속에 존재하는 어떤 문제점을 발견하고 풀어내 보자〉는 측면에서 시작했습니다. 잠깐 말한 대로 렌딧을 창업하게 된 계기는 이전에 창업했던 회사의 운영 자금을 마련하기 위해 대출을 시도했다가 중금리 대출이 부재하다는 사실을 알게 된 것입니다. 빅 데이터 분석과 머신 러닝 등 기술 개발을 통해 금융 산업을 혁신해 나갈 수 있다는 확신을 두고 미국 생활을 정리하고 돌아와 창업했습니다. 실제로 2015년 렌딧을 창업한 후 현재까지 6년간 개인들을 대상으로 약 2천5백 억 원가량의 개인 신용 중금리 대출을 집행했는데, 이중 절반 이상은 원래 제2금융권의 고금리 대출을 보유하고 있던 중신용자들이 렌딧 중금리 대출로 갈아탄 상환용 대출입니다. 이분들은 빅 데이터 분석을 통해 개인화된 정교한 신용 분석을 하면 중금리 대출을 받을 수 있는데도 고금리 대출을 받아야 했던 것이죠.

렌딧이 이처럼 중금리 대출을 1조 원 이상 취급하게 되면 약 15만 명의 국민이 700억 원 이상의 이자 비용을 절약할 것으로 추산하고 있습니다. 이렇게 우리 모두의 금융 생활을 혁신하고 더 나아가 개개인의 경제생활의 질을 높인다는 점이 렌딧 창업 후 창출하고 있는 사회 공헌입니다. 첫 창업인 1/2 프로젝트는 〈매일매일 생활 속에서 자연스럽게 기부 활동이 이루어질 수는 없을까?〉라는 질문에서 시작되었고, 두 번째 창업인 스타일세즈 역시 〈빅 데이터 분석을 통해 패션 트렌드를 분석하면 재고가 남는 등 유통을 혁신할 수 있지 않을까?〉라는 문제점을 발견하는 데에서 비롯했습니다.

일하면서 생긴 사건, 사고가 있었나요? 해결하는 과정에서 어떤 배움을 얻었는지요?

회사에 새로 입사한 렌딧맨들을 위한 오리엔테이션을 할 때 늘 이 얘기를 들려주는데요. 2014년 하반기 무렵입니다. 두 번째 창업했던 회사인 스타일세즈가 무척 어려워진 시기가 제 인생에서 가장 춥고 어두웠던 시절이었습니다. 한때 40여 명까지 성장했던 회사의 직원 대부분이 퇴사하고 저 포함 달랑 세 명의 직원이 남아 스탠퍼드 대학교 근처에 있던 저의 집에서 일하던 때입니다. 회사 OT에서 이때 이야기를 하는 건 스스로 이 시기를 회고할 때 무척이나 큰 〈러닝〉이 있다고 생각하기 때문입니다. 바로 기업 문화의 중요성입니다. 스타일세즈를 창업했을 땐 기업 문화라는 것에 대해 별로 생각이 없었어요. 우리가 누군지 정의를 내리지도 않았죠. 사람들이 이런 걸 좋아하는 것 같으니까 빨리 만들자는 생각이었던 것 같아요. 서비스 출시 후엔 사용자도 30만 명 정도까지 정말 빨리 늘어났고요. 그러니까 〈우리가 잘하고 있구나, 더 만들자! 이것도 해보자!〉라는 식으로 움직였습니다. 하지만 우리에 대한 명확한 정의가 없다 보니 시장의 변화나 경쟁 상황 등 외부 변수가 생길 때 빠르게 대응하지 못하고 내부에서 충돌했어요. 결국 중간 과정에서 우리가 쌓아 놓았던 탑이 무너져 버리더군요. 건물을 높이 지을 때도 기둥이 똑바로 서 있어야 하는데 그게 없었던 것이죠. 우리가 〈무얼〉 하고 있고, 〈왜〉 하고 있는지 명확했어야 하는데 그렇지 않았던 것 같아요.

그래서 렌딧은 창업 이전부터 회사 문화에 대해 깊이 있게 생각하고, 초기부터 조직 문화를 명확히 하는 데 집중했어요. 스타일세즈를 정리하는 동안에 책도 많이 읽었는데, 그중 세계적 컨설턴트 사이먼 시넥이 쓴 『나는 왜 이 일을 하는가』에서 많은 영향을 받았어요. 요즘 많이 유명해진 〈골든 서클 이론〉이 등장하는 책이죠. 골든 서클은 원의 중간에서부터 차례로 WHY → HOW → WHAT의 순서로 기업이 〈왜 이 일을 하는지, 어떻게 할지, 무엇을 할지〉를 명확히 정리해야 한다고 설명합니다. 이렇게 기업이 중요시하는 가치에 대한 정의가 명확한 회사는 그렇지 못한 회사보다 영속성이 있고 성장 가능성이 높다고 이야기하고 있죠.

창업 과정에서 느낀, 소소하더라도 행복한 경험이 있나요?

렌딧을 창업한 뒤 맨 처음 대출 고객에게 이메일을 받았을 때가 자주 생각납니다. 창업 초기였는데, 렌딧 같은 중금리 대출이 등장해 생활에 큰 도움이 되었다는 내용이었습니다.

제가 스스로 필요성을 느끼고 창업했지만 시장의 요구가 얼마나 될지 궁금했었는데, 실제로 우리 생활에 필요하고 도움을 준다는 사실을 알게 되어 보람을 느꼈던 기억이 납니다. 두 번째 역시 고객의 감사하다는 인사였는데요. 2009년 한국에서 1/2 프로젝트를 시작한 이후 2010년 유학을 가면서 스탠퍼드 친구들과도 소셜 기부 프로젝트를 이어 갈 때입니다. 학교 근처의 샌드위치 가게 사장님과 뜻이 맞아 샌드위치 1개 값을 내면 1/2 크기의 빵을 받고 나머지 반은 기부하는 프로젝트를 했어요. 학교 근처에 사는 초등학교 학생 엄마가 아이에게 이렇게 좋은 교육이 될 수 있는 일을 해줘서 고맙다고 하더라고요. 우리가 하는 일이 작지만 이렇게 좋은 영향력으로 퍼져 나간다는 걸 알게 되어서 정말 기뻤습니다.

당신은 어떤 것으로부터 영감과 에너지를 얻고 있나요?
사실 일하는 시간 외에는 가족과 많은 시간을 보내려고 노력하는 편이라 별다른 취미 생활이나 여가 시간은 없는 편입니다. 그래도 꾸준히 시간을 쪼개서 지속하는 건 운동입니다. 건강을 위해서이기도 하지만, 머리를 비우고 운동에 열중하는 동안 생각을 정리할 수 있는 시간이 되더라고요. 일도 그렇고 아이들이 태어나면서 예전만큼 시간을 내는 게 어렵지만, 그래도 1주일에 2~3회는 운동하려고 노력하고 있습니다.

당신이 생각하는 〈창업가 정신〉은

제가 생각하는 창업가 정신은 〈문제 발견〉입니다. 제가
지금까지 세 번 창업하게 된 이유이기도 하고요. 늘
무언가를 해결해야겠다는 생각에서 공부하고, 주변에서 이
문제를 함께 풀어 갈 사람들을 찾아보는 데에서부터 회사가
시작되었습니다. 사실 앞으로도 해결해 보고 싶은 여러 가지
주제가 머릿속에 있기도 해요. 이렇게 문제를 발견하고 풀어
감으로써 세상에 커다란 영향을 만들어 가고 싶습니다.

당신이 생각하는 〈혁신〉은

제가 생각하는 혁신은 〈컴포트 존에서 벗어나기〉입니다.
익숙한 상황, 익숙한 환경에서 벗어나는 데에서 새로운
시도가 시작되기 때문입니다. 새로운 시도는 작은 변화를
만들게 되고, 이렇게 작은 변화들이 쌓여 가면서 혁신에
이르게 되는 것이 아닐까요?

렌딧만의 핵심 가치가 있다면

앞서 말한 대로 두 번째 창업했던 회사를 정리할 때 기업
문화의 중요성에 대해 깊이 생각했기에, 렌딧은 창업
직후부터 문화 정의에 큰 노력을 기울였는데요. 오랜 시간을
들여 구성원들의 의견을 묻고 함께 정리하는 과정을 거쳐 총
열네 가지의 핵심 가치를 〈현실 왜곡장 생활 가이드〉라는
문서로 정리했습니다. 렌딧의 문화 가치이고 문화 정의서인
셈이죠. 개인의 업무, 협동 업무, 우리 모두의 생활 등 세

가지 분야로 짜여 있습니다. 이렇게 문화 정의를 한 이유는 우리가 왜, 어떻게, 어떤 일을 하는가에 대한 정의를 명확히 함으로써, 10명인 조직이 50명, 100명이 되어도 수평적인 조직 문화를 지속해 나가기 위해서입니다. 우리가 만들어 가고자 하는 〈사회 공헌〉을 꾸준히 만들어 가며 함께 성장하기 위해서이기도 해요.

① 100-1=0

정교한 한 끗 차이의 디테일이 1등과 나머지를 가릅니다. 렌딧맨은 언제나 가장 완성도 있는 결과물을 만들기 내기 위한 노력을 멈추지 않습니다.

② Do more with less!

한정된 예산과 자원을 더 창의적이고 효율적으로 사용하기 위해 늘 고민해야 합니다. 비용과 리소스를 낭비하고 조직의 비효율이 증가하면, 결국 고객이 받는 혜택이 적어지는 결과로 돌아옵니다.

③ 업무 목적과 소요 기간, 목표, 결과를 생각한 후 일한다!

일을 시작하기 전에는 언제나 이 일을 언제까지 마칠지, 누구와 협업할지, 어떻게 일할지 상세히 설계합니다. 이러한 과정은 바쁜 업무 중에 챙기기 어려울 수 있지만, 완성도와 효율을 높이는 중요한 과정입니다.

④ 책임감 있는 내가 모여 강한 우리가 된다!

문제가 보이면 달려들어 해결하고, 업무는 미루지 않고 빠르게 처리합니다. 이렇게 강력한 렌딧맨 모두의 책임감이 모여 매일매일 성장하는 렌딧을 만들어 갑니다.

⑤ 회고는 성장을 위한 일상이다!

우리가 매일, 매주, 매월 매 분기 회고와 평가를 하는 이유는, 회고와 평가가 우리 모두의 발전과 성장을 위한 가장 좋은 방법이라고 믿기 때문입니다. 습관적인 회고는 조직을 성장하게 하고, 이렇게 계속 성장해 나갈 때 우리가 모두 더 큰 문제를 함께 풀어 갈 수 있다고 믿습니다.

⑥ 가족에게 자랑스럽게 이야기할 수 있는 결정을 내린다!

렌딧맨이 가져야 할 가장 중요한 가치는 〈투명〉입니다. 우리는 순간적인 이익을 위해 고객이 손해를 보게 되는 결정을 내리지 않습니다. 가족에게도 언제나 자랑스럽게 말할 수 있는 결정을 내리는 것이 중요해요.

⑦ 결정은 수직적으로, 실행은 수평적으로!

큰 책임이 따르는 의사 결정은 수직적으로 신속하게 결정해야 합니다. 그러나 이 문제를 풀어 가는 과정에는 렌딧맨 모두가 함께 참여할 수 있어야 합니다. 담당자는 물론 모든 렌딧맨이 자유롭게 토론하고 다양한 의견을 개진할 수 있을 때, 우리가 가진 최고의 능력을 발휘하고 서로 간의 시너지를 극대화할 수 있습니다.

⑧ 오버 커뮤니케이션

소통과 공유는 많이 하면 할수록 좋습니다. 우리는 함께 일하는 조직입니다. 내가 빠뜨리거나 모르는 일을 다른 렌딧맨이 채워 줄 수 있습니다.

⑨ 커뮤니케이션은 신속하고 명료하게!

대답은 신속하게, 의견은 명료하게! 배려는 명확한

커뮤니케이션에서 시작됩니다.

⑩ 내가 대우받고 싶은 대로 모든 렌딧맨을 대한다!

이것이 바로 배려입니다.

⑪ Work hard, Play hard!

휴가를 쓸 때 서로에게 눈치 주지 않고, 눈치 보지 않아야
합니다.

⑫ 먼저 손을 내밀어 줄 따뜻한 렌딧맨이 되자!

특히 새로운 렌딧맨들이 빠르게 적응할 수 있도록, 먼저
다가가서 진짜 렌딧맨이 될 수 있도록 이끌어 주어야 합니다.

⑬ 변화를 즐기자! 넘어져 봐야 점프할 수 있다!

실패는 또 다른 실행을 위한 러닝입니다. 새로운 시도와
변화에 자연스럽게 몸을 맡길 수 있는 문화가 정말
중요합니다.

⑭ Welcome to reality distortion field!

문제를 해결하겠다는 노력을 멈추는 순간 현실 왜곡도
정지합니다. 매일 부딪치는 도전 모두가 결국 커다란 문제의
실타래를 풀어낼 수 있는 중요한 과정입니다.

렌딧의 조직 문화를 소개해 주세요

렌딧 조직 문화의 핵심 키워드들을 정리하면 다음과
같습니다. 저희가 중요하다고 생각하고 함께 만들어 가기
위해 노력하는 부분들로 자세히 정리해 보았습니다.

① 자율과 책임

렌딧에서는 인턴사원부터 가장 오래된 구성원까지 모두

같은 기회와 정보를 줍니다. 출퇴근 시간과 업무 장소 등은 나의 라이프 스타일에 맞춰 스스로 선택이 가능합니다. 우리는 직원이 100명, 200명이 되어도 이러한 문화가 지속될 수 있기를 바랍니다. 이렇게 수평적이고 열린 문화가 지속되기 위해서는 강한 신뢰를 바탕으로 하는 자율과 책임의 문화가 바탕을 이루어야 한다고 생각합니다.

② 소통과 공유

오버 커뮤니케이션! 렌딧맨 모두는 동료와 활발하고 명확한 의사소통을 중요하게 생각합니다. 2주일마다 모든 렌딧맨이 모이는 〈올 핸즈 미팅〉에서는 회사의 주요 전략과 결정 사항이 투명하게 공유되며, 어떤 질문이든 명확한 답변을 들을 수 있습니다. 거의 모든 업무 문서와 프로젝트의 협업 상황도 자유롭게 열람할 수 있죠. 직원 간의 일대일 대화를 장려하고 있으며, 이러한 소통과 공유는 서로의 빈틈을 채워 주고 시너지를 극대화한다고 믿습니다.

③ 수평과 수직

렌딧은 수평과 수직이 공존하는 문화를 추구합니다. 회사가 나아갈 커다란 방향성은 때로는 수직적인 결정이 필요합니다. 그러나 그 방향성으로 나아가기 위한 실제 업무는 반드시 팀 모두가 치열하게 토론하고 강하게 피드백하며 문제를 풀어 가야 합니다.

렌딧을 자랑한다면

우선 렌딧의 여러 가지 제도가 회사 구성원들의 라이프 타임

이벤트들과 함께 발전해 가고 있다는 점을 말하고 싶어요. 처음 창업했을 때는 회사에 결혼한 구성원이 한 명도 없었습니다. 하지만 한 명씩 결혼하고, 렌딧맨 주니어들이 탄생하게 되면서 관련한 제도들이 하나하나 만들어져 왔어요. 우리는 렌딧맨들이 가정과 회사 생활을 행복하게 양립할 수 있도록 최대한의 노력을 기울이고 있습니다. 일례로 법정 육아 휴직을 모두 사용한 때도 희망하면 근로 시간을 단축해서 육아에 최대한 집중하면서 회사 생활을 양립할 수 있도록 하고 있어요. 배우자 출산 휴가 역시 현재와 같이 법이 개정되기 이전부터 법정 기준보다 초과하는 기준의 유급 휴가 제도를 시행해 왔습니다. 또한 유연 근로제를 일찍부터 적극 시행하고 있기도 해요. 평소 다양하고 유연한 업무 환경 제도가 만들어져 있었기에, 코로나19로 인한 재택근무 전환 시기에도 큰 혼란 없이 원격 근무 환경을 만들어 낼 수 있었다고 생각합니다. 〈오아시스〉도 렌딧맨들의 사랑을 듬뿍 받는 렌딧만의 제도인데요. 한 달에 한 번 오전에 세 시간 늦게 출근하거나, 오후에 세 시간 일찍 퇴근할 수 있는 제도입니다. 휴가로 반영되지 않아요. 생각보다 평일 업무 시간 중의 세 시간은 보물처럼 쓸 수가 있더라고요. 이 시간을 평일 처리해야 하는 다양한 생활 업무에 사용하기도 하고, 보너스 같은 휴가로 보내기도 하죠.

격주로 하는 올 핸즈 미팅에서는 〈칭찬합시다〉라는 코너를 운영하고 있는데, 익명으로 고맙고 칭찬하고 싶은 동료를 추천하는 제도입니다. 매번 크고 작은 다양한 이유로 많은 칭찬이 들어오는데, 추천되면 랜덤 럭키 드로를 할 수 있어요. 가장 많은 경우 커피 교환권을 뽑곤 하지만, 에어팟이나 제주도 여행권 등을 획득하기도 하죠. 이렇게 소개하면서 생각해 보니, 렌딧에서 자랑하고 싶은 문화나 제도들은 주로 서로가 서로에게 관심을 두고 배려하는 마음에서 탄생하게 된 것들이 많네요. 사실 이외에도 자랑하고 싶은 내용들이 많이 있지만, 여기까지만 하겠습니다. (웃음)

〈한 아이를 키우려면 온 마을이 필요하다〉라는 아프리카 속담이 있습니다. 당신 회사가 성장하는 데 어떤 도움을 받았는지요?

렌딧 창업 후 특히 2019년 P2P 금융업법(온투법)이 제정되는 과정에서 코리아스타트업포럼은 물론 한국인터넷기업협회에서 정말 많은 도움을 주었습니다. 그 외에도 스타트업 주변에서 도움을 주는 변호사 여러분들과 정부 정책 수립 등을 위해 연구하는 연구자들의 관심도 큰 도움이 되었어요. 무엇보다 감사하다고 말하고 싶은 분은 전 대한상의 회장을 지낸 박용만 두산경영연구원 회장님입니다. 한참 법제화 때문에 국회를 들락거리던 어느 날, 기자들은 모두 없고 엘리베이터에 회장님과 저, 그리고 대한상의 몇 분이 남았습니다. 국회가 계속 정상화되지 않아 법제화 속도가 느려지고 저의 정신력도 거의 바닥을 치고

있던 때였는데, 순간 회장님이 제 어깨에 손을 올리면서
〈성준아, 미안하다. 우리 조금만 더 해보자〉라고
말씀했어요. 그 순간을 생각하면 지금도 울컥할 만큼
감사합니다. 그 어떤 위로와 격려보다도 큰 도움이
되었습니다.

스타트업의 대변인으로서 하고 싶은 이야기

세상이 놀랄 만큼 빠르게 발전하고 있습니다. 변화에
민첩하게 대응하고 정확하게 움직여 나가기 위해서는 하나의
비전과 목표를 강하게 공유하고 있는 작은 조직이 필요하죠.
바로 스타트업입니다. 〈할 수 있다!〉제가 어려움에 닥칠
때마다 되뇌는 주문 같은 말입니다. 포기하면 그 순간 모든 게
끝이지만, 포기하지 않으면 계속 기회를 얻을 수 있다고
생각합니다. 불가능해 보이는 일이라도 마지막 순간이라고
생각할 때까지 할 수 있는 모든 것을 시도해 보는 편입니다.
그런 측면에서 또 한 가지 중요한 건 무엇이든 좋아하고
관심이 있는 분야에서 창업해야 한다는 점입니다.
제가 두 번째 창업했던 스타일세즈를 되돌아보면, 트렌드에
매우 민감한 패션 분야였지만 창업자 네 명이 모두 평소
패션에 전혀 관심이 없던 남학생들이었어요. 결국 회사가
여러 번 변화에 부딪히고 어려움에 봉착할 때마다 서로를
탓하고 결국 와해하였습니다. 우리가 이 일을 왜 끝까지
해내야 하는지에 대한 철학도 뚜렷하지 않았기에 결국
버티지 못했다는 생각이 듭니다.

마지막 한마디

제가 앞에서 P2P 금융법 제정에 관해 이야기했는데, 그만큼 렌딧은 물론 저희 산업 전반에서 정말 중요하고 큰일이기에 다시 또 말하게 되네요. P2P 금융법의 정식 명칭은 〈온라인 투자 연계 금융업 및 이용자 보호에 관한 법률〉로, 흔히 온투법이라고 부릅니다. 그리고 온투법은 한국 스타트업 역사에서도 정말 중요한 의미가 있어요. 바로 법 제정으로 규제를 풀어내고 산업을 재정의한 최초의 스타트업 사례라는 점입니다. P2P 금융은 온투법 제정과 함께 법 기준에 맞춰 등록하면서 이 사업을 영위할 수 있는 등록제 산업이 되었고, 제도권 금융인 〈온라인 투자 연계 금융〉으로 새롭게 탄생했습니다. 많은 스타트업 산업이 분야마다 오랫동안 존재해 온 규제 정책 해결을 위해 노력하고 있고, 온투업 역시 여전히 풀어야 할 부분이 많이 있겠지만, 온투업 제정 과정이 한국 스타트업 규제 정책에서 하나의 좋은 사례로 공유되기를 기대하고 있습니다.

김성준

카이스트에서 산업디자인을 전공했다. 첫 창업은 2009년 사회적 기업 1/2 프로젝트. 두 번째는 2011년 실리콘 밸리에서 창업했던 스타일세즈였다. 세 번째 창업한 렌딧은 중금리 대출 부재를 해결하기 위해 창업한 회사이다.

스스로 렌딧맨이라고 부르는 김성준(오른쪽).

스탠퍼드 대학원 시절 은사이자 멘토인 데이비드 켈리.
IDEO의 창업자이기도 한 그는 디자인 싱킹의 주창자이며,
스탠퍼드 대학교에 D 스쿨을 만들기도 했다.

로보아르테 × 강지영

더
모험적인

일을

벌이고
싶다

실행력과 유연함, 융통성이
같이 있어야 훌륭한 창업가가
될 수 있다고 생각해요.

자기소개 부탁합니다

로봇 F&B 회사인 로보아르테의 대표 강지영입니다.
로보아르테는 로봇으로 치킨을 튀기는 브랜드
〈롸버트치킨〉을 기획하고 운영하고 있습니다. 우리 회사는
2018년 9월 5일 설립하여 이제 5년이 되었어요. 로봇을
뜻하는 로보ROBO와 그리스어로 〈최상의〉라는 뜻을 가진
아레테ARETE를 합쳐서 〈ROBO ARETE〉라고 이름을
지었습니다. 로봇으로 최상의 경험을 선사하고 싶어서
창업했거든요. 그러나 〈아레테〉로 발음하면, 《래》인가요,
《레》인가요, 《태》인가요, 《테》인가요?〉라는 질문을 계속
받을 것 같아서 발음하기 쉽게 로보아르테로 사업자 등록을
했습니다. 로봇을 업그레이드하는 작업을 하면서 직영점을
7개까지 늘렸다가 3개로 줄이면서 지난해 서울 성동구
성수동에서 가맹 1호점을 낸 롸버트치킨은 현재 20호점을
열 예정이고, 제주도를 비롯해 대구 등 지방에도 점포를
열고 소비자 접점을 강화할 생각입니다. 연내 국내 70개의
가맹점을 여는 것을 목표로 하고 있는데 최근 싱가포르에
가맹 1호점을 열었고, 가을에는 뉴욕 맨해튼 한복판에도
1호점을 열 계획이에요.

창업을 결심하게 된 계기는 무엇입니까?

대학에서 경영학을 전공했지만, 예능 PD가 되려고 해서
주변에서는 좀 이상하게 보는 사람이었습니다. 결국 PD는
되지 못하고 증권사 IB에서 M&A와 ECM 업무를 했으나,

더 모험적인 일을 하고 싶어 그 이후 초기 스타트업에
투자하는 VC를 하기도 했습니다. 지금은 누구나
의아해하는 결정이었던 〈창업〉을 하게 된 거죠. 〈그 좋은
VC를 하다가 왜 창업했나요?〉라는 질문을 그동안 참 많이
들었습니다. 그 질문의 답은 〈사업이 힘든지 몰랐기
때문이다〉입니다. 심사역일 때 콘텐츠 스타트업들을 많이
검토했는데, 제가 좋아했기 때문이에요. 콘텐츠 범주의
모든 것을요. 저는 로봇으로 치킨을 튀긴다는 이 BM을
콘텐츠로 접근했어요. 〈로봇으로 치킨을 튀겨서 드론으로
배달하면 상당히 멋지지 않아?〉 그러나 실제는 그렇지
않더군요. 팀원에게 월급을 주고, 전기세를 내고, 막힌
화장실을 뚫고, 협력사와 분쟁이 생기고, 건물주한테
잔소리를 듣고, 이런 일은 〈스타트업을 할 거야!〉라고
결심하는 시점에서는 전혀 알 수 없는 일들이었습니다.
휴, 맞아요. 사업이 이렇게! 이렇게! 힘든지 몰랐기 때문에
창업했습니다.

일하면서 생긴 사건, 사고가 있었나요? 해결하는 과정에서
어떤 배움을 얻었는지요?
거의 2억 원 정도를 들여서 만든 설비가 있었는데, 받지
못했습니다. 계약했던 공장은 60대 세 분이 하는 곳이었고,
열의가 남달랐습니다. 저는 (순진했기에) 의심 없이 그들을
믿었어요. 그러나 납품 기일이 한참을 지났는데도
완성은커녕 아직도 설계를 손보고 있었고, 계약서 문구와

법에 관해 이야기하면 〈이 업계에서는 이런 일 많아!〉라고
오히려 호통쳤습니다. 내용 증명도 왔다 갔다 하고 우여곡절
끝에 설비를 받으려 했는데, 설비에 유치권 행사를 걸어
버리더군요. 결국 그 설비는 받지 못했습니다. 돈과 시간을
날린 거죠. 계약서상 갑은 저희 회사이지만, 실제
비즈니스에서 저희는 철저하게 을인 것을 경험하고 난 후
좋게 이야기하면 이성적으로 변했고, 나쁘게 이야기하면
타인을 믿지 못하게 되었습니다.

창업 과정에서 느낀, 소소하더라도 행복한 경험이 있나요?
논현동에 1호를 오픈했을 때, 〈결국 하긴 했구나〉라는
생각이 들었습니다. 최근 본사 팀원들과 모여서 점심을
먹는데 한 테이블에서 다 같이 먹지 못하고 몇 명은 회의실,
몇 명은 식탁에서 나눠 앉아 먹었어요. 〈회사 비전에
공감하는 사람이 이렇게나 많아지다니!〉 하는 생각에
가슴이 벅차올랐습니다. 그리고 바쁜 중에도 짬을 내서
운동하는데, 그 시간도 아주 행복합니다.

당신은 어떤 것으로부터 영감과 에너지를 얻고 있나요?
BTS, 하성운, 페퍼톤스. 덕질이 제 에너지의 원천입니다.

당신이 생각하는 〈창업가 정신〉은
내가 생각하는 창업가 정신은 〈실행하고 확인하고
수정한다〉입니다. 실행력과 유연함, 융통성이 같이 있어야

훌륭한 창업가가 될 수 있다고 생각해요.

당신이 생각하는 〈혁신〉은

내가 생각하는 혁신은 〈시장을 만드는 것〉입니다.
플레이어가 나 하나인 필드를 시장이라고 할 수 있을까요?
그러나 나 외의 다른 플레이어들이 생기면 우리는 〈시장이
생겼다〉고 표현합니다. 없던 것을 만들었는데, 심지어
거기서 자본의 흐름이 생기다니, 그것을 혁신이라고 하지
않을 이유가 있을까요?

로보아르테만의 핵심 가치가 있다면

〈빠른 실행〉입니다. 시간은 유한한데 탁상에서 논쟁만 할 수
없습니다. 맞는다고 생각하면 대표인 저한테 의견을
개진하고, 제 동의가 있으면 바로 실행하면 됩니다. 어차피
책임은 대표가 질 테니 팀원은 빠르게 실행하면 됩니다.

로보아르테의 조직 문화를 소개해 주세요

대표 눈치 안 보고 출퇴근 문화를 만들려고 노력하고
있습니다. 우리 회사는 오전 9시~10시 사이에 자유롭게
출근하고, 저녁 6시~7시 사이에 퇴근하는데, 9시에 칼같이
와서 집중해서 일하고 6시에 칼같이 퇴근하는 직원들을
보면 굉장히 뿌듯합니다.

로보아르테를 자랑한다면

매우 젊은 회사입니다!

〈한 아이를 키우려면 온 마을이 필요하다〉라는 아프리카 속담이 있습니다. 당신 회사가 성장하는 데 어떤 도움을 받았는지요?

저는 〈스바〉라는 모임의 일원입니다. 스타트업 바스켓볼 어소시에이션을 줄여서 SBA입니다. 심사역이던 시절 스바의 매니저로 들어가면서 저는 많은 스타트업 대표와 친밀한 관계를 맺을 수 있었어요. 그러다 제가 정말로 창업하게 되었을 때, 스바 멤버 중 한 분이 제 어깨를 잡고 하던 말이 잊히지 않네요. 〈너, 이제 × 됐다!〉 (이런 말을 인터뷰에서 해도 되는지, 정녕 되는지 모르겠지만 이 말이 너무 강렬하게 남아 있습니다.) 힘들었던 창업 과정의 고난을 먼저 경험한 스바의 멤버들이 있어서, 제가 A라는 문제에 직면했을 때, 이미 그들은 겪었던 일이기에 답을 바로바로 얻을 수 있었습니다. 단체 채팅방에서 〈휴……〉라고만 해도 〈야, 나와! 술 먹자!〉 하면서 멘털 케어도 해주고, 사업에 필요한 사람들도 먼저 소개해 주곤 했습니다.

스타트업의 대변인으로서 하고 싶은 이야기

애플, 삼성, 테슬라, 아마존 그 모두가 처음에는 스타트업이었습니다. 스타트업 없이 글로벌 기업은 존재할 수 없습니다. 그리고 창업가 여러분, 이러니저러니 뭐라 뭐라 해도 건강이 최고입니다. 회사 그 자체인 창업가 여러분이 건강해야 회사도 건강합니다. 적절한 운동과 휴식, 적절한 요법으로 건강을 지킵시다.

마지막 한마디
치킨은 로봇이, 서비스는 사람이! 롸버트치킨!

강지영

연세대학교 경영학과를 졸업하고 SK커뮤니케이션즈, 유안타증권 IB를 거쳐 2017년 패스트인베스트먼트 투자 심사역으로 일했다. 2018년 〈로봇으로 조리하는 아이템〉에 빠지게 됐고 너무 간절히 하고 싶다는 마음이 생겨 로보아르테를 창업하여 현재 가맹점 20호점을 열 예정이다.

스타트업 바스켓볼 어소시에이션, 줄여서 〈스바〉라고 부르는 모임.

로보틱 키친을 활용한 로보아르테의 강지영.

롸버트치킨을 먹으려고 줄 선 사람들.

로보아르테 × 강지영

본질에
집중하고

흔들리지

않는다

내가 하고자
했던 일, 본질에 집중하고
흔들리지 않고 버티는 것.

자기소개 부탁합니다

간편 전자 계약 서비스 모두싸인을 만들고 있는 이영준입니다. 모두싸인이 계약의 표준이 될 수 있도록 어떻게 하면 더 많은 사람과 조직이 계약을 간편하게 안전하게 할 수 있을까, 문제를 찾고 이를 해결하는 데 집중하고 있습니다. 모두싸인은 직접 만나지 않고도 언제 어디서나 서명할 수 있는 전자 계약 서비스입니다.

모두싸인에 접속해 준비된 계약서를 업로드한 후 계약 상대방의 이메일 주소 또는 전화번호를 입력해 서명을 요청하면, 상대방은 이메일이나 카카오톡으로 링크를 전달받습니다. 이 링크를 클릭해 전자 서명을 하거나 전자 도장을 입력하면 계약이 완료됩니다.

상호 서명을 완료하면 모든 계약 당사자는 PDF 파일과 링크로 계약서를 확인할 수 있기에 종이 계약서를 보관할 필요도 없고 분실 위험도 없이 계약을 체결 및 관리할 수 있어요. 한국환경공단, 한국존슨앤드존슨메디칼, 대웅제약, 맥도날드, 토스, 카카오 등 업계 선두권 기업을 비롯한 11만 개 이상의 기업과 단체에서 모두싸인을 이용하고 있습니다. 또한 모두싸인은 근로 계약서 등 업무 관련 계약서뿐만 아니라 개인 정보 이용 동의서, 헬스장 회원 가입 동의서, 아파트 입주민 조합, 금융/보험 규정 등 서명이 필요한 모든 곳에서 업종과 규모와 관계없이 다양한 조직에 활용할 수 있어요. 앞으로 모두싸인은 계약 체결, 보관뿐만 아니라 계약서 제작, 검토, 관리, 이행 서비스 등 계약의 시작부터 끝까지 고객에게 가치를 제공하는 서비스로 확장할 예정입니다. 대한민국을 대표하는 B2B SaaS 서비스가 되고 더 나아가 개인과 조직의 중요한 일, 좋은 일에 반드시 사용하는 계약의 표준이 되는 것을 목표로 하고 있습니다.

창업을 결심하게 된 계기는 무엇입니까?

처음부터 원대한 꿈을 가지고 시작하진 않았습니다. 아주 우연히 〈중요한 문제를 풀고 싶다〉는 생각으로부터 시작했던 것 같아요. 저는 법학을 전공했고 여느 법대생처럼 고시 공부를 했었습니다. 고시 공부는 제가 원했다기보다 부모님의 기대와 함께 수험생이 수능 공부하는 것처럼 법학을 전공했으니 당연히 그렇게 해야 하는 것으로 생각했어요. 공부하던 도중 내가 좋아하는 일일까? 내가 잘할 수 있는가? 합격해서 일할 때 행복할까? 합격했다는 것이 내가 생각하는 인생에서 성공했다고 볼 수 있을까? 등등 스스로 질문을 던져 봤을 때 〈아니다〉라는 확신이 들어 고시 공부를 그만두고 제가 잘할 수 있고 하고 싶은 일을 찾는 시간을 가졌습니다.

저는 문제를 정의하고 그것을 저만의 방식으로 푸는 것을 좋아한다고 생각했어요. 그래서 어릴 적부터 관심 있고 프로그래밍 쪽으로 방향을 잡았습니다. 개발 지식을 늘림과 함께 좋은 서비스는 단순히 개발 외에도 좋은 아이디어와 좋은 디자인이 함께 있어야 한다는 생각에 학교에서 다양한 전공을 가진 학생들과 애플리케이션을 만드는 개발 동아리를 만들어 2년 동안 제가 만들고 싶었던 다양한 애플리케이션을 만들었어요. 여러 애플리케이션을 만들던 도중 제 전공인 법과 관련된 문제들이 보였는데, 법은 많은 것에 영향력이 매우 크지만 법적 문제를 예방하고 해결하는 데 너무 어렵다는 생각이 들더군요. 특히 시간과 공간적 제약으로 인한 문제가 크다고 생각했고, IT 기술로 여러 문제를 풀 수 있지 않을까 생각했어요.

그런 여러 문제 중 많은 사람이 변호사를 찾는 데 어려워하고, 변호사는 의뢰인을 만나는 것을 어려워한다는 문제를 발견했습니다. 의뢰인에게는 나의 사건을 가장 잘 해결해 줄 수 있는 변호사의 정보를, 변호사는 영업이 아니라 나의 실력으로 나를 알리고 의뢰인을 만날 수 있는 변호사 검색 서비스 〈인투로〉를 만들기로 결심했습니다. 이를 위해 단순히 동아리 수준으로는 안 되겠고 창업하여 이 문제를 함께 풀고 싶어 한 동아리 개발자와 디자이너 동생, 저 이렇게 시작했어요. 처음에는 학교 동아리방에서 시작했다가 학교 근처 원룸에 들어가 먹고, 자고, 일하며 열심히 제품을 개발했습니다. 이후 같은 전공의 학교 친구가 합류하여, 2015년 12월 프라이머로부터 투자받으며 법인을 설립했지요. 이후 여러 시행착오를 통해 서비스를 계속 발전시키면서 지금의 모두싸인까지 오게 되었습니다.

일하면서 생긴 사건, 사고가 있었나요? 해결하는 과정에서
어떤 배움을 얻었는지요?

창업 초기에 좋은 투자사를 만나게 되어 투자 직전까지
진행되었던 적이 있었어요. 회사 자금이 얼마 없었지만, 곧
투자받는다는 생각에 투자 직전에 자금을 크게 집행해
사용했습니다. 하지만 믿었던 투자가 최종 의사 결정
단계에서 중단되면서 회사가 자금난으로 큰 어려움에
부닥칠 것 같았죠. 다행히 또 다른 좋은 투자자로부터
투자받으면서 위기를 극복할 수 있었는데, 그 이후 어떤
상황을 예측해 큰 결정을 한다는 것은 매우 위험하다는 걸
깨달았습니다. 그리고 어떤 것이 결론 나기 전까진 최대한
많은 경우의 수를 생각하고 미리 대비하고 신중하게
해야겠다고 마음먹었어요. 그때 그 경험 이후로 회사에서는
〈설레발 경보기〉가 생겼는데, 누군가 결과가 나오기 전
지나친 기대를 하면, 회사 메신저에 설레발 경보가 울리는
그런 도구가 만들어지기도 했습니다.

창업 과정에서 느낀, 소소하더라도 행복한 경험이 있나요?
처음 모두싸인을 만들 때 우리 서비스를 이용할 것 같다고
생각했던 어떤 회사들이 있었어요. 이후 서비스가 출시되고
실제로 그 회사에서 우리 서비스를 이용하는 모습을 볼 때
정말 행복했습니다. 정리하자면, 우리가 생각했던 가설이
검증되어 고객에게 가치가 전달되는 것을 알 때 큰 행복을
느끼는 것 같아요. 그리고 고객이 모두싸인이 없었던

예전으로 돌아갈 엄두가 나지 않는다고 이야기할 때도 큰
보람을 느낍니다. 창업한다는 것은 결국 세상에 없던
누군가가 내가 생각한 무엇을 만들고 그 가치를 인정받는
과정이고, 이게 창업의 매력이 아닌가 싶어요.
또 하나, 회사 구성원이 결혼하는 것을 보게 될 때
행복합니다. 처음에 창업했을 때 솔직히 우리 회사가 망하지
않을까? 잘 안 되면 어떡하지 등 고민이 많았어요. 그런데
회사가 성장해 회사에서 제공하는 월급으로 가정이
유지되고 또 구성원이 결혼하는 모습을 보며, 우리 회사가
진정 〈회사가 됐구나!〉를 실감할 때 소소한 행복을 느낍니다.

당신은 어떤 것으로부터 영감과 에너지를 얻고 있나요?
가족에게 가장 큰 에너지를 얻습니다. 가끔 내가 생각한
대로 문제가 풀리지 않고 실수할 때마다 스스로 아쉬움이 커
에너지가 떨어질 때도 있지만 가족과 함께 시간을 보내고
기대면서 에너지를 얻게 되는 것 같습니다. 영감은 주로
일기를 쓰거나 생각을 정리하며 얻게 되는 것 같아요. 특히
저는 어떤 개념을 스스로 정리하고 본질을 찾는 것을
좋아합니다. 이 과정을 통해 나를 돌이켜 보고 주변 환경을
관찰하며 또 문제를 계속해서 파고들면서 새로운 영감을
얻게 됩니다.

당신이 생각하는 〈창업가 정신〉은
끊임없이 버티고 본질을 추구하는 힘이라고 생각합니다.

창업은 단기간 성과가 나지 않습니다. 그리고 수많은 유혹이 있습니다. 내가 하고자 했던 일, 본질에 집중하고 흔들리지 않고 버티는 것이 창업가 정신이라고 생각합니다.

당신이 생각하는 〈혁신〉은

지금보다 더 나은 것을 추구하고 그렇게 만들기 위해 최선을 다하는 것입니다. 혁신은 되게 멋있고 대단한 것으로 생각하진 않아요. 어제보다 나은 내일, 조금 더 나아지는 것에 관심을 가지고 추구하며 작은 실행을 할 때 비로소 혁신이 이뤄지는 것 같아요.

모두싸인만의 핵심 가치가 있다면

첫째, Customer Centric(자기 생각 중심이 아닌 고객 중심). 둘째, Go Beyond(만족하지 않고 더 높은 기준을 지향한다). 셋째, Focus On Impact(고객 가치와 매출에 임팩트를 주는 것에 집중한다). 넷째, Act Now(의사 결정을 미루지 않고, 실행을 늦추지 않는다). 다섯째, Disagree and Commit(충분한 목소리를 내되, 결정되면 따른다)입니다.

모두싸인의 조직 문화를 소개해 주세요

투명한 정보 공유를 지향합니다. 이를 위해 최대한 많은 정보를 솔직하게 공유하려고 해요. 단순히 다른 회사가 해서 좋은 게 좋다기보다는 구성원 스스로 주인 의식을 가지고 더 나은 의사 결정을 내리고 같은 방향으로 나아가기 위해선

정보가 최대한 투명하게 공유되는 것이 필요합니다.

모두싸인을 자랑한다면

모두싸인은 수요일이 한 주의 시작이자 끝입니다. 눈치 보지
않는 휴가를 쓰자고 이야기를 나누다 왜 휴가 가성비가 가장
높은 월요일과 금요일은 결국 휴가를 쓰기에 쉽지 않을까
생각해 보니 월, 금에 중요 회의가 있었고 한 주는 월~금을
기본으로 관리하기 때문이라는 것을 알았어요. 그런 이유로
월, 금 회의를 수요일로 옮기고 주간 계획을 수요일
기준으로 삼고 대신 수요일은 휴가나 재택근무를 최대한
지양하고 최대한 함께하는 날로 통일했습니다. 이 제도가
특별하다기보다 모두싸인은 모든 것을 당연하다고
생각하는 것이 아닌 〈왜〉를 질문하고 이를 통해 회사의 많은
것을 바꾸고 더 나아가고자 노력하는 회사라는 것을
강조하고 싶었어요.

〈한 아이를 키우려면 온 마을이 필요하다〉라는 아프리카
속담이 있습니다. 당신 회사가 성장하는 데 어떤 도움을
받았는지요?

많은 것이 부족함에도 함께해 준 구성원들이 가장 큰 도움을
주었어요. 그리고 모두싸인의 가치를 믿고 이용해 주는 고객
덕분에 지금의 모두싸인이 있습니다.

스타트업의 대변인으로서 하고 싶은 이야기

더 나은 세상을 위해 문제를 끊임없이 푸는 스타트업에게 힘을 주십시오! 끝날 때까지 끝난 것이 아닙니다. 지키고 힘들더라도 버티고 버티면 언젠가 큰 기회가 올 것이라고 감히 생각합니다.

마지막 한마디

모두싸인은 수백 년 동안 바뀌지 않았던 계약 방식을 혁신하고 계약의 표준이 되는 회사, 그리고 수많은 조직과 사람의 중요하고 좋은 일을 더 좋게, 더 안전하게 끝날 수 있도록 도움을 주는 회사가 되고 싶어요. 누군가 모두싸인이 왜 성공했느냐고 묻는다면, 좋은 제품과 좋은 조직 문화 덕분이었다고 이야기되는 회사였으면 좋겠습니다.

이영준

부산대학교에서 법학을 전공하며 고시를 준비하다가 교내 어플리케이션 개발 동아리 앱티브를 설립했다. 리걸테크 기업 로아팩토리를 설립하고 변호사 검색 서비스 인투로, 템플릿 기반 계약서 작성 서비스 오키도키 이후 2015년 전자 계약 서비스 모두싸인(회사명도 모두싸인으로 변경)을 개발하여 지금껏 운영하고 있다.

창업 초기, 두 번째 사무실이었던 원룸에서.

부산에서 진행한 모두싸인의 전체 워크숍 〈모두회의〉.

변호사 검색 서비스 〈인투로〉를 발표했을 때 모습.

백패커 × 김동환

꾸준함이

모든

힘이다

꾸준함만큼 실행이 어렵고
꾸준함만큼 과소 평가받는
영역도 없는 것 같아요.

자기소개 부탁합니다

안녕하세요. 주식회사 백패커의 대표 이사를 맡고 있는
김동환입니다. 수공예품 작가들이 손으로 만드는
핸드메이드 작품, 수공예, 수제 먹거리 등을 온라인으로
구매할 수 있는 마켓 플레이스 서비스 〈아이디어스〉를
운영하고 있습니다. 아이디어스는 대량 생산한 획일화된
공산품과는 다른, 작가들이 손으로 만든 작품을 만나 볼 수
있는 서비스로, 현재 4만 명이 넘는 작가가 만든 55만 개
이상의 작품이 등록되어 있답니다. 이커머스의 화두는
조금이라도 더 저렴한 가격, 조금이라도 더 빠른 배송일
텐데 저희는 이커머스 산업에 속해 있지만 어쩌면 정반대로
가고 있는 서비스입니다. 한 명 한 명의 작가가 본인의
이름을 걸고 좋은 원부자재를 써서 정성껏 만들므로
최저가일 수가 없고, 주문이 들어오면 제작에 들어가는
경우가 많아서 빠른 배송이 힘든 편입니다. 그런데도
현재까지 1천8백만 번에 가까운 앱 다운로드와 누적 1조
원에 가까운 거래 금액이 발생하고, 한 달에 500만 명이
방문하는 사랑받는 서비스로 성장했습니다.

창업을 결심하게 된 계기는 무엇입니까?

저와 함께 자취했던 사촌 동생이 대학에서 도자기를
전공해서 그 과정을 오래 지켜보았는데, 도예를 배우는
과정뿐만 아니라 졸업해서 지하 2층의 작업실을 구하고, 또
정성껏 만든 도자기를 판매할 곳이 마땅히 없어서 매주

벼룩시장을 나가거나 길거리에 좌판을 깔고 판매하는
것까지도 옆에서 보았어요. 그때 도자기뿐만 아니라 금속
공예, 목공예, 가죽공예처럼 손으로 무언가를 만드는
사람들이 굉장히 많이 있다는 것도 알게 되었고, 그런
분들이 아무리 실력이 좋아도 구매자를 만나기가 힘들다는
사실을 알게 되면서 서비스를 준비하게 되었습니다.

일하면서 생긴 사건, 사고가 있었나요? 해결하는 과정에서
어떤 배움을 얻었는지요?
큰 기대와 희망에 차서 창업하지만 현실에서 마주하게 되는
것들은 대부분 많은 문제와 사고이지 않을까요? 저는
팀원들의 단체 퇴사가 기억에 남아 있는 가장 아픈
순간입니다. 스타트업은 특히나 사람이 전부인데 좋은
사람을 채용하는 것도 중요하지만 맞지 않는 사람들과
현명하게 헤어지는 것 또한 중요하다는 것을 많이 깨달았던
것 같아요. 그 이후로는 좋은 조직 문화를 만드는 것에도
관심을 많이 두게 되었습니다.

창업 과정에서 느낀, 소소하더라도 행복한 경험이 있나요?
목표가 높아서인지 아주 큰 행복감은 아직 느껴 본 적이
없는 것 같아요. 사업의 성장과 투자 유치 같은 것들도
행복감보다 안도 또는 부담이 더 컸던 것 같습니다. 그래도
소소한 행복은 매 순간 있었어요. 아이디어스에서 판매하는
작가들이 보내 주는 수많은 감사 편지에 항상 행복했고,

그리고 초기에 현저히 낮은 보상으로 너무나 많은 일을 했던 동료들이 스톡옵션을 행사해서 회사의 주주가 되던 순간에는 주인의식을 가지고 일했던 동료들이 정말로 회사의 주인이 된 것 같아서 기뻤습니다. 그리고 큰 사무실로 이사해서 처음으로 건물 외벽에 회사 간판을 달던 날도 한참을 밖에서 간판만 바라보며 행복해했어요.

당신은 어떤 것으로부터 영감과 에너지를 얻고 있나요?
영감은 혼자 생각할 때, 그리고 에너지는 가족에게서 많이 얻습니다. 반려견에게서도 많은 배움을 얻어요. 강아지는 맛있는 게 있으면 아끼지 않고 그때 먹고, 놀 수 있을 때 열심히 놀고, 좋아하는 감정이 있으면 바로 표현하고, 매 순간 진심이고 항상 감정에 솔직하잖아요. 사업을 하다 보면 생각이 매우 복잡해질 때가 많은데, 강아지는 복잡한 삶을 아주 단순하게 살아가는 듯해서 부럽기도 하고 현재에 충실하고 솔직한 감정 표현에서는 배울 점도 많이 찾습니다.

당신이 생각하는 〈창업가 정신〉은
제가 생각하는 창업가 정신은 〈꾸준함〉입니다. 꾸준함 만큼 실행이 어렵고 꾸준함처럼 과소 평가받는 영역도 없는 것 같아요. 하루아침에 무언가가 바뀌는 일은 거의 일어나지 않습니다. 사업이건, 사람이건 최종적으로 만들어지는 모습은 무수히 많은 꾸준함의 결과라고 생각합니다.

당신이 생각하는 〈혁신〉은

제가 생각하는 혁신은 〈실행〉입니다. 멋지고 뛰어난 생각은 너무나 쉽고 누구나 할 수 있지만 변화시킬 수 있는 것이 정말 단 하나도 없거든요. 어설프고 작은 실행들이 꾸준히 모여서 혁신의 밑거름이 되는 것 같아요.

백패커만의 핵심 가치가 있다면

One team, Be open, Action, Aim high, Be professional, Be a superb colleague. 이 여섯 가지 핵심 가치를 조직 문화로 내세우고 있습니다. 초기에 다섯 명 남짓의 작은 인력에도 불구하고 빠르게 성장할 수 있었던 이유를 회사의 핵심 가치에 담았어요.

백패커의 조직 문화를 소개해 주세요

스타트업에서 〈성장〉은 빼놓을 수 없는 키워드겠죠? 저희 역시 팀원의 성장이 회사의 성장이라는 믿음 속에 무제한 교육비 지원 정책을 지지하고 있습니다. 직무와 관련된 강의라면 수백만 원의 교육비가 든다고 해도 모두 전액 지원하고 있어요. 그리고 주도적으로 문제를 해결하는 사람이 공개적으로 칭찬과 인정받는 문화를 만들어 가고 있습니다. 컬처 핏에 모범을 보인 분을 팀원들에게 추천받아 〈백패커 스탠다드〉로 한 달에 한 분을 선정하고 포상하고 있어요. 그뿐만 아니라 매일 서로서로 칭찬할 수 있는 〈Thanks my Colleague〉라는 제도도 운용하면서 협업과

적극성을 장려하고 있습니다. 어떤 분은 〈사람은 악함이
있을 수밖에 없는데 여기는 내가 다녀 본 회사 중 사람들이
선함을 잘 발휘할 수 있는 메커니즘이 가장 잘되어 있는
회사였다〉고 평을 남기기도 했어요.

백패커를 자랑한다면

저희는 작품을 제작하는 작가와 구매자를 연결해 주는 양면
시장에 있습니다. 그래서 고객뿐만 아니라 공급자인
작가님을 존중하고 지원하는 시스템과 생태계를
적극적으로 만들고 있어요. 아이디어스 작가라면 손익
관리나 고객 응대, 법률과 세무 교육을 받을 수 있고, 개인
사업자 특성상 소홀할 수밖에 없는 육체적, 정신적 건강
관리 문제를 해결하기 위해 건강 검진을 지원하고 심리 상담
서비스도 연계합니다. 그리고 작품 제작에만 집중하실 수
있게 로고나 패키지 디자인 서비스를 제공하고 전문
사진작가의 촬영도 무상으로 제공하고 있어요. 작품 제작에
필요한 원부자재도 가장 저렴하게 구매할 수 있도록
원부자재 스토어도 운영합니다. 무엇보다 〈작가〉라는
호칭을 서비스 내에서 자연스럽게 녹여서 단순한
〈판매자〉가 아니라 〈작가〉로 존중받을 수 있는 문화를
만들어 가고 있습니다.

〈한 아이를 키우려면 온 마을이 필요하다〉라는 아프리카 속담이 있습니다. 당신 회사가 성장하는 데 어떤 도움을 받았는지요?

잘 다니던 회사 때려치우고 같이 창업해 준 동업자와 초기에 합류해서 박봉에 일복만 터졌던 초기 멤버들이 불쏘시개 역할을 하지 않았다면 여전히 이 사업은 창업자의 작은 아이디어에 머물렀을지도 모릅니다. 가장 감사한 마음이 드네요. 그리고 큰 규모의 자금을 믿음으로 투자해 준 주주들에게 감사합니다. 투자받은 돈을 갚으려고 사업하는 것이 아니라 그들의 믿음이 잘못되지 않았다는 것을 증명하기 위해 더 큰 힘을 내게 되는 것 같습니다. 그리고 무엇보다 좋은 작품을 만들어 주는 작가들, 그 가치를 알아봐 주는 아이디어스의 많은 사용자에게 항상 큰 도움을 얻고 무한한 감사를 보내고 있습니다.

스타트업의 대변인으로서 하고 싶은 이야기
대량 생산된 공산품처럼 성공 방정식이 획일화된 대한민국에서 스타트업들의 반란이 있으므로 우리는 조금 더 재미있고, 다채롭고, 편리하고, 역동적인 삶을 살 수 있지 않을까요? 물론 될 수 있으면 창업하지 않기를 바라지만⋯⋯. (웃음) 창업은 생각보다도 훨씬 더 힘든 과정인 것 같아요. 문제 하나를 해결하면 문제 두 개가 더 생겨나는 마법도 많이 일어나지요. 주위의 다른 스타트업들은 너무 빨리 성장하는 것 같은데, 나는 항상 제자리걸음을 치는 것 같아 조급한 마음이 들 때도 많습니다. 사람들은 큰 성공만 보지만 실제로는 작은 것 하나를 이루기 위해서도 잠 못 드는 고민, 수많은 실패, 불편한 변화, 억울한 비판, 부담, 실망, 희생 등이 필요한데 이런 것들은 잘 보이지 않죠. 이런 고민이 언제면 끝이 날까 가끔 생각도 해보지만 어쩌면 영원히 끝나지 않을 수도 있겠다는 생각도 합니다. 당신이 창업했다면 저와 비슷한 감정들을 겪어 봤겠지요? 그래서 저 역시 창업을 했지만 다른 모든 창업가를 존경하게 되고, 현실은 잔혹하지만 동화 같은 행복한 결말을 꿈꾸며 모든 창업가에게 더 힘내자고 말하고 싶습니다. 아자 아자 파이팅!

마지막 한마디

시골에서 자란 촌놈이 어쩌다 보니 서울에서 창업한 지도 10년이 넘었네요. 남들은 창업하자마자 대규모 투자를 잘만 받던데 저는 창업 후 2년이 되어서야 겨우 에인절 투자를 받았고, 그때만 해도 10년은 굶으며 고생하겠다고 각오했는데 많은 분이 도움 주셔서 다행히 굶지 않고 여기까지 왔습니다. 창업할 때만 해도 열정과 패기 넘치는 청년이었는데, 요즘은 거울을 보니 웬 얼굴 부은 아저씨가 보여서 깜짝깜짝 놀랄 때가 많습니다. 머릿속은 무거운데 머리숱은 왜 이렇게 가벼워지는 것 같을까요? (혹시 창업가 여러분도?)
창업가 정신에 관한 인터뷰이지만 여전히 좋은 창업가는

어떤 사람인가에 대한 해답을 찾지 못했고, 창업을 통해 나는 무엇을 배웠고 앞으로 무엇을 배워야 하며 이 끝은 어디인지, 끝이 있을지, 어떤 모습일지 그려지지 않아 안갯속을 헤매듯 답답할 때가 많습니다. 창업 초기나 지금이나 혹시 망하지 않을까 두려운 마음은 여전히 그대로이네요. 여섯 명 남짓한 작은 사무실에서 시간이 멈춘 것 같은데, 둘러보니 이제 300명 가까이 함께하고 있어 부담도 되고 든든하기도 하고 그렇습니다. 모든 사람을 만족시킬 수는 없기에, 반대로 누군가는 실망하게 할 수밖에 없는 자리이기에 비판과 때로는 비난으로 번지는 감정들이 여전히 익숙하지 않아 아파서 주저앉아 보기도 하고, 반대로 만족하고 기뻐하는 누군가 때문에 힘을 내어서 다시 일어나 보기를 반복합니다. 앞에서는 항상 좋은 모습만 보여 줘야 하는 창업가들은 다 비슷한 마음이겠죠? 대한민국 모든 창업가분, 많이 일해도 적게 스트레스받고 부디 득모 하십시오!

김동환

다음커뮤니케이션을 거쳐 벤처 기업 인사이트미디어에서 일본 지사장으로 근무했다. 도예과를 졸업한 사촌 동생에게서 영향을 받아 2014년 핸드메이드 마켓 아이디어스를 창업했다.

레드 헤링의 아시아 100대 기업에 선정되다.

데모데이에서 피칭 중인 김동환.

공개적으로 칭찬과 인정받는 문화를 만드는 백패커 사람들.

백패커 × 김동환

모든 선택의

판단
기준은

고객이다

결국 창업가는 생각에 그치는
사람이 아니라 실행하는
사람입니다.

자기소개 부탁합니다

저는 보험의 새로운 가치와 경험을 제공하고 있는 보맵의
대표 류준우입니다. 보맵은 보험의 정보 비대칭을 해결해
주는 인슈어테크 플랫폼으로서 고객은 보맵 앱을 통해
마이데이터를 기반으로 가입한 모든 보험 내역을 확인할 수
있고, 보험 정보와 건강 검진 데이터를 결합한 보맵 보장
분석 엔진을 통해 불필요한 보험을 줄이거나, 꼭 필요한
보장에 대한 AI 분석도 받을 수 있으며, 보험 가입 또는
보험금 청구 등의 서비스도 비대면으로 진행할 수 있습니다.
이렇듯 보맵은 연간 수입 보험료 기준 200조 원이 넘는 국내
보험 시장을 데이터와 디지털 기술을 통해 혁신한 경험을
바탕으로 국내를 넘어 글로벌 보험 시장으로 나아갈 준비를
하고 있습니다.

창업을 결심하게 된 계기는 무엇입니까?

학부생 시절 저의 목표는 미국 보험 계리사가 되어 글로벌
보험사의 대표가 되는 꿈을 가지고 있었고, 그 첫 경력의
시작으로 서울보증보험에 입사하게 되었습니다. 하지만
직장인으로 사는 삶은 제가 생각하는 만큼의 동기 부여와
보상, 자유로움을 주기엔 한계가 있었고, 그렇게 하루하루
안주하는 삶을 살고 있는 저 자신에 대한 불안과 불만을
해소하고자 아무런 준비 없이 퇴사하고, 당시 미국에서는
화제였지만 국내에서는 아직 특출 나게 치고 나가는
플레이어가 없다는 이유만으로 컵케이크 사업을 한국에서

시작하게 되었습니다. 하지만, 베이커리에 대한 기본 지식도 없는 대표가, 함께 고민하며 실행할 핵심 인재들 없이 그것도 온라인이 아닌 오프라인 사업을 한다는 것은 사업적으로도 규모를 키우는 관점으로도 어려움이 있음을 깨닫게 되었고, 결국 창업이란 내가 잘 알고, 잘할 수 있는 일, 또는 시장 문제를 내 방식으로 그것도 혼자가 아닌 팀을 이루어 함께 빠르게 가설을 세우고 검증하는 반복적인 노력을 통해 시간과 공간을 초월하는 디지털로 세상을 바꾸어 나가는 과정임을 깨닫게 되었어요. 결국 제가 제일 잘 알고 잘할 수 있는 일과 시장이 보험업과 보험 시장이고, 보험사 내부에서 또 보험 소비자로서 경험한 보험 시장의 문제점, 즉 〈공급자 중심으로 돌아가고 있어 정보의 비대칭이 만연한 보험 시장〉을 디지털과 데이터를 통해 소비자 중심으로 혁신해 보자는 미션을 가지게 되었습니다. 그리고 보험의 본질인 우리에게 갑자기 닥치는 리스크를 대비할 최소한의 안전장치로 소비자가 좀 더 안정적인 보험 생활을 누릴 수 있도록 만들자는 사명감에 공감한 두 명의 공동 창업가와 함께 보맵을 시작하였어요.

일하면서 생긴 사건, 사고가 있었나요? 해결하는 과정에서 어떤 배움을 얻었는지요?
〈스타트업은 절벽에서 뛰어내려서 추락하는 와중에 비행기를 조립하는 일과 같다〉라고 한 링크드인의 공동 창업자 리드 호프먼의 말처럼, 보맵 역시 지금껏 다양한

사건 사고의 연속으로 성장하고 있지만, 보맵에서의 첫
사건은 창업하고 6개월 만에 발생했고, 그 사건 하나로
보맵은 시작도 못 해보고 사장될 뻔했던 아찔한 사고가
있었습니다. 보맵을 창업한 2015년 10월, 우리는 소비자가
보험을 어려워하고 어떤 보험을 들고 있는지 기억하지
못하니까, 우리가 앱으로 관리해 주면 소비자는 언제든
스마트폰으로 보험을 확인할 수 있으므로 만족할 것이라는
가설을 세우고 그 문제점을 해결하기 위해 최초 1회 보험
증권을 촬영하면 OCR 기술로 우리가 이미지에서 텍스트를
추출해 (명함 관리 앱 〈리멤버〉와 비슷한 기술) 앱에서 잘
보이도록 만들어 주는 일이었습니다. 그렇게 6개월 동안
우리는 완벽한 앱을 만들기 위해 집중했고 우리의 가설은
모두가 공감할 내용이었기에 앱만 출시하면 보험 시장을
통째로 먹을 수 있다는 자만에 빠져 있었습니다. 하지만
6개월 후 출시된 보맵 1.0 버전은 친구와 가족조차 설치해
주지 않으면서 한 달 동안 다운로드가 채 50건도 넘지 않는
실패한 앱이 되어 버렸어요. 그 이유는 〈최초 1회의
촬영〉이라는 액션이 소비자에게 너무 큰 장애였는데도
우리는 소비자를 보지 못한 채 우리끼리만 가설을 세우고
이에 대한 검증 없이 6개월이라는 긴 시간 동안 그 잘못된
가설만을 맹신하며 서비스를 만들며 시간을 허비한
것입니다. 그리고 그 결과는 회사가 망할 뻔한 위기로
이어졌고, 그때 다행히도 롯데엑셀러레이터(현
롯데벤처스)와 한화드림플러스63이라는 기적같은

엑셀러레이팅 프로그램에 선정되고 또, 보험 시장이 변화되어야 한다는 문제점에 공감한 에인절 투자자를 만나 다시 처음으로 돌아가 가설을 세우고 소비자 인터뷰를 통해 가설을 검증하고 그걸 가장 〈린lean〉한 방식의 서비스로 만들어 소비자 반응을 보고 더 발전시킬 것인지, 아니면 버리고 다른 가설을 세울 것인지를 판단하면서 보맵 서비스를 나아가게 할 수 있었습니다.

창업 과정에서 느낀, 소소하더라도 행복한 경험이 있나요?

저는 요즘이 가장 행복합니다. 물론, 외부에서 바라보면 지금은 아마도 가장 어려운 상황으로 보일 겁니다. 금융소비자보호법이라는 규제가 여전히 발목을 잡고 있고, 글로벌 투자 시장의 위축으로 투자받기도 쉽지 않습니다. 하지만, 제가 지금이 가장 행복하다고 말할 수 있는 건 스타트업의 가장 큰 경쟁력은 결국 실행력이고 그 실행력의 근원은 바로 사람 즉, 함께 일하는 동료이기 때문입니다. 지금 보맵에서, 〈보험 시장을 혁신하자〉는 비전을 공유한 보맵퍼들 모두 우리가 하는 일이 조금 더 좋은 세상을 만드는 일이고 그를 위해 하루하루 서로 신뢰하며 최선을 다하고 있습니다. 누군가 제게 스타트업 성공의 핵심 요소가 뭐냐고 묻는다면 〈기세〉라고 답할 것입니다. 어느 누구도 방어적으로 수동적으로 불평불만만 늘어놓고 눈치를 보는 조직이 아닌 어떤 아이디어도 쉽게 꺼낼 수 있고, 그 아이디어를 검증하기 위해 최대한 빠르게 서비스를 만들어

소비자 반응을 보고 그 과정에 회고를 통해 잘한 일은
칭찬하고 잘못된 일은 개선하는 과정을 모두가 함께 반복해
나가는 그런 기세를, 저는 지금 보맵에서 경험하고 있기에
오늘이 가장 행복합니다.

당신은 어떤 것으로부터 영감과 에너지를 얻고 있나요?
제게는 선배 창업가이자 인생의 본보기로 닮고 싶은 멘토가
있습니다. 배달의민족 김봉진 대표가 바로 그런 분으로 당시
김봉진 대표는 코리아스타트업포럼의 초대 의장으로서
스타트업의 생태계 발전과 규제 혁신 등을 위해
솔선수범하고 있었어요. 그리고 〈과시적 독서가〉이자
엄청난 독서광이어서 꾸준히 좋은 책을 자신의 SNS에
추천하기도 했습니다. 게다가 재산의 절반을 사회에
환원하겠다 선언하기도 했죠. 그런 멘토를 닮기 위해
노력하고 있습니다. 그분이 추천해 준 책을 읽고,
코리아스타트업포럼 등의 활동을 통해 뵙고 대화하고,
그분의 경영 철학과 배달의민족의 조직 문화를 참고하여
보맵만의 문화를 만들기 위해 노력합니다.

당신이 생각하는 〈창업가 정신〉은
바로 〈실행력〉입니다. 아이디어는 누구에게나 있습니다.
하지만 결국 창업가는 생각에 그치는 사람이 아니라
실행하는 사람입니다.

당신이 생각하는 〈혁신〉은
〈기술로 우리의 미래를 더 좋은 사회로 만들어 가는
과정〉입니다.

보맵만의 핵심 가치가 있다면
보맵은 보험에서 최고의 고객 경험을 제공하는 목표를
가지고 있습니다. 이를 위해서는 고객과 소통하며 목소리를
명확히 이해하고 고객의 요구를 충족시킬 수 있는지를
분명하게 파악해야 합니다. 즉, 〈모든 선택의 판단 기준은
고객〉이어야 합니다. 그렇기에 보맵은 실험으로
혁신합니다. 실패를 두려워하지 않고 완벽하기보다는
유연성 있게 시작한 다음 더 나은 변화를 고민하며 열린
태도로 혁신을 추구합니다. 우리가 가는 길은 누구도 가보지
않은 길이기에 오직 우리가 할 수 있는 건 빨리 실행하고,
실패하고, 회고하고, 반성하며 새로운 길을 또 개척하는
것뿐입니다.

보맵의 조직 문화를 소개해 주세요
스타트업의 가장 큰 경쟁력은 〈실행력〉이라고 믿습니다.
그렇기에 우리 보맵퍼는 체스판의 말이 아닌 운동장의
축구선수입니다. 보맵에서는 누구나 리더가 될 수 있고,
직급이나 경력이 아닌 의견의 적합성으로 결정된 리더가
팀을 이끌고, 팀원은 리더가 제대로 팀을 이끌 수 있도록
조력자의 임무를 수행합니다. 그리고 상호 자극을 통해

자율적인 발전을 추구합니다. 개인의 분야를 넘어 다른 분야에 대한 호기심을 가지고 계속해서 업무 영역을 넓히려고 노력합니다. 즉, 모두가 다른 보맵퍼의 롤 모델이 되는 문화를 만들어 가고 있습니다. 그렇기에 시간과 장소에 얽매일 필요가 없습니다. 보맵은 양보다는 질, 무턱대고 많이 일하기보다는 최상의 상태에서 효율적인 업무 태도를 추구하며 자율적인 근무 환경 아래 원활한 소통과 합의된 업무 일정을 준수합니다. 이를 위해, 데이터로 소통하며, 업무 툴로 기록을 남겨 효율성을 극대화하는 것 역시 보맵의 〈기세〉를 부스팅하는 우리의 조직 문화입니다.

보맵을 자랑한다면

어제는 보험, 오늘은 보맵! 보맵으로 인해 보험 시장에서는 참 많은 변화가 생겼습니다. 앱을 통해 내가 가입한 보험을 확인하는 일, 보험금 청구를 앱으로 쉽게 하는 일, 내가 가입한 동네 무료 보험 등 보맵은 보험의 새로운 경험과 가치를 만들어 가고 있는 국내 인슈어테크 대표 기업입니다. 오늘을 사는 당신에게 가장 이로운 보험은 무엇이며, 그동안 당연하게 받아들여진 보험의 어려움과 불편함, 멀게만 느껴졌던 보험이 오늘을 사는 당신과 가까워질 수 없을까? 일상을 소중히 지키는 보험의 본질은 그대로 그 본질이 오늘을 사는 당신에게 가장 이로울 수 있게 보맵은 우리가 잘할 수 있는 일에 모든 역량을 집중합니다. 이제 보험은 나에게 꼭 필요하고 쓸모 있는 것으로 당신과 가까워집니다.

보험의 오늘이 달라지는 경험을 바로 보맵이 만들어 가고 있습니다.

〈한 아이를 키우려면 온 마을이 필요하다〉라는 아프리카 속담이 있습니다. 당신 회사가 성장하는 데 어떤 도움을 받았는지요?

보맵은 〈코리아스타트업포럼의 아들〉이라는 별칭이 있습니다. 물론, 당연히 보험의 새로운 경험과 가치를 만들어 가는 보맵퍼, 투자사, 파트너사가 가장 크게 이바지해 왔지만, 코리아스타트업포럼을 통해 많은 사업의 기회도 얻을 수 있었고, 선배와 후배 창업가들과의 교류를 통해 경영에 대한 비결도 배울 수 있었고, 창업가로서의 힘든 여정을 함께하고 있다는 동료애와 위로도 받을 수 있었습니다.

스타트업의 대변인으로서 하고 싶은 이야기

저의 멘토인 구태언 변호사의 책 『미래는 규제할 수 없다』의 한 부분을 인용하겠습니다. 〈왜 한국에서는 구글이나 아마존과 같은 거대 플랫폼 기업들이 탄생하지 못하는지를 생각해 보면 그 답이 명확해진다. 한국은 무조건 규제가 원칙이다. 전통 산업은 기득권을 빼앗기지 않기 위해 혁신을 거부하고 한 줄짜리 법 문항을 근거로 시행령을 통해 수백 개의 규제를 만들어 내거나 기존 오프라인 산업에 유리하도록 법을 바꾸고 새로 조항을 신설해 혁신 기업들의 성장을 가로막고 있기 때문이다. 그 결과 국내 스타트업들은 이중 삼중 규제에 시달리고 있다. 성장은커녕 탄생과 생존 자체가 힘들다. 그러다 보니 한국은 버뮤다 삼각 지대와 같은 곳이 됐다. 혁신적인 스타트업들이 자취도 없이 사라지는 미스터리 구역, 미래 혁신이 실종되는 규제의 블랙홀, 이른바 법뮤다 삼각 지대가 되고 만 것이다.〉

마지막 한마디

보맵은 보험 정보의 비대칭을 해소하고 객관적인 데이터와 AI를 바탕으로 빼앗긴 보험의 주도권을 되찾아 오고자 합니다. 일상을 온전히 누릴 수 있도록, 그리고 자신과 가족, 재산을 스스로 지킬 수 있도록 소비자의 편의성을 제고하고 달라진 보험 시장을 만들어 가고 있는 보맵의 여정에 함께해 주십시오. 보험은 보맵 하나면 충분합니다.

류준우

한국외국어대학교 경영학과를 졸업하고 서울보증보험에서 5년간 일했다. 2016년 보맵을 창업하고, 2018년 매경 핀테크 어워드 최우수상과 2019년 대한민국 창업 대회 산업통상자원부 장관 표창을 받았다. 2020년 한국 인슈어테크 기업 최초로 영국 핀테크 글로벌이 선정한 〈글로벌 인슈어테크 톱 100〉과 2021년 인슈어테크 1호 마이데이터 기업으로 선정되었다.

2020년 보맵의 OKR 파티 모습.

2021년 보맵의 OKR 축하 파티 중.

보험 유통 플랫폼 보맵 출시 때.

브이드림 × 김민지

자신의
모든 것을

걸고

몰입해야
한다

직원들에게도 일단 시작하고,
실수는 나중에 고쳐도 되니,
무조건 추진하라고 얘기하고
있어요.

자기소개 부탁합니다

안녕하세요. B2B SaaS 장애인 재택근무 관리 설루션 기업 브이드림의 대표 이사 김민지라고 합니다. 2018년 1월에 브이드림을 창립하여 올해로 6년 차입니다. 본사는 부산에 있고 서울 서초에 사무실이 있어서 매주 부산과 서울을 오가며 경영과 외부 미팅으로 바쁜 하루를 보내고 있습니다. 브이드림은 장애인 특화 재택근무 시스템을 개발하여, 장애인의 고용을 돕는 스타트업입니다. 기업에게는 이 재택근무 시스템을 제공하여 장애인 채용과 근태 관리를 편리하게 하고, 채용된 장애인 근로자들은 브이드림의 재택근무 시스템을 통해 업무에 집중할 수 있는 환경을 만들어 줍니다. 저희 재택근무 시스템은 ERP 기능은 물론 장애인 특화 웹 접근성 기능이 강화되어 있어 기존의 재택근무 플랫폼과 차별화를 두었고, 기업으로부터 시스템 이용료를 받고 있습니다.

2018년 1월 설립 이후 약 1년간 장애인 재택근무 플랫폼 〈플립〉을 기획, 개발하여 정식 출시하였고, 2019년에는 부스타락셀 엑셀러레이팅 창업지원사업 대상, 부산지방중소벤처기업청 액셀러레이팅 기반 창업지원사업 최우수상을 수상하며 본격적인 경영 활동을 이어 나갔습니다. 또한 2019년 액셀러레이터 김기사랩 1기 보육 프로그램으로 선정돼 투자를 유치하고, 김기사랩 추천을 통해 서울창업허브에 입주하였습니다. 2020년에는 서울산업진흥원 서울창업허브 우수 기업으로 선정되며,

2021년 6월에는 브이드림 재택근무 시스템의 특허 등록이 완료되었고, 2022년 〈티키타노트〉 장애인 보조 공학 기기 등록, 부산 대표 창업 기업(에이스 스텔라) 선정, 재택근무 업무 보조 시스템 개발 주관 기관 선정 등의 성과를 보이며 꾸준하게 성장 중입니다.

창업을 결심하게 된 계기는 무엇입니까?

어렸을 때부터 어머니를 따라 봉사 활동을 많이 다녔어요. 특히 점자 도서관의 시각 장애인들과 함께 나들이를 가고 친하게 지내면서 장애인에 대한 벽이 없었고, 그분들이 항상 자활을 걱정하는 것을 알게 되었습니다. 이후에 불의의 사고로 장애인이 된 친구의 취업과 자립을 지켜보면서, 장애인 구직을 원하는 기업과 취업을 희망하는 장애인의 중간 다리 역할을 하면 좋겠다고 막연하게 생각했어요. 그러다가 창업 이전 IT 기업에서 근무하면서 투자 유치 및 기업 제휴로 만났던 다양한 기업의 대표들과 대화하며 〈장애인 고용 부담금〉과 〈장애인 채용 문제〉에 대해 깊이 인식하게 되었습니다. 장애인 고용 부담금이 기업에 엄청난 부담이지만, 여러 문제로 장애인 채용보다는 부담금을 선택하는 기업들이 많이 있었고, 그 틈을 해결해 줄 수 있는 시스템을 만들면 좋겠다고 생각하여 장애인 영역부터 먼저 집중해서 서로가 윈윈하는 솔루션을 만들게 되었습니다.

일하면서 생긴 사건, 사고가 있었나요? 해결하는 과정에서
어떤 배움을 얻었는지요?

장애인 관련 사업이다 보니, 창업 초반에는 오해도 많이
받고 거절도 많이 당했습니다. 〈젊은 여자가⋯⋯〉, 〈장애인
활용해서 돈을 벌려고 한다〉 등등의 모진 말도 많이
들었습니다. 하지만 장애인 구직자들을 직접 만나 진심으로
상담하고, 복지관이나 장애인 단체에도 꾸준히 문을
두드렸어요. 제가 하고자 하는 비즈니스를 완전히 이해할
때까지 포기하지 않고 계속 찾아뵙고 처음부터 차근차근
설명했습니다. 지금은 많은 곳에서 저희의 진심을 알아주고
반겨 주며 먼저 연락하는 곳도 많아졌어요.

창업 과정에서 느낀, 소소하더라도 행복한 경험이 있나요?

재택근무 시스템 운영 초기에 브이드림을 통해 취업한
장애인 근로자가 회사로 손 편지를 직접 써서 보내 준 적이
있습니다. 그 편지는 사진을 찍어서 아직도 가지고 다녀요.
간절함을 가진 사람에게 희망과 기회를 줄 수 있다는 사실에
정말 기뻤습니다. 그리고 종종 장애인 근로자들이 재택근무
취업 성공 이후에 너무 감사하다며 사무실에 작은 선물들을
보낼 때가 있는데, 큰 선물은 아니지만 그 마음이 너무나
크게 느껴져 저를 비롯한 직원들 모두 더 감사한 마음을
느끼고 힘을 얻습니다.

당신은 어떤 것으로부터 영감과 에너지를 얻고 있나요?

아무래도 저의 딸에게 에너지를 가장 많이 받습니다. 평일에는 회사 일에 온전히 몰두하고, 주말에는 가족들과 최대한 많은 시간을 보내려고 노력합니다. 사실 한 기업의 대표이기에 워라밸을 확보하는 게 쉬운 일은 아니라, 딸에게 항상 미안한 마음이 있어서 주말에는 최대한 가족과 함께 시간을 보내려고 해요. 주말에 딸과 같이 장애인 구직자 상담을 한 적이 있는데, 저희 딸도 제가 하는 일을 옆에서 보면서 뿌듯해하더라고요. 회사에선 우리 직원들을 볼 때마다 힘을 얻습니다. 가끔 직원들이 저를 위해 깜짝 이벤트를 열 때도 있는데, 그럴 때마다 에너지는 물론 책임감도 더욱 커지고 있어요.

당신이 생각하는 〈창업가 정신〉은

제가 생각하는 창업가 정신은 〈간절함〉입니다. 20대 초반의 어린 나이에도 다양한 경험과 어려움을 겪으면서 〈꼭 해내야 한다〉는 간절함으로 가득했습니다. 이런 간절함이 열정과 추진력으로 연결되어 마음먹은 일은 빠르게 추진해 나갔습니다. 약점을 강점으로 유연하게 변화시키는 능력도 중요하다고 생각합니다. 직원들에게도 일단 시작하고, 실수는 나중에 고쳐도 되니, 무조건 추진하라고 얘기하고 있어요. 여성 기업가인 저에게 있어서 때로는 성별이 약점이 되어 여성이라고 무시하는 일부 사람들로 힘들었던 적도 있지만, 이제는 오히려 여성 대표임을 강점으로 활용하여

상대에게 더 편하고 부드럽게 다가가 마음을 움직이려
노력하고 있습니다.

당신이 생각하는 〈혁신〉은
제가 생각하는 혁신은 〈순서 파괴〉입니다. 새로운 시장을
개척하기 위한 개척자가 되려면 무조건 저지르기부터 해야
하는 순서 파괴자가 되어야 합니다. 일단 시작하고,
거기에서 오는 창조적인 실수는 축하받을 일입니다.

브이드림만의 핵심 가치가 있다면
브이드림으로 이력서를 지원하는 장애인 구직자의 절반
이상은 불의의 사고로 장애를 얻은 후천적 장애인입니다.
50대 이상 중장년층에게는 작은 신체적 장애가 있는 경우가
정말 흔합니다. 우리도 지금은 큰 불편함 없이 신체를
사용할 수 있지만, 어느 날 갑자기 장애인이 될 수도
있습니다. 그만큼 장애는 특별한 것이 아닌, 우리 주변에
흔한 존재입니다. 우리는 장애인을 특별한 존재가 아닌 사회
구성원의 일부로 자연스럽게 받아들이는 게 중요하다고
생각해요. 우리 회사의 가치관은 장애인에게 무조건 베푸는
것이 아닌, 그들이 자립하고 스스로 살아갈 수 있도록
도와주는 것입니다. 장애인 일자리 창출 또한 장애인이
누군가에 의존하지 않고 스스로 독립할 기회를 줄 수
있어요. 이러한 관점에서 장애인들이 신체와 공간의 제약
없이 마음껏 능력을 펼칠 수 있는 세상을 만들고 싶습니다.

브이드림의 조직 문화를 소개해 주세요

회사의 성장에 발맞춰 건강한 조직 문화와 직원들의 업무 환경 개선을 위해 성과급과 스톡옵션을 제공하고 브이코인(복지 포인트)을 지급하고 있습니다. 5년 장기 근속자 포상 등과 같은 직무 능력 중심의 복지 제도도 운용 중입니다. 이 밖에도 유연 근무제 및 재택근무, 월 1회 〈가정의 날〉 한 시간 조기 퇴근, 최고급 여행 숙박 시설 제공 등 다양한 복지로 직원들에게 최적의 업무 환경을 제공하기 위해 노력하고 있습니다.

브이드림을 자랑한다면

우리 직원은 90퍼센트 이상 MZ 세대로 이뤄진 젊고 통통 튀는 재원들입니다! 참, 부산 본사는 부산역에서 도보 3분 거리 초역세권에 자리하고 있어요! 작년에는 〈가족 친화 기업〉으로 선정되어 출산 휴가와 육아 휴직, 아빠 육아 휴직을 적극 장려하며 직원들이 직장과 가정생활을 조화롭게 유지할 수 있도록 노력하고 있고, 직원들의 자기 계발 및 직무 능력, 그리고 성과 중심의 성장 배경을 만들기 위해 교육 및 세미나도 지원하고 있습니다.

〈한 아이를 키우려면 온 마을이 필요하다〉라는 아프리카 속담이 있습니다. 당신 회사가 성장하는 데 어떤 도움을 받았는지요?

브이드림은 창업의 정석을 밟아 온 기업입니다. 대한민국은 초창기 창업 지원 사업이 굉장히 잘되어 있습니다.
중소벤처기업부와 창업진흥원, 경제진흥원,
창조경제혁신센터, 테크노파크 등에서 진행하는 많은 지원
사업에 선정되어 초기 스타트업에게 부담스러운 인건비와
마케팅 비용, 그리고 개발비 등을 지원받았습니다. 또한
지자체에서도 시행하는 여러 사업에서도 많은 지원을 받아
여기까지 온 것 같아요.

스타트업의 대변인으로서 하고 싶은 이야기

지금 스타트업을 계획 중이라면 저는 원하는 것을 얻기 위한
비결로 〈몰입〉을 말하고 싶어요. 〈아, 그냥 한번 해볼까〉
하는 마음으로 해서는 좋은 결과를 얻을 수 없습니다.
세상은 〈하이 리스크 하이 리턴〉입니다. 자신의 모든 것을
걸고 몰입해야 이후에 얻을 수 있는 것이 많다는 점을 꼭
명심했으면 합니다.

마지막 한마디

사회적 약자를 위한 문제를 계속 해결하고 싶습니다!

김민지

제로웹에서 약 4년간 대외 사업부 이사로 경험을 쌓았으며, 2018년
장애인 HR 설루션 전문 기업 브이드림을 창업하였다. 브이드림
설립 이후 장애인 일자리 공로로 중소벤처기업부 장관 표창을
받았고, 2022년 부산 대표 기술 창업 기업 인증을 받았다.

브이드림 창립 5주년 기념 임직원 봉사 활동.

부산세계장애인대회 〈장애 포괄 고용〉 세션에 패널로 참석했다.

2023년 장애인의 날 기념 브이드림의 커피 차 이벤트.

스푼 × 최혁재

성과를
내는
날은

반드시

온다

내가 생각하는 창업가
정신은 간절함입니다.

자기소개 부탁합니다

스푼을 만들고 있는 최혁재라고 합니다. 컴퓨터와 전자
기기를 좋아해서 이런 취향을 살려 창업 이전에는 개발자로
10년 정도 일했습니다. 몰두해서 어떤 것을 만들거나
새로운 경험이나 도전하는 것을 좋아해요. 2013년 스마트폰
배터리 공유 서비스로 창업을 도전하였는데 시장 환경의
변화에 적응하지 못하고 서비스에 실패하는 경험을
겪었습니다. 2016년 실패를 극복하고 재도전한 두 번째
서비스인 스푼은 〈사람들의 이야기로 세상을 연결한다〉는
목표로 한국을 포함한 여러 국가에 서비스를 제공하고
있습니다.

창업을 결심하게 된 계기는 무엇입니까?

2000년대 초반 인터넷이 보급되면서 네이버나 다음과 같은
벤처 회사들이 시장을 혁신하고 개척하는 모습을 보면서
나도 언젠가 한 번쯤은 저런 일을 하고 싶다고 목표를
가지게 되었습니다. 스스로가 주도적인 삶을 살아 보고
싶었고, 이를 위한 실행 중에 가장 의미 있는 도전은
창업이라고 생각하여 도전하게 되었습니다.

**일하면서 생긴 사건, 사고가 있었나요? 해결하는 과정에서
어떤 배움을 얻었는지요?**

첫 번째 서비스인 만땅 서비스의 실패입니다. 스마트폰
배터리를 공유하는 서비스였는데, 시장에 주요 제품들이

배터리 일체형으로 변화하면서 비즈니스를 접게
되었습니다. 실패한 사람이라는 낙인으로 상처를 많이
받기도 했고, 실패를 인정하지 않고 남 탓이나 세상을
탓하기만 했습니다. 모든 시작과 원인은 자신에게 있다는
것을 느끼게 되었고, 실패를 당당하게 인정하고 두 번째
서비스를 시작하는 과정에서 정말 많은 것을 느끼고
배웠습니다. 실패를 이겨 내는 과정에서 간절함과 절실함이
생겼고, 이러한 생각들이 두 번째 서비스를 만들면서 많은
도움이 되었어요.

창업 과정에서 느낀, 소소하더라도 행복한 경험이 있나요?
2016년 8월 스푼 서비스가 첫 매출을 만들어 냈던 달,
그리고 사람들을 만나는 자리에서 우연하게 스푼 서비스
사용자를 만났을 때.

당신은 어떤 것으로부터 영감과 에너지를 얻고 있나요?
집에서 쉬기보다는 밖으로 나가서 새로운 경험에
도전하거나 취미 생활을 바쁘게 하면서 에너지를 얻는
편입니다. 직접 만들고 고치고 하면서 즐기는 RC 자동차,
RC 보트, 드론 등을 취미 생활로 하고 있고, 불편함에서
오는 경험으로 일상의 감사함을 느끼게 해주는 캠핑을 자주
갑니다. 특히 캠핑하러 가서 조용히 혼자만의 시간을
가지면서 복잡한 생각을 정리하고 의사 결정들을 하곤
합니다.

당신이 생각하는 〈창업가 정신〉은
내가 생각하는 창업가 정신은 간절함입니다.

당신이 생각하는 〈혁신〉은
내가 생각하는 혁신은 성과입니다.

스푼만의 핵심 가치가 있다면
〈겸손과 성실〉, 회사에 여러 가지 핵심 가치가 있지만 그중
가장 기본이 되는 항목이라고 생각합니다.

스푼의 조직 문화를 소개해 주세요
성과를 내는 사람들이 일하기 좋고, 인정받고, 보상받는
회사를 만들기 위해 노력하고 있습니다.

스푼을 자랑한다면
한국보다 해외에서 더 많이 쓰고 있는 서비스를 만들고
있어요. 임직원의 3분의 1이 외국인이며 업무 중에도 글로벌
서비스를 경험할 수 있습니다. 해외 현지 사무소로 나가서
일할 수 있는 프로그램들도 운용하고 있어요.

〈한 아이를 키우려면 온 마을이 필요하다〉라는 아프리카
속담이 있습니다. 당신 회사가 성장하는 데 어떤 도움을
받았는지요?
스푼 서비스를 만드는 데 이바지한 임직원분들의 열정과

성과에 진심으로 감사합니다. 그리고 서비스의 성장
가능성을 믿고 투자를 해준 투자자들에게도 역시나
감사합니다.

스타트업의 대변인으로서 하고 싶은 이야기
시장 원리에 따라 스타트업들이 만들어지거나 죽거나
인수되거나 하는 과정을 반복해서 겪는 것이 자연스러운
현상이라고 생각합니다. 현재 작은 스타트업이 전통적인
대기업과 경쟁하고 있고, 한국의 스타트업이 해외
스타트업들과 경쟁하고 있습니다. 그러니 정부나 국가가
나서서 규제나 법률을 만들기보다는 모든 회사가 평등하고
자유롭게 시장에서 경쟁할 수 있도록 환경을 조성하는 데
집중해 주었으면 합니다.

마지막 한마디
다들 오늘도 파이팅입니다!

최혁재

LG 전자 MC 연구소에서 선임 연구원으로, 아이스테이션에서 SW
선임 연구원으로 일했다. 2016년 스푼라디오를 설립하고 지금까지
이끌고 있다.

현재의 스푼을 만들고 이끌어 가는 스푼 팀원들.

개발팀에서 서비스 관련 개발 회의를 하는 모습.

〈사람들의 이야기로 세상을 연결한다〉는 최혁재.

17-3 / CLAP

시지온 × 김미균

기회를

내 것으로
만드는 힘을

기르다

포기하지 말고 하루하루
나아가서 성장하는 것!

자기소개 부탁합니다

저는 IT 소셜 벤처 시지온을 창업한 김미균 대표라고
합니다. 대학생 때 창업해서 지금까지 회사를 이끌어 오고
있습니다. 시지온은 댓글이나 리뷰 등의 온라인 반응을 잘
일으킬 수 있는 다양한 설루션을 만드는 기술 회사입니다.
가장 대표적인 서비스는 소셜 댓글 설루션
〈라이브리LiveRe〉로 SNS에 로그인해서 댓글을 쉽게
작성할 수 있고 자신의 댓글을 〈마이 라이브리〉에서
한꺼번에 관리할 수 있습니다. 언론사, 기업, 커뮤니티
고객사들이 저희에게 유료로 설루션을 구매하여 사이트에
설치하면 댓글을 작성하는 사람은 해당 사이트에서
편리하게 댓글을 작성할 수 있어요.
리뷰 마케팅 설루션인 〈어트랙트Attractt〉도 많은 사랑을
받고 있는데, 인스타그램에 작성한 리뷰와 직접 작성하는
후기를 기업이 활용할 수 있도록 수집하여 기업의
홈페이지나 오프라인 매장, 페스티벌 등에서 사용하기
편하죠. 추가로 이렇게 생성된 리액션 데이터를 분석해서
광고/마케팅 데이터로 판매하기도 합니다. 시지온은 온라인
커뮤니케이션을 건강하게 만드는 사회적 가치를 추구하면서
경제적 가치도 발생시키는 설루션을 기획하기에 국내 IT
최초의 소셜 벤처로 알려지게 된 것 같습니다.

창업을 결심하게 된 계기는 무엇입니까?

처음부터 창업을 계획한 것은 아니었어요. 저는 악성 댓글

문제를 해결하는 일이 인터넷에 가장 기본적이고 필수적인 일이라 무언가 해야 한다는 문제의식을 가진 정도였습니다. 그런데 공동 창업을 한 김범진 대표가 〈문제도 해결하면서 돈도 벌 수 있다〉라고 창업을 권한 게 시작이었습니다. 당시 대학생이니까 경험 삼아 좋겠다고 생각했던 것도 사실이었는데 하다 보니 정말 문제를 해결하면서도 돈을 벌 방법이 보이기 시작하더라고요. 시장을 개척하는 일은 짜릿하기도 하니까 정말 정신없이 회사에 몰두했던 것 같습니다. 저는 창업을 결심하는 후배들에게 앞선 사례가 된다면 보람 있는 일이 되겠다고 생각해요. 사회 문제를 해결하면서도 돈을 버는 사람이 있다는 증거가 되어 주고 싶습니다. 더 많은 후배가 열정을 바쳐 세상 곳곳의 문제를 해결하고 수익도 충분히 버는 경험을 한다면 좋겠어요. 덕분에 저는 더 나은 세상에서 함께 살아갈 수 있을 테니까요. 개인적으로는 〈큰돈을 벌었다〉는 선례가 되기 위해 노력하고 있습니다. (웃음) 그러면 더 동기 부여가 되지 않을까요?

일하면서 생긴 사건, 사고가 있었나요? 해결하는 과정에서 어떤 배움을 얻었는지요?

서비스가 시장에서 자리를 잡아 갈 때쯤에 경쟁사가 나타났습니다. 〈선의의 경쟁〉과는 거리가 있었지만, 두 회사 모두 최선을 다해서인지 당시 시장 규모를 많이 키울 수 있었어요. 그런데 상대 회사가 도산하면서 고객사가 갑자기

증가한 거예요. 당시에는 완벽한 승자 같았지만 알고 보니
〈고생길〉의 시작이었습니다. 갑자기 늘어난 고객사와
트래픽을 감당하느라 서비스 안정성과 고객 관리 체계가
휘청거렸고, 조금 지나니 내부의 결속도 예전 같지 않다는
것을 느꼈어요. 외부의 적이 내부를 공고히 한다는 것을
배웠습니다. 그때 더 좋은 기술력과 경험이 있는 인재를
영입하는 것으로 문제를 해결해야 한다고 판단했어요.
그래서 조금 다급하게 투자를 유치하게 되었습니다. 그때의
투자 덕분에 저희는 또 다음 단계로 나아갈 수 있었지만
아찔한 경험이었던 것만큼은 분명합니다.

창업 과정에서 느낀, 소소하더라도 행복한 경험이 있나요?
저희는 초기에 매출이 없어서 저와 김범진 대표의 개인
아르바이트로 회사 운영 자금을 마련하던 시기가 꽤
길었습니다. 그 당시 멤버들도 월급이라고 부를 수 없을
정도의 돈만 받고 서비스 개발에 밤낮을 갈아 넣었어요. 그
경험이 3년 정도 지나던 봄에, 저희 멤버 중 한 명이 필리핀
세부행 비행기표를 왕복 9만 원에 판매하는 프로모션을
발견했는데 우리 전 직원 수만큼 그 티켓을 질러 버리고
말았죠. 가을에 출발하는 표였는데, 구매하고 나서의 흥분과
불안을 잊을 수가 없습니다. 과연 〈우리가 갈 수 있을까?〉
하고요. 미친 짓이라고 생각했습니다. 놀라운 일은 그사이에
첫 매출이 발생했다는 거예요. 그리고 세부로 떠날 때쯤
저희는 고객사들의 신규 계약을 처리하고 서비스를

제공하느라 더없이 바쁜 상태가 되었습니다. 결국 세부 외딴섬으로 이동하는 버스에서 위성 통신으로 고객사 요청을 처리하느라고 통신료만 600만 원을 냈었죠. 그때 저희가 바다에 누워 산 미겔 맥주를 마시며 얼마나 신났는지 상상하기 어려울 거예요.

회사가 을지로로 이사했을 때도 행복했습니다. 저희 시지온은 계속 신촌과 연남동 일대에서 사업을 해오다가 도심지 한복판으로 오게 되었는데, 되도록 시내를 모두 내려다볼 수 있는 전경을 가진 사무실을 찾았어요. 저 스스로 한 단계 더 성장할 치열함과 야심을 가져 보고 싶었거든요. 야근하고 집에 가려다가 창밖을 내다보면 멋진 야경이 펼쳐져요. 이곳에서 열심히 하는 우리 멤버들이 참 좋고 또 하루하루 더 나아가는 경험이 쌓여 행복해집니다.

당신은 어떤 것으로부터 영감과 에너지를 얻고 있나요?

저는 스트레스가 많으면 맥주 한잔하면서 풉니다. (웃음) 술을 잘 마시는 것은 아니지만 애주가 집안에서 태어난 덕분에 종류별로 좋아하는 편입니다. 산책도 좋아합니다. 요즘은 회사 앞에 청계천이 있어서 자주 걷고 있고, 주말에 골프하게 되면 골프장에서도 되도록 걸어 다니려고 노력합니다. 영감은 책에서 얻는 것을 따라가지는 못하는 것 같아요. 저는 종이책도 좋아하지만 퍼즐을 맞추면서 오디오 북을 듣는 것도 좋아해요. 어릴 때부터 부모님이 인형 대신 퍼즐과 책을 같이 사주셔서 온갖 퍼즐과 조립을 즐기고

동시에 독서도 하는 습관이 연결된 듯해요. 실제로 퍼즐을
맞추면서 책을 읽으면 더 집중할 수 있어요.

당신이 생각하는 〈창업가 정신〉은

포기하지 말고 하루하루 나아가서 성장하는 것! 멈추지
않고 성장한다면 기회를 잡을 수 있는 역량이 생깁니다.
갑자기 기회가 찾아오는 것이 아니라 도처의 기회를 내
것으로 만들 힘을 기르는 것이 창업가 정신이라고 생각해요.

당신이 생각하는 〈혁신〉은

Why not? 당연한 것이 없다는 생각에서 시작하는 것.

시지온만의 핵심 가치가 있다면

〈건강한 커뮤니케이션 문명을 만드는 것〉입니다.
시지온CIZION은 문명Civilization에서 발췌한
이름입니다. 문명을 더 나아지게 만들고 싶고, 커뮤니케이션
기술을 발전시킬 수 있다고 믿고, 그 커뮤니케이션이 인간을
행복하고 건강하게 하는 방향을 가져야 한다고 생각합니다.
그래서 사회적 가치를 담아 커뮤니케이션 설루션을 만들고
있는 기술 회사입니다.

시지온의 조직 문화를 소개해 주세요

시지온은 스스로 하고 싶은 만큼 할 수 있게 해주는 문화를
가지고 있다고 생각합니다. 무언가 강요하지 않으려

노력합니다. 다만 질문을 던져 주죠. 내가 기대하는 당신은
이 정도 할 수 있고 당신이 목표하는 삶이 그러하다면
이렇게까지는 해야 한다고 생각하는데 본인이 동의하는지,
그러면 지금은 이만큼 할 수 있지만 앞으로는 조금 더
해보자고 하거나, 그렇게 소통합니다. 하지만 그것이 안
되는 사람들이 있죠. 사람이니까요. 그럴 때는 조직에서
필요한 역할까지 소화하는 데 문제가 없다면 성장 욕구가
있을 때까지 지켜봐 주기도 합니다. 그렇기에 열심히 하고
싶은 사람은 죽도록 열심히 할 수 있는 회사이기도 합니다.
지금까지 이런 마음가짐으로 일해 준 멋진 멤버들이 인생을
바쳐 만든 회사가 시지온입니다.

시지온을 자랑한다면
저희 라이브리 서비스는 기존에는 없던 창의적인
설루션이었습니다. 시지오너들에게는 문제 해결을
창의적으로 접근하는 기획력과 실행력이 있다고
생각합니다.

〈한 아이를 키우려면 온 마을이 필요하다〉라는 아프리카
속담이 있습니다. 당신 회사가 성장하는 데 어떤 도움을
받았는지요?
저는 감사한 분들의 리스트를 정리하고 일 년에 한 번씩은
작은 선물이나 전화 등으로 꼭 인사하려고 노력해요. 그런데
감사한 분들의 수가 1천 명을 훌쩍 넘어서 일일이 인사하기

어려운 정도가 되었습니다. 그리고 제가 미쳐 챙겨 드리지 못한 은인이 훨씬 많을 겁니다. 어떤 도움을 받았는지 하나하나 말하는 것이 무의미할 지경입니다. 앞으로 시지온이 계속 성장하는 것, 그리고 건강하고 행복하게 살아가는 것이 작게나마 보답이 되기를 기도하고 있습니다.

스타트업의 대변인으로서 하고 싶은 이야기

스타트업은 문제와 니즈를 발견하고 혁신적으로 해결해 나가는 사람들입니다. 세상에 필요한 것들을 먼저 감지하고 실행해서 수익도 창출하고 삶에 필요한 것들을 서비스나 제품으로 제공하는 존재들이죠. 쉽게 알아차릴 수 있는 것에서부터 미쳐 생각하지도 못한 미래의 니즈까지 먼저 찾아 나서는 에너지가 스타트업 생태계에 있다고 생각합니다. 그러니 많이 응원해 주시면 좋겠습니다. 창업 생태계 안에 함께하고 있는 분들 모두 고생이 많습니다. 스타트업으로써 로켓 성장을 꿈꾸는 우리들이지만 실제는 로켓을 쏘아 올릴 발사대를 만들고 있는 회사들이 99퍼센트일 것입니다. 준비 중인 우리의 상황을 인정하고 나아가면 된다고 생각합니다. 그 과정에서 최선을 다합시다.

마지막 한마디

스타트업하는 대표들도 보통 사람이라는 이야기를 뜬금없이 하고 싶네요. 도덕적으로 뛰어나야 한다든지, 개인적인 삶은 포기해야 한다든지, 즐기거나 쉬는 게 무책임하다든지 하는 잘못된 시각이 있는 것 같습니다.
스타트업하는 창업자들, 스타트업 멤버들도 보통
사람입니다. 서로 삶을 나누고 살아갈 수 있는 친근한
이미지가 있었으면 좋겠어요. 물론 외부 시선과는 상관없이
밤낮없이 최선을 다할 대표와 창업 팀이겠지만요.

김미균

연세대학교에서 신문방송학과와 경영학을 전공했다. 2014년
〈대한민국 사랑받는 기업〉 국무총리상 등 다수의 상을 받았다.
2018년 시지온을 설립하고 〈라이브리〉 설루션을 누적 3천2백만 명
이상의 글로벌 유저가 활용하는 서비스로 성장시켰으며 최근 웹
3.0으로의 발전과 ESG 패러다임을 접목하고자 노력 중이다.

국무총리로부터 수여한 표창장과 상장.

「세상을 바꾸는 시간 15분」에서 시지온을 설명하는 모습.

초기 시지온이 미국 샌프란시스코로 진출했을 때.

쏘카 × 박재욱

문제점을
하나씩
해결하며

지속
가능성을

찾는다

창업가 정신은
〈해결하고 싶은 시장
문제에 미쳐 있는 것〉.

자기소개 부탁합니다

쏘카의 대표를 맡고 있는 박재욱입니다. 저는 2011년 VCNC라는 회사를 창업하여 커플을 위한 사적 소셜 미디어인 비트윈을 만들었고, 2018년 쏘카에 인수되어 라이드 헤일링 플랫폼 타다를 선보였고 2020년 쏘카의 대표이사를 맡아 경영해 오고 있습니다. 2011년 대학을 졸업하자마자 창업에 뛰어들어 10년 넘게 스타트업과 동고동락하는 셈이지요.

2011년 창업한 VCNC는 Value Creators&Company의 약자로 지었습니다. 가치를 창조하는 사람들의 회사라는 뜻을 담고 있어요. VCNC는 비트윈이라는 서비스를 통해 세상에 이름을 알리기 시작했어요. 당시 세계 시장에 도전하는 몇 안 되는 한국 스타트업이었고, 현재는 4천만 명이 넘는 누적 가입자를 가진 연인들의 필수 플랫폼으로 자리 잡게 되었죠. 현재 비트윈은 크래프톤에 인수되어 계속 서비스를 성장시켜 나가고 있습니다.

VCNC는 2018년 쏘카에 인수되어 라이드 헤일링 플랫폼 타다를 세상에 선보였는데, 〈이동의 기본〉을 모토로 승차 거부 없고 뛰어난 이동 서비스 퀄리티를 보여 준 타다 베이직은 매우 빠르게 성장했습니다. 2020년 서비스를 금지하는 법안이 통과되어 아쉽게 서비스를 이어 나갈 수 없었으나, 타다 라이트/플러스라는 가맹 택시/고급 택시 모델로 서비스를 부활시켰고, 최근에는 토스로부터 큰 전략적 투자를 받으며 새롭게 서비스하고 있습니다.

쏘카는 제가 창업한 회사는 아니지만 제2의 창업이라
생각하며 일하고 있습니다. 시장 1위의 카 셰어링 서비스를
기반으로 한국 모빌리티 시장을 선도하고 있으며, 여러
이동을 묶어 나가는 좀 더 진화된 형태의 모빌리티
플랫폼으로의 발전을 꾀하고 있어요. 쏘카는 기술과 데이터
역량을 통해 매년 빠른 속도로 성장하고 있으며, 누구에게나
자유롭게 행복한 이동 서비스를 제공하는 것을 회사
비전으로 삼고 있습니다.

창업을 결심하게 된 계기는 무엇입니까?
대학에 다니며 가장 많이 고민했던 것은 〈내가 무엇을
좇으며 평생을 살아갈까?〉였습니다. 이 고민에 대한 답을
찾기 위해 많은 경험을 했었고, 그 경험과 생각이 모여 〈내가
만든 IT 제품과 서비스를 통해 사람들의 삶의 질을 좋게
만든다〉는 꿈을 좇으며 살았을 때 평생 후회하지 않고 살 수
있으리라 생각했습니다. 이 꿈을 이루기 위해서 어떤 커리어
선택을 해야 할까에 대해서도 고민이 따라왔어요. 대기업,
컨설팅, 벤처 캐피털 등 여러 진로를 생각해 보기도 했지만
내가 원하는 것을 바로 하기 위해서는 창업 외에는 다
돌아가는 길이었습니다. 그렇기 때문에 내가 좇는 꿈을
돌아가지 않으며 바로 직면할 수 있는 창업을 선택하게
되었죠.

일하면서 생긴 사건, 사고가 있었나요? 해결하는 과정에서
어떤 배움을 얻었는지요?

2020년 초는 개인적으로 아주 잔인한 시기였어요. 타다는
새로운 법이 통과되며 더 이상의 서비스 운영이 불가능했고,
코로나19로 전체 이동 시장이 크게 타격받을 수밖에
없었습니다. 그때 쏘카의 대표 이사까지 함께 맡게 되어
막중한 책임까지 더하게 되었어요. 당시 시장의 불확실성이
너무 심하게 요동치고 있었고 사업의 실적도 매우 큰 타격을
받은 상황이었기에 어쩔 수 없이 희망퇴직을 받고 사업의
본질에 더 적극적으로 투자했습니다. 회사 내의 비효율적인
시스템을 자동화하고 데이터 역량을 더 쌓아 나갔고 구독
상품을 강화하는 등 정책을 통해 실적을 선회했습니다. 이
과정이 너무나 험난하고 힘들었지만 믿을 수 있는 회사
동료들이 옆을 지켜 주었고, 서비스의 본질에 집중해 문제를
해결하고자 노력했던 것들이 실적에도 반영되며 더욱
탄탄하게 회사가 성장할 수 있었어요. 어려운 시기를 겪고
힘든 여러 순간에도 결국 그 문제를 해결하는 것은 회사
사람들이고 본질에 더욱 집중하고 몰두함으로써 해결책을
찾을 수 있었습니다.

창업 과정에서 느낀, 소소하더라도 행복한 경험이 있나요?
내가 만든 제품이 시장에서 사용자에게 좋은 반응을 끌어낼
때가 가장 행복합니다. 비트윈을 만들 때는 비트윈을 통해
(사용하는 두 사람의) 관계가 좋아졌다는 이용자의 반응을

들을 때가 가장 행복했고, 타다를 만들면서는 타다를 통해
기존 이동 시장의 문제가 해결되어 항상 타다만 이용하게
된다는 이용자들의 반응을 들을 때가 가장 행복했고, 쏘카를
만들면서는 차가 필요한 모든 순간에 카 셰어링 서비스를
제공하여 차량 소유로 인한 스트레스가 줄고 합리적으로
이동할 수 있다는 이용자의 반응을 들을 때가 가장
행복합니다.

당신은 어떤 것으로부터 영감과 에너지를 얻고 있나요?
주변 기업가들로부터 많은 영감을 얻습니다. 제각기 다른
환경과 단계에 놓여 있지만, 자신이 풀고 싶어 하는 문제에
몰두하며 어떠한 역경도 뚫어 내는 모습을 보며 여러모로
많은 것을 배웁니다. 창업자는 외로운 존재라는 이야기를
종종 듣곤 하는데, 주변의 동료 기업가들이 있어 외로움도
견디고 긍정적인 자극을 받아 더 성장하게 되는 것 같아요.

당신이 생각하는 〈창업가 정신〉은
〈해결하고 싶은 시장 문제에 미쳐 있는 것〉입니다.

당신이 생각하는 〈혁신〉은
〈시장에서 이용자가 선택하는 것〉입니다.

쏘카만의 핵심 가치가 있다면
쏘카는 모든 사람이 자유롭고 행복하게 이동하는 세상을

만든다는 미션 아래, 기술로 이동을 서비스화하여 이동을 더 쉽고 가치 있게 만들겠다는 비전을 갖고 있습니다. 이를 달성하기 위한 핵심 가치는 세 가지입니다. 첫째, 이동 수단이 아닌 이용자 중심으로 생각합니다(사람이 가장 만족스럽게 이동하는 것이 목적임을 잊지 않을 것). 둘째, 임팩트가 더 큰 일을 우선으로 합니다(더 행복하고 자유로운 이동을 만들기 위해 정말 필요한 일인지, 임팩트가 큰 일인지를 고민하고 실천할 것). 셋째, 대담하게 생각하고 과감하게 행동합니다(익숙한 관점과 방식에 매몰되지 않고 장기적인 관점에서 꼭 필요하고 중요한 일이라면 과감하게 도전할 것).

쏘카의 조직 문화를 소개해 주세요

쏘카의 조직 문화는 적극적으로 의사소통하며 문제 해결에 진심으로 노력하는 것입니다. 이를 실천하기 위한 쏘카에서 일하는 방법은 여섯 가지를 원칙으로 합니다. 첫째, 신뢰를 바탕으로 자유롭게 일합니다. 둘째, 〈Why〉를 먼저 생각합니다. 셋째, 솔직하게 대화하고 명확하게 의사 결정합니다. 넷째, 빠르게 실행하며 더 빠르게 개선합니다. 다섯째, 내 역할을 능동적으로 찾습니다. 여섯째, 존중받는 동료가 되기 위해 서로를 존중합니다.

쏘카를 자랑한다면

쏘카는 현재 50여 종 2만여 대 차량을 직접 보유하고 있습니다. 900만 명의 가입자가 114개 도시 4천8백여 개 쏘카 존을 통해 쏘카를 경험합니다. 지난 12년간 16억 킬로미터를 달렸고, 시간으로 1억 6천만 시간의 데이터가 누적되어 있습니다. 그리고 사용자에게는 명확히 보이지 않는 가격 운영, 자동차 정비, 세차 등 쏘카가 비대면 서비스이기에 데이터로 해결해야 하는 과제가 많고 여기에 대해 재해 재난 상황 등 예측할 수 없는 문제들의 데이터를 활용하여 고객의 안전을 도모하고 있습니다. 회사의 거의 모든 의사 결정은 데이터를 기반으로 진행하므로 전 직원에게 데이터 리터러시를 높이기 위한 교육과 협업을 적극 지원하고 있습니다. 쏘카는 회사의 성장을 위해 개인의 성장이 중요하다고 믿는 회사입니다. 개개인의 성장을 위해 도전적인 문제 해결을 적극 독려하고 있으며, 더 나은 환경에서 업무를 하기 위해 3년 근속 시 1개월 안식 휴가, 사내 어린이집 제도 등을 운영하고 있습니다.

〈한 아이를 키우려면 온 마을이 필요하다〉라는 아프리카 속담이 있습니다. 당신 회사가 성장하는 데 어떤 도움을 받았는지요?

함께 회사를 키우는 동료들과 비전을 논의하고 공유하고 믿는 것, 그리고 함께 시대를 살아가며 역경을 이겨 내는 주변 기업가들과 서로를 긍정적으로 자극하고 함께 고민을 나누며 성장하는 것, 마지막으로 먼저 이 과정을 겪어 본 선배들로부터의 조언을 꼽을 수 있습니다.

스타트업의 대변인으로서 하고 싶은 이야기

제가 강연할 기회를 얻을 때면 〈기업가는 시장에서의 결과를 통해 자신의 가치를 증명하는 사람〉이라는 말을 종종 합니다. 시장에서 결과를 만들기 위해 반드시 선행해야 할 조건은 시장의 문제를 포착하는 것입니다. 내가 생각하는 시장의 문제와 그것을 해결하기 위해 내놓은 나의 서비스가 긍정적인 화학 작용을 일으키는 작은 바늘구멍을 통과해야 비로소 이용자들에게 선택받습니다. 어떤 사람은 새로운 서비스를 만들고 시장의 반응을 얻는 게 〈저 정도는 별거 아니다〉라고 쉽게 생각할 수 있지만, 한 서비스가 세상에 태어나 이용자의 선택을 받는 것은 〈정말 정말 정말 정말 정말〉 어렵습니다. 그렇기에 이러한 해결책을 내놓을 수 있는 기업가들은 사회적으로 매우 희소한 자원이라 생각합니다. 그리고 운이 좋게 시장에서 선택받은 제품이라도 지속 가능하기 위해서는 특정 규모까지 계속 성장해야 합니다. 이 성장이라는 꿈이, 기업가가 계속 상상하고 혁신하며 서비스와 기업을 키우는 원동력이 됩니다. 서비스가 커지면 플랫폼으로 진화하게 되고 그를 통해 풀 수 있는 시장의 문제점도 더 많이 보이게 되죠. 계속 발견되는 문제점을 하나씩 해결하며 지속 가능성을 좇게 되면 기업의 성장으로 연결됩니다. 이 기업의 성장은 일자리 창출로, 그리고 국가 경쟁력으로 이어집니다. 지속 가능한 사회가 되길 바란다면 스타트업이 계속 활력을 불어넣고 시장에서 까다로운 이용자들에게 계속 선택받을 수 있게 경쟁해야만 한다고 생각합니다.

마지막 한마디

창업은 아주 힘든 과정입니다. 끊임없이 도전받고 좌절하고 무너질 뻔한 순간을 많이 만나게 될 거예요. 하지만 내가 정말 해결하고 싶은 문제가 있고, 그 문제 해결을 위해 인생을 걸어 볼 만하다고 생각한다면, 창업은 아주 좋은 선택지 중 하나입니다. 창업하고 싶다면 정말 냉정하게 자신에게 물어보세요. 〈나는 내 인생을 바칠 만큼 얼마나 이 문제를 풀고 싶은가?〉

박재욱

서울대학교 전기공학과와 경영학과를 전공하고 2011년 VCNC 창업 이후 커플을 위한 폐쇄형 SNS 비트윈, 이동의 기본을 새로 제시한 라이드 헤일링 서비스 타다 등 많은 사람이 사랑하는 서비스를 내놓았다. 2020년 모빌리티 플랫폼 쏘카의 대표를 맡아 〈이동의 혁신〉을 선보이기 위해 노력하고 있다.

쏘카의 모든 의사 결정은 데이터를 기반으로 진행하고 있다.

팀원들이 자유롭게 즐기는 쏘카의 카페테리아.

사내 어린이집 제도 등 계속해서 더 나은 환경을 제공하고 있다.

쏘카 × 박재욱

어메이징 브루잉 컴퍼니 × 김태경

자기
자신을

마주할

용기를
갖다

제가 생각하는 창업가 정신은
자기 자신을 마주할 용기입니다.

자기소개 부탁합니다

다양하고 맛있는 술로 한국의 술 문화를 한 단계 업그레이드 중인 어메이징 브루잉 컴퍼니 대표 김태경입니다. 창업 전에는 컨설팅 회사와 소비재 회사에 다녔습니다. 수영하기와 자전거 타기를 좋아하고, 비건이며, 명상하기를 즐깁니다. KBS「1대 100」퀴즈쇼 프로그램에 나가서 5천만 원을 탄 적도 있습니다.

창업을 결심하게 된 계기는 무엇입니까?

어메이징 브루잉 컴퍼니는 성수동에서 수제 맥주를 파는 작은 브루펍으로 시작했습니다. 하지만 5년 만에 전국 편의점 유통도 하고 있고, 제임슨(위스키), 오뚜기(식품), 팔로알토(음악가), 타다(스타트업), N서울타워(장소) 등 다양한 협업을 통해서 국내 맥주 문화를 선도하고 있기도 합니다. 아마도 Tech 일색인 우리나라의 창업 문화에서 F&B 제조업에서 스타트업의 형태로 창업하기가 쉽지 않은데, 몇 안 되는 F&B 스타트업이라고 보시면 됩니다. 저희 투자사들은 보통 Tech, Bio, Fin Tech, e-commerce 등의 투자 포트폴리오 카테고리를 갖고 있는데, 저희는 늘 〈Others(기타)〉 포트폴리오로 분류됩니다.

저는 10여 년간 한국에서 직장 생활을 하면서 〈술 문화〉에 아주 힘들었어요. 사람들의 취향과 개성이 고려되기보다는 모두가 되도록 싸고 빠르고 일사불란하게 취하는 것에 집중하는 문화는 너무 충격적이었습니다. 저는 술을 잘 못

마시지만 맛있는 것은 좋아하는 사람입니다. 그러다가 미국 유학 시절에 크래프트 맥주(수제 맥주)에 빠지게 되었고, 한국에서 직장 생활을 하던 중에 주세법이 많이 개정되면서 창업의 길이 열린 것을 보고 창업하게 되었죠.

일하면서 생긴 사건, 사고가 있었나요? 해결하는 과정에서 어떤 배움을 얻었는지요?

2016년에 창업하고 몇 달 지나지 않아서 무주에 사이클 레이스를 나갔는데 내리막길에서 낙차(자전거에서 떨어지는 일) 사고가 났습니다. 넘어지는 순간도 너무 아찔했고, 뒤에 오는 버스를 간신히 피해서 죽을 뻔하다가 살아났어요. 결국 빗장뼈가 부러져서 철심을 박았다가 1년 후에 뽑는 수술도 해야 했죠. 사고를 당했을 때 가장 걱정이 된 것은 물론 가족이었고, 그다음은 회사였습니다. 이제 막 시작해서 꽃을 피우지도 못한 우리 회사와 직원들에 대한 책임감도 커지더라고요. 〈대표 몸은 혼자의 것이 아니구나〉 하는 생각도 많이 들어서 건강에 대해 정말 많이 조심하게 되었습니다. 그 후로 건강 관리를 철저하게 합니다.

창업 과정에서 느낀, 소소하더라도 행복한 경험이 있나요?

가장 행복할 때는 고객들의 반응이 좋을 때죠. 술을 만들어서 판다는 것은 기본적으로 상대방에게 기쁨을 주는 일이지만, 한편으로는 긴장되기도 합니다. 후기를 남기는 사람 중에서는 절반 이상이 술을 마신 후에 남기는 거라서,

술 업계 쪽 게시판은 다른 산업에 비해서 감정도 격하고, 말도 거칩니다. 그렇지만 그런 와중에 우리 회사나 맥주에 대한 칭찬이 있다면 너무나 반갑습니다. 그다음으로는 오래 함께 일한 직원들이 급속도로 성장하는 것을 볼 때입니다. 우리 회사에는 초창기부터 함께한 홈 브루어 출신의 양조사가 있습니다. 그분은 집에서 20리터 정도씩 맥주를 만들어서 마시던 분인데, 이제는 어느덧 10톤짜리 탱크로 맥주를 만들고, 시간당 3천 캔 이상을 생산해 내는 기계를 능숙하게 다룹니다. 불과 5년 만에 말이죠. 이런 분들을 볼 때 정말 기쁩니다.

당신은 어떤 것으로부터 영감과 에너지를 얻고 있나요?

저의 롤 모델은 크래프톤 장병규 의장입니다. 항상 문제에 집중하고, 다른 쓸데없는 것에 무관심하신 모습을 보면서 많이 배웁니다. 2002년도에 장병규 의장 밑에서 네오위즈 인턴을 한 것이 계기가 되어 지금도 힘든 일이 있으면 한두 줄 이메일을 보내요. 그러면 꼭 답변을 줍니다. 가끔 후배 창업자들을 모아서 술도 사주죠. 그 외에는 책을 많이 읽는데, 되도록 제 업무와 관련이 없는 쪽으로 보려고 노력을 많이 합니다. 그래야 전혀 다른 분야에서 영감을 얻는 것 같아요. 불교나 명상에 관한 책이나, 채식에 관한 책이나 환경에 관한 책도 보는 편이고, 소설도 종종 읽습니다. 마지막으로는 자전거 타기와 수영과 같이 업무를 완전히 잊어버릴 수 있는 유산소 운동을 힘들게 하는 것입니다. 〈아이고, 힘들어 죽겠네〉라는 말이 목 끝까지 차오를 만큼 운동하고 나면 대체 내가 오늘 뭣 때문에 그렇게 고민하고 힘들었는지 잠시 잊게 되고, 그렇게 업무에서 분리하고 다시 업무로 돌아왔을 때 좋은 해법이 많이 생기는 것 같습니다.

당신이 생각하는 〈창업가 정신〉은
제가 생각하는 창업가 정신은 자기 자신을 마주할 용기입니다.

당신이 생각하는 〈혁신〉은
제가 생각하는 혁신은 재개발입니다.

어메이징 브루잉 컴퍼니만의 핵심 가치가 있다면
첫째, 고객에게 집중하라. 둘째, 동료를 혼자 두지 말라. 셋째, 팩트가 아닌 의견을 말하라. 넷째, 속도가 완벽을 이긴다. 다섯째, 비즈니스 커뮤니케이션은 명확성이 생명이므로 오버 커뮤니케이션하라!

어메이징 브루잉 컴퍼니의 조직 문화를 소개해 주세요
퇴근할 때 술 한잔하는 〈퇴근주〉 제도가 있습니다. 출퇴근 시간은 자유로우며 의전을 싫어하고 다양성을 존중합니다. 의전과 관련하여 상반된 문화를 비교할 수 있는 경험이 몇 번 있었어요. 카투사로 군대에 있을 때 한국

훈련소는 총검술이나 모포 각 잡는 법 등 격식을 많이
차리지만 미군은 윗몸 일으키기, 달리기, 팔 굽혀 펴기 등
기초 체력을 어떻게 올릴지에 집중하더라고요. 그 대신에
한국군은 계급이 낮을 때는 힘들지만 올라갈수록 고참
대접을 해줘서 편해지고, 미군은 신병 때는 체력 관리만
잘하면 편한데 계급이 높을수록 책임지는 일이
많아지더라고요.

저는 대학 때 대기업 인턴을 하고, 정작 커리어는 미국계
대기업에서 시작했는데, 한국 대기업은 미팅에서의 자리
배치, 행사에서 동선 파악까지 정하지 않으면 안 되는
경우가 많았습니다. 그런데 미국 대기업은 그런 건
상관없고, 〈고객이 너의 보스다〉 같은 말을 실제로 행동으로
옮기더라고요. 마지막으로는 베인앤컴퍼니의 M&A 팀에
있었는데 국내 대기업은 전략보다는 회장님이나 윗사람
기분을 해석하는 데 시간을 많이 보내고, 외국계 사모
펀드는 돈 버는 것과 실적에 집중한다는 생각이 많이
들었어요.

이런 일련의 경험을 하면서 의전 챙기고 사람에게 충성하는
것보다 조직의 비전에 충성하는 것을 선호하게 됐고, 지금도
회사에서 직원들에게 의전 절대 하지 말 것을 강조합니다.
예컨대 손님이 와도 물이나 커피 가져다주는 것도 하지
말라고 할 때가 많아요. 요즘은 그 정도는 알아서들
하거든요. 행사 같은 데서 마이크 (두 손으로) 갖다주는
사람, 시상식 같은 곳에서 수상자가 단상에 올라갈 때

넘어질까 봐 (흰 장갑 끼고) 안내해 주는 문화도 싫어합니다. (길게 설명했는데 한 문장으로 줄이면 〈너는 손이 없니? 발이 없니?〉입니다.)

다양성을 존중하는 이유는, 다양성이 크래프트 맥주 업계의 존재 이유이기 때문입니다. 1842년 체코에서 필스너 라거가 태어난 이후로 거의 200년 가까이 라거의 시대였는데, 알고 보니 그 이전에는 훨씬 다양한 에일 종류의 맥주를 마셨다는 것이 크래프트 맥주의 시작이었습니다. 그러니까 대량 생산, 획일화, 효율성의 시대가 저물고, 다시 장인 정신, 개성 존중, 다양성의 시대가 오고 있어요. 극단적인 예가 대한민국 아닐까요? 1960년대 이후로 진행된 성장 일변도 정책은 획일성, 효율성, 집단화를 강요했고, 그 과정에서 숨죽이거나 불행함을 느끼는 사람도 많았죠. 사람들은 획일화되면 비교하고, 비교하면 불행해집니다. 아파트가 다 똑같이 생기니까 몇 평인지 얼마인지 비교하죠. 집들이 형태도 다르게 생기고, 위치도 다르고, 정원의 유무도 달랐다면 평수를 비교하는 게 무슨 의미가 있었을까요? 다 똑같이 소주, 맥주, 소맥 마시니까 누가 더 많이 마시는지 경쟁하고, 맛이나 취향 따위는 중요하지 않았던 것입니다. 이제는 달라져야죠.

어메이징 브루잉 컴퍼니를 자랑한다면
현재까지 우리나라 식약청에 등록된 맥주의 개수가 가장 많은 회사입니다. 다른 회사들은 2000년대 초반에 만들어진 회사가 많지만, 저희는 2016년 창업하여 현재 수제 맥주 톱 5에 들 정도로 고속 성장하고 있습니다.

〈한 아이를 키우려면 온 마을이 필요하다〉라는 아프리카 속담이 있습니다. 당신 회사가 성장하는 데 어떤 도움을 받았는지요?

가장 먼저 생각나는 것은 초기에 맥주 커뮤니티 사람들이 많이 환영해 주고 반가워해 준 것 같습니다. 그다음으로 감사한 벤처 캐피털 분들은 돈도 주고, 술도 많이 팔아 주고 많이 사주었어요. 마지막으로 편의점 관계자분들이 아니었다면 정말 코로나19 시기를 이겨 내지 못했을 것 같습니다.

스타트업의 대변인으로서 하고 싶은 이야기

대기업은 절대로 못 하는 주변부의 사업을 일으켜서 결국 중심까지 끌고 가는 것은 스타트업만이 할 수 있습니다. 창업하기 이전에 저는 무대 뒤편에서 소품과 조명, 그리고 음향 담당, 아니면 무대 위에 있더라도 조연이었어요. 하지만 창업 이후에는 무대 가운데로 나와 있는 주연 배우가 된 느낌입니다. 이 공연은 잘돼도 안 돼도 제 탓입니다. 누구를 탓할 수 없는 위치에 있어 보니 리스크에 대해서 먼저 직감하게 됩니다. 〈아, 이게 안 되면 내 잘못이구나.〉 그러다가 관객들에게 찬사받는 날도 있는데, 그러면 〈내가 뭘 했다고 이런 찬사를 받아도 되나?〉 하는 생각도 듭니다.

이런 기분이 가끔 드는 게 아니라, 하루에도 열두 번씩 왔다 갔다 하면서 들 때도 있어요. 그러니까 한마디로 제정신이 아니죠. 그래서 창업은 정신력이 중요한 것 같기도 합니다.

마지막 한마디
코리아스타트업포럼의 연례 행사를 맥주 축제로 하는 것은 정말 좋은 아이디어입니다!

김태경

서울대학교에서 경영학을 전공하고 노스웨스턴 대학교 켈로그 경영 대학원에서 MBA 과정을 마쳤다. P&G 마케팅과 베인앤컴퍼니 사모 펀드 그룹에서 일했다. 2016년 한국의 술 문화를 〈취하는 술에서 즐기는 술〉로 바꾸고, 한국 술을 세계에 알리고자 어메이징 브루잉 컴퍼니를 창업하여 지금껏 이끌고 있다.

한국의 술 문화를 한 단계 업그레이드 중인 어메이징 브루잉 컴퍼니의 김태경.
쉴 때는 수영하기와 자전거 타기를 좋아하고, 명상하기를 즐긴다.
어메이징 브루잉 컴퍼니의 핵심 가치는 고객에게 집중하는 것.

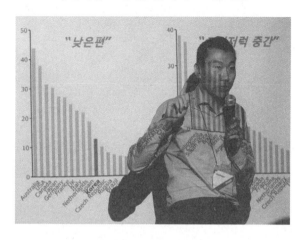

오늘의집 × 이승재

끊임없이
도전하면

세상은

더 좋은
방향으로
나아간다

창업가 정신은 〈세상의
문제를 해결하는 데
끈질기게 도전하여
세상을 더 나은 곳으로
변화시키고자 하는
의지〉입니다.

자기소개 부탁합니다

저는 라이프 스타일 슈퍼 앱 오늘의집을 만들고 있는
버킷플레이스 팀 리더 이승재입니다. 오늘의집은 공간과
일상의 변화를 통해 사람들의 삶을 바꿔 나가는 곳입니다.
일상을 공유하는 콘텐츠 및 커뮤니티, 라이프 스타일 전반을
아우르는 커머스, 홈 서비스 영역(시공 중개, 수리와 설치,
이사) 등 다양한 서비스를 제공하고 있습니다. 저희의
미션은 다양한 라이프 스타일 영감을 공유하는 커뮤니티를
만들고, 이를 통해 누구나 더 나은 공간에서 더 나은 삶을
만들어 가도록 도와 더 많은 사람의 공간과 일상을
긍정적으로 변화시키는 서비스가 되고자 합니다.

창업을 결심하게 된 계기는 무엇입니까?

20대 시절부터 〈세상의 문제를 해결하고 싶고, 그 문제
해결을 통해 지금보다 더 나은 변화를 만들어 나가는 일을
하자〉는 목표를 가지고 있었습니다. 막연하지만 의지는
강했어요. 2009년에 아이폰이 국내에 들어오고 카카오톡을
비롯한 다양한 모바일 서비스가 등장하면서 세상에 큰
변화가 오는 것을 볼 수 있었습니다. 그러한 과정에서
사회에 미치는 영향력을 가장 크게 낼 방법 중 하나가
창업이라는 것을 깨닫게 되었고, 언젠가는 창업에
도전해야겠다는 생각을 품게 되었습니다. 오늘의집을
시작하기 전 친구들이 만든 스타트업에서 직접 인테리어를
해볼 기회가 있었습니다. 인테리어 이전의 사무실 공간은

삭막한 느낌이었는데, 불가능에 도전하는 스타트업 공간인 만큼 에너지를 얻을 수 있는 창의적인 공간으로 바꿔 보고 싶은 생각이 들었어요. 평소에도 멋진 공간을 좋아해서 카페들을 찾아다니던 저였기에 과감하게 제가 한번 프로젝트 관리를 해보겠다고 손들고 나서서 일을 벌이긴 했는데 생각보다 과정이 너무 어려워서 고생을 정말 많이 했었습니다. 그때 생각했죠. 〈아, 나처럼 인테리어의《ㅇ》도 모르는 초보자도 멋있게 셀프 인테리어할 수 있는 서비스가 있으면 좋겠다!〉

그러다 2013년에 우연히 지인의 집에 놀러 갔는데, 집주인의 개인 취향이 고스란히 녹아 있는 공간을 마주하게 되면서 강하게 충격받았습니다. 아파트와 원룸 천국인 우리나라에도 이렇게 멋진 공간이 가능하다는 게 너무 감동적이었죠. 집이 이렇게 멋진 공간이 될 수 있다니! 그냥 잠만 자는 공간이나 짐 보관소로 생각하고 살고 있는 〈집〉이 취향과 영감을 담는 공간으로 바뀌어 나간다면, 이러한 경험이 사람들의 삶에 긍정적인 영향을 미칠 수 있을 거로 생각했어요. 사무실 인테리어를 직접 했던 경험이 떠오르면서 〈인테리어를 실행에 옮기는 과정에서의 어려움들을 해결해 주는 서비스를 만든다면 어떨까〉 하는 생각이 들었습니다. 감동과 충격이었던 지인 집 방문 이후로 〈이 문제를 푸는 일이 정말 재미있고 가치 있는 일이구나〉 하는 생각이 들었고 결국 오늘의집 서비스를 시작한 계기가 되었죠.

일하면서 생긴 사건, 사고가 있었나요? 해결하는 과정에서
어떤 배움을 얻었는지요?

오늘의집 서비스를 시작한 지 3년 차 되는 2016년이었어요.
처음으로 비즈니스 모델을 도입했는데, 사전 테스트를 통해
세워 두었던 가설이 작동하지 않았고 결과는 기대보다 한참
아래였으며 왜 그러한 일이 발생했는지 알 수 없어 답답했던
상황이 있었습니다. 바로 비상 상황으로 전환하여 문제를
해결하기 위해 수십 개의 가설과 해결책들을 정리해 보고
우선순위를 정한 뒤 최선을 다해 전부 실행에 옮겼어요.
결과적으로 그 과정에서 성장을 이뤄 낼 수 있었습니다.
이외에도 지금까지 오늘의집을 만들어 오면서 위에서
말씀드린 것 이외에도 수많은 문제를 겪고 넘어왔어요. 그
과정에서 배운 것은 문제 대부분은 해결할 수 있다는
것입니다. 영화 「인터스텔라」에 나오는 〈우리는 답을 찾을
것이다〉라는 대사를 마음속에 새긴 채 오늘도 새로운
문제와 마주하며 또 하나의 산을 넘기 위해 팀원들과 함께
걸어 나가고 있습니다.

창업 과정에서 느낀, 소소하더라도 행복한 경험이 있나요?
가장 기억에 남는 순간은 2018년 구글에서 주최한 연말
시상식에서 대상(구글 플레이 2018 올해의 베스트 앱
수상)을 받았을 때입니다. 상을 받았다는 사실도 기뻤지만
그보다는 함께하는 팀원들이 그 결과에 진심으로
즐거워하는 모습을 보면서 정말 행복했던 기억이 납니다.

그리고 또 다른 행복의 원천은 사용자의 리뷰입니다.
오늘의집 덕분에 집에 들어가는 게 행복해졌다, 용기를 얻게
되었다는 이야기 등 감동적으로 써준 평을 볼 때마다 이것
때문에 사업을 하나 싶은 생각이 들 정도로 매우 뿌듯하고
큰 힘이 되어요.

당신은 어떤 것으로부터 영감과 에너지를 얻고 있나요?
창업의 과정은 매일매일 해보지 않은 일을 해내고 문제를
해결해 가는 과정의 연속입니다. 처음 겪는 어려운 상황을
마주할 때는 멋지게 기업을 일궈 나가고 있는 다른 선배/
동료 창업가를 만나면서 인사이트를 나눕니다. 분야는
다르더라도 서비스를 만들고 회사를 일궈 나가는 훌륭한
창업가들이 많아요. 다양한 시행착오와 성공 경험을 나누는
과정에서 간접적인 학습을 하게 되는데, 결과적으로 회사를
더 좋은 방향으로 이끄는 과정에 큰 도움이 됩니다. 또, 책을
통해서도 많은 것을 배우고 있습니다. 주로 제가 하는 일과
관련된 책이나 글을 읽는데, 이렇게 시간을 보내면서
에너지를 충전시키며 해결책에 대한 실마리도 얻고 다시
앞으로 나아갈 힘을 얻습니다

당신이 생각하는 〈창업가 정신〉은
〈세상의 문제를 해결하는 데 끈질기게 도전하여 세상을 더
나은 곳으로 변화시키고자 하는 의지〉입니다.

당신이 생각하는 〈혁신〉은
〈과거의 방식에 얽매이지 않고 새로운 방식으로 기존보다
훨씬 나은 결과를 만들어 내는 일〉입니다.

오늘의집만의 핵심 가치가 있다면
오늘의집에는 고객에 대한 집착, 오늘의집을 짓는 마음,
임팩트 지향, 탁월함의 추구, 빠른 실행 빠른 학습, 충돌과
헌신, 열린 소통이라는 총 일곱 가지의 핵심 가치가 있고
이를 굉장히 중요하게 생각하고 있습니다. 이 가치들은
팀원이 입사를 지원하는 순간부터 마주하고, 업무 중 여러
고민되는 순간마다 떠올리고 이야기하는 공통의 약속이자
지향점입니다. 어떤 분과 함께 동료로 일할지 결정하는 채용
과정부터, 어떤 팀원이 리더가 되는지 결정하는 순간까지
핵심적이고 중요한 기준이 되며, 이를 통해 오늘의집다움이
더욱 채워지고 있습니다.

오늘의집의 조직 문화를 소개해 주세요
세상에 가치를 만들어 내고 사람들의 삶을 조금 더
나아지도록 하는 것이 오늘의집이 시작한 이유이기도 하고
존재 목적이기도 합니다. 오늘의집은 〈본질〉이 문제를 잘
해결하고 가치를 만들어 내는데 핵심이라고 생각하여, 늘
본질에 집중하려고 노력합니다. 일을 하다 보면 본질을
잊거나 많이 벗어난 상황이 발생할 수 있는데, 그러한
상황을 발생하는 요인을 계속 찾아내고 걷어 내어 일에 대한

몰입과 즐거움, 의미를 느낄 수 있는 회사가 되고자
노력하고 있습니다. 일례로 〈좋은 의견이 이긴다〉라는
표현을 종종 쓰곤 해요. 이야기하다 보면 사람이나 상황에
따라 좌지우지될 수도 있는데, 이러한 표현을 믿고
사용함으로써 우리의 본질을 놓치지 않으려고 노력합니다.
또한 오늘의집은 회사의 많은 정보가 모든 구성원에게
투명하게 공유될 수 있는 구조와 문화를 만들어 가고
있습니다. 이를 통해 우리가 무엇을 하고 있고, 왜 이 일을
하는지, 하나의 팀으로서 우리가 어느 방향으로 함께 나아갈
것인지에 대해 끊임없이 묻고 답할 수 있으며, 이러한
과정이 혁신을 만들고 있는 오늘의집의 토대라고
생각합니다. 저는 위대한 조직 문화를 만들어 가는 일은
많은 노력과 긴 시간이 필요한 일이라고 생각하며 오늘의집
조직 또한 여전히 발전 중이라고 생각합니다. 앞으로도
팀원들이 본인의 일을 사랑하고 일을 통해 삶의 의미를 더욱
크게 만들어 갈 수 있도록 오늘의집다운 조직 문화를 매
순간 고민하며 만들어 나가고자 합니다.

오늘의집을 자랑한다면
공간이 삶을 변화시킨다는 믿음을 가진 조직이기에
구성원들이 먼저 공간의 가치를 경험하고 변화를 실행하는
것을 중요하게 생각합니다. 그래서 초기부터 지금까지 집
꾸미기 지원금을 지원하고 있습니다. 우리가 사용자
입장에서 실제로 서비스를 체험해 보고, 인테리어를

경험하는 것이 중요하다고 생각해서 시작한 제도입니다.
그런데 정말이지 내부에 집을 잘 꾸미는 고수들이 너무
많아서 놀라곤 해요. 나중에는 구성원들 집만 모아서 책을
내고 싶은 것도 작은 바람 중 하나입니다.

〈한 아이를 키우려면 온 마을이 필요하다〉라는 아프리카
속담이 있습니다. 당신 회사가 성장하는 데 어떤 도움을
받았는지요?

IT 스타트업은 아이디어, 사람, 자금, 이 세 가지가
중요합니다. 이중 아이디어는 사실 시작 지점에 불과하고,
이를 현실로 만드는 과정에서는 사람과 자금이 중요한
역할을 하지요. 2013년 맨땅에 헤딩하는 것부터 시작하여
지금의 오늘의집을 만들기까지 정부 지원이나 투자자들의
지원이 매우 큰 힘이 되었습니다. 그러나 무엇보다 늘 가장
크고 중요한 힘은 오늘의집 팀원들입니다. 함께 시작한
동업자들과 지난 8년을 함께 도전해 온 오늘의집 팀원들이
없었다면 오늘의집의 현재도 없었으리라 생각합니다.

스타트업의 대변인으로서 하고 싶은 이야기

세상은 끊임없이 변화합니다. 이러한 변화의 시기에 창업가
정신을 무기로 삼은 다수의 스타트업이 끊임없이 도전하는
과정에서 세상이 더 좋은 방향으로 계속 나아가게 된다고
믿습니다. 해뜨기 직전이 가장 어둡다는 말이 있잖아요.
끝날 때까지 그 끝이 어디인지 아무도 알 수 없다는 것이

창업의 마력인 것 같습니다. 앞이 잘 보이지 않는
상황에서도 꿋꿋이 각자의 길을 걸어가는 창업가들을
응원합니다.

마지막 한마디
세상의 공간을 바꾸고 사람들의 삶을 변화시켜 나가는
오늘의집의 여정에 함께하고 싶은 사람을 찾습니다.

이승재

서울대학교 화학생물공학부를 졸업했다. 2014년 버킷플레이스를
창업하여 라이프 스타일 슈퍼 앱인 오늘의집을 만들어 많은 사람의
공간과 일상을 긍정적으로 바꾸고 있다.

2018년 구글 플레이 〈올해의 베스트 앱 대상〉을 받은 오늘의집 직원들.

일에 대한 몰입과 즐거움, 의미를 느낄 수 있는 오늘의집.

오늘의집은 집을 꾸미는 과정에서 겪는 다양한 문제를 한 곳에서 해결한다.

온오프믹스 × 양준철

세상을 바꾸는 사람은

문제를 포기하지 않는다

세상을 바꾸는 모든 이는
문제에 직면했을 때 포기하지
않고 극복하고 뛰어넘기 위해
노력합니다.

자기소개 부탁합니다

안녕하세요. 온오프믹스 창업자이자 대표 이사
양준철입니다. 가진 능력을 누군가에게 나누는 것을
좋아하고, 상대방으로부터 〈존중〉과 〈애정〉을 받는 것을
가장 행복하게 생각하며 누군가에게 도움이 되는 회사를
만들려고 노력하고 있습니다. 제가 한 첫 번째 창업은
고등학교 1학년 때인 2001년에 〈T2DN〉이라는 이름의
회사로 10대Teen, 디자이너Designer, 개발자Developer,
네트워크Network의 합성어입니다. 당시에는 인터넷이
대중화되지 않았을 때라 오프라인 사업자들이 온라인으로
가는 열쇠를 만들어 주겠다는 포부를 갖고 명명한
E-Bizkey라는 사업을 통해서 도메인 등록부터 웹 사이트
제작, 웹 호스팅과 서버 호스팅까지 제공하는 사업을
했었습니다.

두 번째 창업은 고3 때인 2003년에 〈SR〉이라는 회사였어요.
인체를 3D로 스캐닝해서 온라인에서 패션 의류를 소비할
때 자기 자신의 3D 모델을 통해서 옷에 실제 착용 느낌을
보여 주는 쇼핑몰에 창업 멤버로 참여했어요. 당시 Direct
X만으로는 온전히 구현할 수 없었고, 창업자가 회사를
제대로 경영하지 못해서 구현하고자 하는 목표의 완성체를
만들지 못했습니다.

세 번째 창업인 온오프믹스는 온라인과 오프라인을
융합한다는 뜻이 있는 회사로 국내에 플랫폼 사업에 대한
도전이 별로 없던 2008년에 클로즈 베타 서비스로 시작해서

대한민국 모든 블로거가 모이는「대한민국 블로거
콘퍼런스」를 개최하기도 했고, 한국에 TED가 도입되는
초기 행사였던「TED×Seoul」과「TED×Myeongdong」,
전국 단위 토크 콘서트였던「청춘 콘서트」가 성공리에
개최될 수 있게 도왔으며, 오랜 기간「세상을 바꾸는 시간
15분」의 사이트 지원 후원사이기도 했었습니다.

창업을 결심하게 된 계기는 무엇입니까?

첫 번째 창업은 부모님이 했던 사업의 창업기, 부흥기,
쇠퇴기를 옆에서 지켜보면서〈사업〉이란 무엇이며〈돈〉은
어떻게 버는 것인지에 대해 질문을 가졌던 것에서
시작했습니다.〈인생은 하나의 무대이고 그 무대에 오르는
주연과 조연이 있는가 하면 지원을 하는 스태프가 있는데
무대에 오르는 이들은 저마다 자기만의 독특한 캐릭터를
구축해 냈을 때 비로소 기회가 오더라〉는 아버지의 인생에
대한 당부 말씀과 EBS 다큐멘터리「실리콘 밸리의
천재들」에서 빌 게이츠와 스티브 잡스의 초기 창업 일화를
보게 되면서 자극받게 되었지요.〈학력〉이나〈신분〉과
상관없이 노력으로 만들어 낸 능력만으로 사회에서
인정받는 위치에 올라갈 수 있는〈창업〉이란 것을 스티브
잡스의 스토리에서 알게 되었고, 대학 진학을 위해서
노력하기보다는 고등학교 때부터 창업에 도전해서 경험과
경력을 쌓고 싶었습니다.

고교 생활 중 두 번의 실패를 맛본 뒤 스무 살 1월에 다음

플랫폼 본부 카페 팀 계약직으로 시작하여 나무 커뮤니케이션, 네오위즈(첫눈), 투어익스프레스, 온라인투어, CDNetworks 등 국내 굴지의 인터넷 기업에서 사업 기획 및 연구/개발 직군에서 일하면서 새로운 창업 길에 오르기 위해 열심히 배웠습니다. 온오프믹스를 창업하게 된 계기 역시 이러한 인터넷 기업에서 경험을 쌓는 중에 형성되었어요. 워낙 어린 나이에 시작한 사업이었기에 항상 배움에 목말라서 다양한 세미나/콘퍼런스에 참여했는데 다니던 회사에서 세미나/콘퍼런스를 여는 과정에 참여하다 보니 꽤 많은 부분에서 시간과 비용이 낭비되고 있다는 것을 발견하게 되었습니다.

모객용 홈페이지 제작에 긴 시간과 고비용을 들여 제작하지만 1회 사용 후 폐기되어 예산을 낭비하게 되고, 홍보 채널의 부재로 인해 또 한 번 예산이 낭비되는 것이 매우 불합리하게 느껴졌습니다. 또한 참석자 역시 다양한 행사 정보를 한 번에 볼 수 있는 플랫폼이 없어 개별 행사 사이트를 매번 검색, 신청해야 하는 불편이 있었고요. 회원 가입한 사람들에게는 정기적으로 모임/행사 정보를 제공해 주고, 모임/행사와 관련된 서비스나 상품을 제공하는 사업자들에게는 이 두 고객에게 서비스와 상품을 노출한다면 모임/행사와 관련된 시장의 불합리한 시간과 비용을 아낄 수 있고 이것이 하나의 큰 생태계를 만들어 낼 거로 생각했어요. 온오프믹스와 비슷한 시기에 법인을 설립한 미국의 이벤트 브라이트는 2018년 창업 10년 만에

2조 가까운 가치로 상장했습니다. 한국의 이벤트
브라이트가 되고 장기적으로 이를 뛰어넘는 것이
목표입니다.

일하면서 생긴 사건, 사고가 있었나요? 해결하는 과정에서
어떤 배움을 얻었는지요?

창업 5년 차에 두 곳의 투자 회사로부터 20억 투자를
제안받아 투자금 납입 약속만 믿고 선투자했던 것으로 인해
재무적 위기가 찾아왔던 것이 떠오릅니다. 당시 BEP를
초과해서 수익을 내던 상황에 갑작스러운 투자 제안은 저를
당황하게 했던 것 같습니다. 대기업이 만든 펀드와 신생
VC는 각각 서로 다른 회사 가치와 납입 기간을 조건으로
제시했고 선택만 하면 납입이 될 것이라는 안일한 생각은
쌓아오던 현금으로 인재 채용과 인프라 구축에 선투자하는
의사 결정을 하게 만들었습니다. 선택의 실수를 범하지 않기
위해 구했던 조언 중 당시 깊이 믿고 있던 투자자로부터
〈대기업의 돈을 받으면 다른 대기업과 기회를 만들 수
없으니 받지 마라〉라는 조언을 얻어 신생 VC와 진행하게
되었지만 결국 약속된 투자금 납입이 되지 않았죠. 예상치
못한 당황스러움에 한동안 정신없었지만 주변의 창업
선배들이나 동료들에게 이 상황을 알리고 함께 해결 방안을
모색하려고 했던 것이 위기를 벗어날 수 있는 계기가
되었습니다. 평소 존경하던 상장사 대표께서 안타깝게
여기고 도움을 주었어요(투자받고 싶은가? 대여해 줄까?

물었을 때 대여하겠다고 하니 안타까워하던 것이
떠오르네요).

어느덧 법인 설립한 지 햇수로 15년 차가 되는데요. 다양한
사건과 사고, 그리고 어려움을 겪으면서 공통으로 배우고
느끼는 것이 있다면 다음과 같습니다. 첫째, 어떤 사건이나
사고, 그리고 어려움을 겪던 주변인들에게 솔직하게
공개하고 도움을 청해야 한다. 둘째, 인생을 살아오며 남겨
둔 발자취가 어려운 상황에 영향을 준다. 셋째, 인생을
살아오며 선행과 좋은 영향을 끼친 적이 있다면 그것이 삶의
중요한 순간에 큰 도움으로 돌아온다. 넷째, 사건, 사고,
어려움의 끝엔 항상 큰 배움과 변화의 기회가 있다.

창업 과정에서 느낀, 소소하더라도 행복한 경험이 있나요?
사업하면서 풋풋했던 싱글 임직원들이 회사에서 자리를
잡고 인생의 배필을 만나서 결혼식을 올리고, 어떤 이들은
아이가 태어나 양육하는 것을 지켜보면서 무게와 책임감을
느낌과 동시에 이들의 성장 과정과 새로운 출발을 지켜볼 수
있다는 것에 행복을 느꼈습니다. 또 어린 시절부터
좌충우돌하며 다양한 경험을 한 것들이 후배들이 조언을
구할 때 조금이나마 도움이 되는 것 같아요. 찾아와서
고민을 이야기하고 상담하던 후배들이 어느덧 유니콘이
되는가 하면 대규모 투자 유치에 성공해 자리를 잡는 것을
보면서 그들의 초기에 조금이나마 좋은 영향을 줄 수
있었음에 보람과 행복감을 느껴요.

당신은 어떤 것으로부터 영감과 에너지를 얻고 있나요?

음악과 영화에서 영감을 얻고, 가족과 내 사람이라 말할 수
있는 지인들에게 에너지를 얻습니다. 사업을 하기 전 잠깐
성악을 배웠던 적이 있어요. 힘든 시기 잠자기 전 귀에 꽂혀
있던 카세트테이프에는 루치아노 파바로티, 안드레아
보첼리 같은 성악가들의 노래와 서태지와 아이들, 이소라와
같은 대중 가수들의 노래가 꽂혀 있었죠. 아내를 만난 것도
우연히 같은 행사에 강의하러 갔다가 성악을 다시 하고 싶은
마음에 개인지도를 받으며 깊어진 인연입니다. 10대 때 두
번의 사업을 모두 실패하고 두문불출하며 괴로워할 때
생각을 아예 하고 싶지 않아서 몇 개의 영화를 반복해서
보다가 영화의 장면 하나하나가 의미 없이 만들어진 것이
아니라는 것을 깨닫고, 스토리텔링에 대해서 깨우침과
동시에 영화 속 장면에 대해 깊이 분석하고 탐색하여 다음
장면을 예상하는 재미에 흠뻑 빠졌습니다. 영화는 과거와
현재, 그리고 미래를 다양한 시각으로 다루기에 영감을 얻을
만합니다.

어렸을 적부터 할머니와 할아버지를 비롯한
부모님으로부터 많은 사랑과 지지를 받고 자랐기에
가족으로부터 에너지를 얻는 것은 당연한 것 같아요.
5년간의 연애 끝에 지금은 가정과 아들을 양육하는 새로운
가업(?)을 공동 창업하게 된 아내와 여러 가지 이야기를
나누며 아이를 바라보고 있으면 행복해요. 힘들고 외로운
순간마다 곁을 지켜 준 사람들과의 만남은 가족으로부터

받는 에너지에 부스터를 더해 주는 것 같습니다.

당신이 생각하는 〈창업가 정신〉은

내가 생각하는 창업가 정신은 문제를 발견하고 해결하는 것에 몰두하는 것입니다. 세상을 바꾸는 모든 이는 문제에 직면했을 때 포기하지 않고 극복하고 뛰어넘기 위해 노력합니다. 당장 내가 생각한 속도로 결과가 만들어지지 않는다 해서 포기하면 안 됩니다. 포기하지 않고 문제 해결만을 바라보고 끊임없이 두드리면 결국 이룰 것입니다.

당신이 생각하는 〈혁신〉은

내가 생각하는 혁신은 〈현재보다 더 나은Better than now〉입니다. 혁신을 바라보는 생각이 거창하고 유연하지 못하면 혁신을 만들어 내기 어렵다고 생각합니다. 모든 혁신은 언제나 과거보다 더 나은 무언가를 만들고자 했던 것에서 시작한 만큼 〈현재보다 더 나은〉을 추구하는 것이 혁신이라고 생각합니다.

온오프믹스만의 핵심 가치가 있다면

회사의 핵심 가치는 매우 기본적인 것이어야 한다고 생각합니다. 온오프믹스는 다음과 같은 핵심 가치를 추구하고 있습니다. 첫째, 진정성 있는 태도로 경영진은 〈내부 고객(임직원)에 대해 진정성 있는 태도와 마음을 갖고 최선을 다한다, 임직원은 외부 고객(실제 고객)에 대해

진정성 있는 태도와 마음을 갖고 최선을 다한다, 회사의
성장/발전은 내/외부 고객에게서 온다는 것을 믿고 함께
개인 및 회사 가치를 실현하기 위해서 최선을
다한다〉입니다. 둘째, 지속적인 성장으로 〈회사는 직원의
성장을 위해서 노력하고, 직원은 회사의 성장을 위해서
노력한다, 성장은 한 명의 인재로 만들어지는 것이 아니라
모두의 노력이 합쳐져서 만들어진다〉입니다. 셋째,
합리적인 소비로 〈열심히 일해서 얻은 이익을 낭비하지
않고, 아끼고, 높여서 넘치는 이익으로 만들자, 필요한
지출을 하는 데 거리낌이 없고, 불필요한 지출을 하는 데
인색하게 소비하자〉입니다.

온오프믹스의 조직 문화를 소개해 주세요
코로나19 이후 웹이나 관련 사업 진출에 대한 제안이
끊임없었지만 〈어려울 때일수록 플랫폼의 역할과 책임을
다해야 플랫폼의 이해 관계자들의 지지를 받을 수 있다〉는
공감대를 갖고 있었기에 모임 플랫폼으로서의 중심을 지킬
수 있었고, 고객들에게 마음이 닿아 (사회적 거리 두기로
모임/집회가 금지되는 기간이 길었음에도) 회사를 지속할
수 있는 매출을 낼 수 있었습니다.
온오프믹스는 다양한 주제와 형태의 모임이 열리는
플랫폼인 만큼 직원들의 업무 분야와 관심 분야의 모임이
개설되면 참석해서 배울 수 있도록 비용을 지원하고
있습니다. 그 밖에 지식을 함양하기 위한 도서 구매를

지원하고 있어서 소회의실에 있는 책장에서 다양한 책을 가져다 볼 수 있죠. 창업 초기부터 지금까지 조직 운영에서 중요한 게 있다면 〈낭비하지 말고 사람에게 쓰자〉, 〈기대 관리를 통해서 꾸준히 나아지자〉, 〈자율성을 주되 책임을 분명하게 하자〉입니다.

온오프믹스를 자랑한다면

2010년부터 지금까지 이벤트 산업의 디지털 전환을 개척해 온 온오프믹스는 이벤트와 문화 시장의 기획, 예약, 홍보 마케팅, 운영, 현장까지 이벤트 테크를 접목하여 통합 설루션을 구축하고 다양한 업무를 디지털 전환하는 종합 이벤트 비즈니스 플랫폼으로 성장했으며 최근에는 핀테크와 공간 사업으로까지 확장하고 있습니다. 2023년 7월 기준 누적 회원 143만 명, 누적 이벤트 279만 번, 누적 참석자 399만 명을 보유한 온라인 모객/홍보 플랫폼 외에 실시간 좌석 예약 시스템 〈FPSS〉, 이벤트 관련 서비스/상품 거래 플랫폼 〈온오프믹스 커넥트〉, 150여 개의 시설에 공급 중인 레저 시설/이벤트 현장 운영 설루션 〈ONOFFMIX PLAY〉, MICE 행사 설루션 〈ONOFFMIX For MICE〉 등을 통해서 이벤트 비즈니스 산업을 선도하고 있습니다. 향후 동문회, 포럼, 학회 등 롱테일 분야의 확장을 통해서 이벤트 기반 핀테크 플랫폼으로 확장해 나갈 예정입니다.

〈한 아이를 키우려면 온 마을이 필요하다〉라는 아프리카 속담이 있습니다. 당신 회사가 성장하는 데 어떤 도움을 받았는지요?

류한석 기술문화연구소 소장님은 소프트뱅크 미디어 랩을 통해 인연을 맺었는데, 직장 생활하며 새로운 창업 길을 꿈꾸던 제게 온오프믹스라는 계기를 만들어 주고 어려운 시절마다 따끔한 충고로 응원해 주며 중심을 잃지 않게 도와주었습니다. 이민화 벤처기업협회 명예 회장은 자나 깨나 한국 스타트업 창업자들의 잠재력과 가능성을 이야기하는 분으로 청년창업포럼, 창조경제연구회, 기업 호민관 등 스타트업 생태계를 위한 여러 연구 과정을 곁에서 지켜보면서 많은 배움을 얻게 해주었어요. 고영하 한국엔젤투자협회 회장은 온오프믹스의 에인절 투자자이기도 한데, 창업가들을 돕기 위해 고벤처포럼을 만들었을 때 제가 운영 간사로 도우며 6~7년간 많은 배움을 얻을 수 있었습니다. 남민우 다산네트웍스 대표는 회사의 재무적 위기 때 큰 도움을 주고는 〈살아남는 것을 절대로 포기하지 말라〉고 응원해 주었죠. 코스모스앤비 배양숙 대표는 제 능력으로는 만날 수 없는 많은 분을 만나게 해주며, 첫 미국 여행도 후원해 주었는데 그야말로 진인사대천명의 참뜻을 알게 해준 분입니다. 그 외에도 감사한 분이 너무 많은데 다 담지 못해서 아쉽습니다.

스타트업의 대변인으로서 하고 싶은 이야기

전 세계가 앞다투어 기업가 정신을 이야기하고, 스타트업 육성에 총력을 다하는 이유는 국가 간의 경계가 희미해지고, 세계 시민이라는 이야기가 어색하지 않게 가까워진 지금 잘 키운 스타트업 비즈니스 모델 하나가 전 세계에 영향을 미치고, 이를 통해 소속 국가의 경제 발전에 크게 이바지하기 때문입니다. 세계적인 경쟁력을 가진 대기업을 많이 보유한 대한민국이 세계적인 경쟁력을 가진 스타트업 역시 보유한다면 전 세계를 이끌게 되겠다고 생각합니다.

지난 시간을 되돌아보니 아쉬운 점이 많습니다. 제가 아쉬웠던 점들을 후배들이나 동료들에게 아쉬움으로 남기지 않길 바라며 용기 내 적어 봅니다.

첫 번째는 〈겸손과 유연함〉입니다. 어린 시절의 사업 경험이 사람에 대한 두려움과 방어 기제를 만들어 유연하기보다는 딱딱하고 경직되게 만들었어요. 〈널 처음 본 사람들은 너의 날카로운 면만을 보게 되는 것 같다. 시간을 두고 지켜보니 너의 날카로움이 널 보호하기도 하지만 널 오해하기도 만드는 것 같구나〉라는 선배의 말을 당시 저만의 보호색이라고 생각하며 더욱더 유연해질 생각을 하지 못했죠. 생각의 유연함이 겸손한 태도를 만드는 만큼 나를 유연하지 못하게 만드는 것과 더 빨리 싸우지 못했던 것이 아쉽습니다.

두 번째는 〈열등감과 질투보다는 벤치마킹과 존경〉입니다. 열등감은 자기를 남보다 못하거나 무가치한 인간으로

낮추어 평가하는 감정이고, 질투는 다른 사람이 잘되거나
좋은 처지에 있는 것을 공연히 미워하고 깎아내리려는
것입니다. 나와 비슷한 나이거나, 나보다 어린 이가 나보다
앞서 나가고 성공한 창업가라고 이야기된다고 해서
열등감을 느끼고 질투심을 가지면 안 됩니다. 이들의 어떤
점이 나보다 앞서 나가게 했고, 성공하게 했는지를 존경하고
벤치마킹할 수 있어야 합니다.

세 번째는 〈끊임없이 배우고자 노력하라〉입니다. 회사는
창업자의 그릇만큼 성장한다는 글을 여러 곳에서
읽었습니다. 배움은 습관이기에 멈추게 되면 다시
작동시키기가 쉽지 않지요. 그러니 지금부터라도 다시 책을
손에 잡고 새로운 것을 배우고자 시도하기를 바랍니다.

마지막 한마디

2001년 첫 창업부터 지금까지를 돌아보면 〈위기〉는
포기하지 않는 한 언제나 저의 그릇을 키우는 데 있어서
중요한 역할을 한 〈기회〉였습니다. 얼마 전 싱가폴 투자청이
온오프믹스와 유사한 비즈니스 모델을 가진 이벤트
브라이트 주식을 5퍼센트 인수했다는 기사를 봤습니다.
이제 〈코로나19 이후〉 준비가 시작된 것이겠죠. 코로나19
이후도 함께 잘 버티고 생존해서 이겨냈으면 하는 마음으로
존경하는 남민우 다산네트웍스 대표가 해준 말을 전합니다.
「내가 사업하는 후배들을 보다 보면 두 가지 타입이 있는데,
하나는 새로운 것을 만들어 내는 것을 아주 잘하는

〈몽상가Dreamer〉형인데 새로운 것을 창조해 내는 것은
잘하지만 그것을 운영하고 관리하는 일은 잘하지 못하는
경우가 많고, 다른 하나는 사업하고 조직을 운영하고
관리하는 일을 잘하는 〈기업가Entrepreneur〉형인데 이
친구들은 운영하고 관리하는 일은 잘하지만 새로운 것을
창조해 내는 것을 잘못하는 경우가 많은 것 같아. 똑똑한
후배들은 몽상가에서 기업가로 넘어가기도 하는데 사실 이
기업가가 되는 과정에서 너무 승승장구해서 한 번에
올라가는 친구들은 오래가지 못하는 것 같고, 과정 안에서
몇 번의 위기를 넘겨 본 사람은 탄탄하게 성장해 나가는 것
같아. 위기 상황이 왔을 때 경영자가 해야 할 일은 어떻게든
살아남을 방법을 찾는 거야. 그리고 이전을 돌아보고 무엇을
재건해야 하고 뭐에 집중해야 할지 파악하고 열심히 해서
다시 일어서야 해. 절대 살아남는 것을 포기해서는 안 돼.」

양준철

서울대학교 경영전문대학원을 마치고 다음, 네오위즈,
투어익스프레스, 온라인투어, CDNetworks 등 다양한 인터넷
기업에서 사업 기획 및 R&D 연구소 근무 후 2010년 온오프믹스를
창업했다. 2013년 창업활성화유공자 교육부 장관 표창을, 2022년
COMEUP 유공 중소벤처기업부 장관 표창을 받았다.

CKL기업지원센터에서 강의 중.

온오프믹스의 새로운 사옥.

다른 회사의 공간 한 편을 빌려 쓴 초기 사무실.

위즈돔 × 한상우

무모함과 분별력,

그리고

넓은 세계관이 필요하다

저는 무모함이 창업가의
첫 번째 덕목이라고
생각해요.

자기소개 부탁합니다

위즈돔 CEO 한상우입니다. 판교의 직장인이자 고3 아들과
중3 딸을 키우는 아빠이기도 합니다.

창업을 결심하게 된 계기는 무엇입니까?

위즈돔은 버스 부문의 모빌리티 플랫폼입니다. 길고 고된
출근길을 조금 더 스마트하고 편리하게 만들고자
창업했습니다. 당시 저는 미국에서 근무하다 한국으로
돌아와 전 직장에 복귀했는데, 수지에서 살면서 선릉으로
출근했습니다. 마을버스+지하철을 타거나,
광역버스+시내버스를 탔는데, 보통 1시간 30분 이상을 서서
이동하다 보니 출근하기 전에 이미 진이 다 빠져
버리더군요. 그러다 보니 평소 저와 집 주소, 직장 주소,
이동 시간 등이 비슷한 사람들을 모아 노선을 만들고 버스를
공유하자는 생각을 하게 되었고, 이에 공감하는 친구들이
합류해 〈e버스〉라는 사업을 시작했습니다. 지금은 누구나
쉽게 할 수 있는 생각이었지만, 스마트폰도 없었던 그
시절엔 획기적인 아이디어였고 발상의 전환이었죠.
한국교통연구원이 세계교통학회에 보고한 기준으로
e버스는 세계 최초의 스마트버스였습니다. 시민이 직접
필요한 노선을 만들고, 운영하여, 공유한다는 이상적인
생각에 많은 분이 열광하였고, 폭발적인 MAU 성장이
있었습니다. 사회적 화제성도 컸어요. 주요 포털의 실시간
검색어 1위도 수십 차례 했었죠. 그러다 국토부가 e버스를

불법으로 규정하고, 서비스를 금지했습니다. 타다의 전례가
이미 2010년에 있었던 겁니다.

일하면서 생긴 사건, 사고가 있었나요? 해결하는 과정에서
어떤 배움을 얻었는지요?

말도 마세요. 온갖 형태의 사건, 사고, 고생, 고난이 100만
개쯤 쌓여야 작은 보람 하나가 찾아오는 것 같습니다. 다
제가 부족해서이겠지만, 눈물 없이 들을 수 없는 사연이
1테라바이트입니다. 크고 센 거 몇 가지만 말씀드리면, 초기
단계에 합류했던 직원 중 한 명이 20억 원을 횡령해 법적
처분을 받았습니다. 구매 담당을 하면서 BP와 공모, 수년간
구매가를 부풀려 차액을 나누어 가진 것이죠. 사실 공도
컸던 친구인데, 너무 안타까워요. 범행이 드러난 이후에도
반성이나 사과는커녕 오히려 더 독한 악행과 악업으로
회사에 상상할 수 없는 손실을 끼쳤습니다. 당시 그 손실이
영업 이익이 되었다면 위즈돔은 이미 오래전 유니콘이
되었을 겁니다.

2018년에는 투자사 중 한 곳이 투자 후 불과 1년여 만에
300억 원의 투자비 회수를 결정하는 일이 있었습니다.
거액의 풋을 행사했으니, 스타트업으로서 도저히 감당이 안
되는 극심한 고통을 겪었죠. 투자비 회수 후 겨우 숨만 붙어
있던 제게 저가 합병을 제안하는 등의 일도 연이어
일어났습니다. 어찌 되었든 별 고생을 다 해 그 300억 원을
다 갚았습니다.

자회사의 버스 기사들은 노조를 결성해, 종신 고용과 인사
평가 금지, 연봉 100퍼센트 인상 등을 요구하면서 파업과
태업을 반복하고 노동청에 고소와 고발, 진정을 일삼았어요.
다행히 중앙노동위원회가 노조의 주장을 전부 기각하자,
양식 있는 기사님들이 업무에 복귀하면서 정상을
되찾았습니다. 결국 내부 통제의 결함, 투자자 관계 실패,
플랫폼 노동의 한계 문제였죠. 후회스럽고 고통스러웠지만
한편으론 정말 많이 배우고 깨우치는 기회이기도 했습니다.

창업 과정에서 느낀, 소소하더라도 행복한 경험이 있나요?
그럼요. 제가 스스로는 고난의 아이콘이 아닌가 싶지만,
솔직히 저만큼 운 좋고 복 많은 사람도 없습니다. 일단, 제가
시도했던 e버스는 끝내 합법이 되어서, 온전히 제도권에
편입되었어요. 지금 경기도민들은 위즈돔이 만든 MiRi 앱과
자회사가 운행하는 경기프리미엄버스를 통해, 집 앞에서
타고, 회사 바로 앞에서 내리는 버스를 모바일로
예약합니다. 교통 카드로 타고 환승 할인까지 되죠. 누워서
편하게 이동하는 우등형 좌석의 광역버스가 아예 노선
면허를 받아 전용 차로를 달리고 있습니다. 아직 대수는 좀
부족합니다만 커다란 보람이죠. 특히 평창 동계 올림픽 때는
위즈돔이 올림픽 공식 모빌리티가 되어, 올림픽 파크 전체
방문객 100만 명 중 2만 5천 명을 수송했습니다. 이 공로로
일본의 「NHK 7 뉴스」에 출연하여 인터뷰도 하였고요.
그다음 해에 우리 정부로부터 작은 훈장도 받았습니다.

끊임없는 비즈니스 피보팅으로 크고 작은 시장을
개척하였고, 값진 성과도 얻었습니다. 공연 축제 행사의
대규모 이동을 스마트하게 해내고 있고, 주요 대기업 통근
시장에서 확실한 리딩 컴퍼니가 되었습니다. 아시는지요?
SK그룹 통근 버스도 계열사인 티맵모빌리티가 아니라
위즈덤이 합니다. 카카오그룹도 계열사 카카오모빌리티가
있는데도 마찬가지예요. 짜릿하죠!

당신은 어떤 것으로부터 영감과 에너지를 얻고 있나요?
사람입니다. 오늘 만난 그 누군가에게 계속 자극받습니다.
선후배 창업가에게서 어마한 인사이트와 놀라운 태도를
배우고요. 열정 가득한 동료들에게서 진한 연대감과
책임감을 느낍니다. 집에서는 아내의 충고와 아이들의
놀라운 발상을 새겨듣습니다. 물론 제 나름의 기술과 전략의
고도화를 위해 매일 노력하지만, 그보다 운이 따르고 복이
들어오는 생각과 말과 행동을 하려 노력합니다. 저는 결국
그게 기도가 되더군요.

당신이 생각하는 〈창업가 정신〉은
흔히 열정과 헌신이라 말하지만 솔직히 그건 일종의
무모함이라고 말할 수 있어요. 맞아요. 저는 무모함이
창업가의 첫 번째 덕목이라고 생각해요. 하지만 어느
순간부터는 꼼꼼한 분별이 필요합니다. 제가 그걸 못
했어요. 그래서 고난의 아이콘이 되었나 봐요. 마지막으로

여러 세계관을 품을 수 있는 더 넓은 세계를 가지고 있어야 합니다. 이건 일종의 자질로서 간학문과 통섭, 융합을 DNA에 가지고 있어야 해요.

당신이 생각하는 〈혁신〉은
우리나라는 파괴적 혁신이 잘 안 됩니다. 정부의 방향도 그렇고, 우리나라 사람들의 기질도 그런 것 같아요. 우리는 확실히 융합적 혁신을 선호해요. 이질적인 것들을 융합해 아름다운 대안을 제시하는 것, 저는 그게 우리나라 지금 이 시기에 맞는 혁신 같습니다.

위즈돔만의 핵심 가치가 있다면
버스가 인류를 구원할 거라는 믿음입니다. 버스는 도로 포화를 줄이고, 출퇴근 시간을 줄이고, 탄소를 줄입니다. 업무에 몰입하게 하고, 가정에 헌신할 수 있게 해줍니다. 버스를 경쟁력 있게 만드는 그 모든 시도와 노력이 만들어지는 곳이 위즈돔입니다.

위즈돔의 조직 문화를 소개해 주세요
저희는 겉멋 든 스타트업이 아니라 생존을 위해 발버둥 치는 중소기업이라는 생각입니다. 검소하고 겸손합니다. 다만, 회사는 사람 귀한 줄 알고, 구성원들은 회사의 진정성을 믿어 줘서, 장기근속하고 이직률 낮은 회사라는 자부심이 있습니다. 가끔 빌린 끼가 있는 사람들이 들어와서 못

버티고 나가는데, 집단이 가진 우아한 정체성 덕분인 것
같아요. (웃음)

위즈돔을 자랑한다면

미국이 아닙니다. 세계 최초의 스마트버스는 대한민국에서
태어났습니다. 15년 버스 한 우물을 파면서 기술적으로
진보하고, 의미 있는 시장을 개척했습니다. 무엇보다 안
망했습니다. 정말 별일이 다 있었는데 안 망했습니다. 맷집
최고입니다. 15년 만에 J커브 효과가 왔습니다! 연 매출
100억 원에서 수년째 정체되어 있다가 올해 800억
원입니다. 3년 후엔 8천 억 원 할 겁니다. 위즈돔 구주 가진
분들은 대박 났습니다!

〈한 아이를 키우려면 온 마을이 필요하다〉라는 아프리카 속담이 있습니다. 당신 회사가 성장하는 데 어떤 도움을 받았는지요?

저와 비교할 수 없을 만큼 너무나 훌륭한 혁신가인 이재웅,
박재욱 대표의 〈타다〉가 수난 끝에 불법이 되었어요. 너무나
안타까운 일입니다. 그런데 저희는 용케 입법을 통해 합법이
되었고, 수많은 사례에서 유리한 유권 해석을 얻어
냈습니다. 특히 대기업의 철통같은 내부 거래를 깨고, 대형
수주도 해냈습니다. 어떻게 그럴 수 있었을까요? 저는 그게
택시와 버스의 차이라고 생각합니다. 버스에 대한 사람들의
특별한 애정 때문인 것 같습니다. 국토부에서 위즈돔

서비스가 현행법 위반이라고 했을 때는 국회의 젊은
의원들이 규제 혁신을 위해 나서 주었습니다. 국책 연구
기관인 한국교통연구원의 박사님들은 새로운 관점의
리포트를 써주었고요. 언론은 보도하고 시민들은 댓글을
달아 주었고, 대기업 담당자는 새로운 혁신을 기안으로 올려
주었습니다. 이 모두 덕분입니다.

스타트업의 대변인으로서 하고 싶은 이야기

음, 저는 배달의민족이 딜리버리히어로DH에 팔린 게
분합니다. 그 반대여야 해요. 배민이 DH를 샀어야 합니다.
DH가 서비스하는 모든 나라 중에서 한국의 매출과 이익이
제일 큽니다. 아시아 30여 국가에 서비스하지만 2위부터
나머지를 다 합해도 한국이 더 큽니다. 위대한 혁신가
김봉진 대표가 지치지 않고 큰 배를 끌어 주어야 하는데,
그는 엄청난 기부를 한 후 커튼 뒤로 사라지다시피
했습니다. 그게 너무 아쉽습니다. 한국의 자본 시장이
이렇게 작고 초라해서 아쉽고, 위대한 혁신가를 지치게 하는
사회 분위기가 속상합니다. 물론 기부도 훌륭합니다. 저도
많이 하면 좋겠습니다. 하지만 혁신가는 (기부 후
은퇴보다는) 무모하게 창업하고, 드라마처럼 성공하고,
초심 그대로 계속하여 사업하는 것이 사회에 가장 큰 유익을
줍니다. 우리 자본 시장과 시민 의식이 그 방향으로
가주었으면 합니다.

마지막 한마디

몇 년간 지속된 절체절명의 위기를 넘기고 이제 겨우 숨을
돌리고 있습니다만, 아직 갈 길이 멉니다. 버스가 인류를
구원하는 미션을 위해 계속 열심히 사업하겠습니다.

한상우

고려대학교 법학과와 동 대학교 법학 전문 대학원을 졸업하고 미국
워싱턴 대학교에서 로스쿨을 마쳤다. 법무 법인에서 미국 변호사로
근무하다 2009년 금융 위기가 한창일 때 친구 세 명과 함께
위즈돔을 시작했다. 초기 e버스에서 현재는 여행과 문화 등 버스
기반 비즈니스 전반으로 영역 확대 중이다.

위즈돔의 여름 워크숍 중 팀원들과 함께.

위즈돔의 차량 관리 센터.

주요 축제 공연 행사 때 함께한 위즈돔 앱.

위쿡 × 김기웅

창업은
버텨 내야 할

의지가

가장
중요하다

정신적으로도 육체적으로도
견디고 버텨 내야 할 의지가
중요합니다.

자기소개 부탁합니다

반갑습니다. F&B 비즈니스 플랫폼 위쿡의 대표
김기웅입니다. 사업 시작한 이래로 〈위쿡의 대표〉라는 역할
말고는 저를 소개할 말이 마땅히 떠오르지 않는군요. 굳이
하자면, 문제를 발견하고 풀어내는 일을 즐거워하는
사람으로 말하고 싶네요. 위쿡은 식품 외식 창업자들이
필요로 하는 공간과 설비부터 외식업에 필요한 정보, 교육,
기능 들을 제공하거나 연결하는 F&B 비즈니스 플랫폼
사업을 하는 회사입니다. 저희가 제공하는 서비스 중 하나인
〈공유 주방〉은 식품 외식 창업자들의 초기 투자 비용을
절감하고, 다양한 시도를 통해 창업 성공률을 높이는 역할을
합니다. 위쿡 하면, 공유 주방을 가장 먼저 떠올리시겠지만
주방 공간과 설비를 제공하는 공유 주방 이외에도
인큐베이션 서비스, 브랜딩, 디자인, 주방 설비 등 F&B
사업을 시작하고 성장하는 데 필요한 기능을 제공, 또는
연결하는 일종의 창업 플랫폼 역할도 하고 있습니다. 또한
성장 가능성이 높은 푸드 브랜드들을 발굴하여 성장시키는
푸드 브랜드 빌더 사업을 통해 시장에 다양한 브랜드가
공급될 수 있도록 하고 있어요.

창업을 결심하게 된 계기는 무엇입니까?

직장 생활하는 동안에도 제 사업하는 것처럼 일했던 것
같아요. 대학에 다니면서 창업하기도 했었고요. 그러다 보니
언젠가는 사업하게 될 것이라는 생각을 막연히 했었어요.

그런데, 실제 창업하게 된 계기는 자의 반 타의 반 직장 생활을 끝내야 하는 상황이었기 때문이었습니다. 직장 생활을 마쳐야 한다면 다음은 창업이었죠.

일하면서 생긴 사건, 사고가 있었나요? 해결하는 과정에서 어떤 배움을 얻었는지요?

위쿡의 가장 큰 어려움은 〈규제〉 문제였어요. 그런데 저희는 처음부터 규제 문제를 해결할 수 있다는 근거 없는 믿음이 있었던 것 같습니다. 2017년이었던 것으로 기억나는데, 누군가 규제 때문에 안 된다고 했을 때 제가 했던 말이 기억납니다. 「원래 법은 바뀌는 것 아니었나요? 법을 바꿉시다.」 실제로 식품 위생법 개정안이 통과된 2020년 12월까지 지난한 과정을 지나와야 했습니다. 그 뒤로 말은 쉽게 내뱉는 게 아니라는 것을 배웠어요. 하지만 결국 법을 바꾸면서 해결해 냈습니다. 이 과정에서 두 가지 배움을 얻었는데, 〈하나, 말은 너무 쉽게 내뱉는 거 아니다. 둘, 해결되지 않는 문제는 문제가 아니다〉였습니다.

창업 과정에서 느낀, 소소하더라도 행복한 경험이 있나요?

무언가 성취하고 그 성취감을 공유할 사람들이 있는 순간에 행복합니다. 최근에는 회사 내에서 뚜렷하게 위치를 잡지 못하던 직원이 제 몫을 해내고, 성장하는 기분이 들어 즐겁다고 이야기하던 순간에 행복감을 느꼈어요. 일이 많아서 자주 놀아 주지도 못하는 어린 아들이 TV 리모컨

음성 인식 기능 버튼을 누르면서 〈위쿡 김기웅〉을 외쳐서
유튜브에 나온 제 영상 자료들을 찾아보는 모습이
신기하면서도 행복하다고 느낀 적도 있습니다.

당신은 어떤 것으로부터 영감과 에너지를 얻고 있나요?
가족은 저의 오아시스입니다. 제 가족은 제주도에 살고
있는데, 주말에 제주도에 내려가서 자연 속에서 가족과
보내는 시간은 휴식이자 에너지원입니다.

당신이 생각하는 〈창업가 정신〉은
〈강한 의지〉입니다. 창업은 절대 쉽지 않은 길이고,
정신적으로도 육체적으로도 견디고 버텨 내야 할 의지가
중요합니다. 물론 그전에 무엇을 향한 의지인지 스스로 답을
가져야 하겠지요.

당신이 생각하는 〈혁신〉은
〈문제를 해결하는 것〉입니다. 최근에 위쿡의 인재상(심플
웨이라고 부릅니다)을 수정 보완하기 위한 토론을
진행하면서 〈관습을 의심하고, 나를 경계한다〉라는 원칙을
두고 다양한 의견을 교환했어요. 이 토론 과정에서 나온
의견 중 혁신은 기존의 방식을 철저히 파악하고 난 뒤에야
가능하다, 우리가 경계해야 할 것은 게으름을 포장한
혁신이다 같은 내용이 있었습니다. 실제 혁신의 동력은 기존
관행, 기술, 방식을 알고 문제를 발견하는 것에서

시작한다는 거죠. 무엇을 해결해야 하는지 모르는 혁신은
혁신을 위한 혁신에 불과하고, 혁신의 본질은 문제를
해결하는 것에 있다는 것을 잊지 않아야 한다고 생각해요.

위쿡만의 핵심 가치가 있다면

집중, 소통, 협업을 핵심 가치로 삼고 있는 위쿡은 다양한
제약을 넘어 푸드 메이커(식품 외식 사업자)들이
자유로워질 수 있는 설루션을 고민합니다. 우리는 푸드
메이커가 힘들어하고 어려움을 겪고 있는 문제를 해결할 수
있는 설루션을 제공, 또는 연결하면서 이들이 자기 일에
집중할 수 있는 환경을 만들고, 건강한 경쟁과 다양한
협업이 존재하는 F&B 생태계를 형성하는 일을 하고 있기
때문입니다.

위쿡의 조직 문화를 소개해 주세요

소통을 가장 중요하게 생각합니다. 소통을 위해서 타운 홀
미팅, 조직 문화 활성화 비용 지원 등을 하고 있습니다.
위쿡의 인재상인 〈심플 웨이〉에는 〈놀 줄 아는
플레이어〉라는 항목이 있어요. 일할 때 일하고, 즐길 때는
즐길 수 있는 사람들이 모인 곳이 되었으면 합니다.

위쿡을 자랑한다면

F&B 비즈니스 플랫폼 사업이다 보니 다양한 푸드 메이커가
만드는 맛있는 음식을 자주 먹어 볼 수 있고, 회사와 연계된

다양한 맛집에서 직원 할인(?)을 받을 수 있다는 점, 그리고 무엇보다 개발자의 테크 트리의 끝은 치킨집이라는 밈 보셨죠? 위쿡에서 일하면 그 테크 트리의 끝에서도 성공할 수 있는 든든한 경험을 할 수 있어요. F&B 창업을 꿈꾸는 직장인이라면 경력도 쌓고, 나중에 창업할 때 도움도 받을 수 있다는 점이 매력이 아닐까 하는 생각도 듭니다. 실제로 퇴사하고 바로 푸드 메이커가 돼서 위쿡 공유 주방에서 사업을 시작한 분들도 있으니 다른 관점에서 취업을 생각할 수도 있어요.

〈한 아이를 키우려면 온 마을이 필요하다〉라는 아프리카 속담이 있습니다. 당신 회사가 성장하는 데 어떤 도움을 받았는지요?
한국의 식품 외식 창업자에게 필요한 모든 것을 제공하고 연결한다는 거대한 사업을 시작하고 여기까지 올 수 있었던 데에는 저희를 믿고 지지해 주는 푸드 메이커들, 규제 문제를 담대하게 함께 해결해 준 규제 당국, 불확실한 사업 모델임에도 그 가능성을 믿고 투자해 준 투자자들, 마지막으로 위쿡을 함께 이끌고 온 임직원들(심플러!)이 없었다면 존재 이유도 없었겠지요.

스타트업의 대변인으로서 하고 싶은 이야기
스타트업은 시장과 고객의 다양한 문제를 해결하면서 혁신을 불어넣는 존재라고 생각합니다. 기존 체제에서 생각하고 실행하지 못했던 문제를 빠르게, 그리고 리스크를 감당하면서 도전하는 것만으로도 시장의 다양성을 확대하는 긍정적인 역할이라고 생각합니다. 또한 직업 관념을 바꾸면서 노동 시장의 문제를 다른 관점에서 해결하는 역할도 한다고 봅니다. 그렇기에 스타트업은 꼭 필요합니다.

마지막 한마디

창업가 여러분, 외로우시죠? 힘드시죠? 저도 그렇습니다. 자신만 그런 거란 생각은 안 하셨으면 좋겠습니다.

김기웅

성균관대학교 경영학과 졸업 후 증권 회사의 파생 상품 트레이딩 팀에서 약 7년간 근무했다. 증권사를 그만두고 온라인 식품 유통과 간편 식품 시장 성장세에 주목해 도시락 배달 음식 사업에 뛰어들었다. 이런 경험을 바탕으로 2016년 심플프로젝트컴퍼니를 설립하고 같은 해 6월 공유 주방 위쿡을 선보였다.

위쿡의 제조형 공유 주방 모습.

동영상으로 자유롭게 회의하는 위쿡 팀원들.

위쿡의 창립 기념일에 찍은 단체 사진.

순수한
열정과

치밀한
계획을

갖춰야
한다

창업가 정신은 세상의
문제를 해결하는 것입니다.

자기소개 부탁합니다

직방을 운영하는 안성우입니다. 저는 과거에
블루런벤처스라는 VC의 투자 심사역으로 일했던 경험이
있습니다. 이때부터 자연스럽게 창업을 생각했던 것
같습니다. 직접 집을 구해 보면서 겪었던 불편했던 경험을
해결할 방법이 없을까 고민하게 되었고, 그 결과 지금의
직방을 창업하게 되었어요. 블루런벤처스 투자 심사역으로
지내다 퇴사한 뒤 〈채널브리즈〉라는 회사를 창업했는데,
브리즈는 산들바람이라는 뜻으로 신선한 아이디어가
불어오는 채널, 창구라는 의미를 지녔습니다. 채널브리즈는
직방의 전신이지만 채널브리즈가 처음 시도했던 서비스는
지금의 직방과 같은 사업이 전혀 아니었어요. 바로
〈포스트딜〉이라는 소셜 커머스 전자 상거래 설루션
플랫폼인데요. 아마 대부분 잘 모를 것 같아요.
소셜 커머스 시장이 가파르게 레드오션이 되면서 한 번의
실패를 경험하게 되었고, 전략 급선회를 결심하고는 새로운
사업을 시작했는데 그것이 바로 〈직방〉이었습니다. 과거에
신림동에서 자취할 집을 찾아보면서 겪었던 경험이
유쾌하지 않았어요. 그 과정에서 문제의식을 느끼게 되었고
집을 구하는 방법을 바꿔 보고 싶었습니다. 직방은
오프라인에서 점조직처럼 흩어져 있는 부동산 매물을
모바일 앱 서비스에 담아내어 소비자의 발품을 줄여 주고
싶다는 취지로 탄생했어요.

창업을 결심하게 된 계기는 무엇입니까?

창업이란, 문제를 해결하는 과정이라고 생각합니다. 아예 없던 것, 새로운 것을 만들어 낸다기보다는 기존의 것에서 문제가 무엇인지 알아 가는 것으로 생각합니다. 이미 세상은 많이 변화하면서 필요한 것들이 결정된 상황입니다. 이 과정에서 기존 것들이 더 이상 좋지 않게 된다든가 새로운 문제가 발생하게 되거든요. 이런 것들을 파악해서 문제를 풀어 가고 해결해 나가는 것. 이것이 창업이라고 생각합니다. 부동산 분야를 놓고 보면 이미 집을 구하는 방법은 정형화되어 있었고, 방법이 아예 없던 것은 아니었습니다. 다만 그 과정이 불편하고 부족함이 많았죠. 이런 부분에서 조금 더 편리한 방법을 제시하고 싶었습니다. 그리고 그것이 꼭 필요하다고 생각했어요. 직방은 〈집을 구하는 과정의 전반을 쉽고 편리하게 만들어 보자〉라는 부분에 주안점을 두고 시작하게 된 서비스입니다.

일하면서 생긴 사건, 사고가 있었나요? 해결하는 과정에서 어떤 배움을 얻었는지요?

처음부터 회사의 조직 문화가 정착되기는 어렵습니다. 창업 초기 함께했던 구성원들을 생각해 보면, 과거에 자신들이 일했던 조직의 체계나 추구하는 방식이 자연스럽게 습관화되어 있었죠. 아무래도 과거에 있던 이러한 체계들이 현재에도 영향을 미치게 되더라고요. 그렇다 보니 하나의 공통된 목표의식을 갖고 달려갈 수 있도록 비전을 함께 공유하는 것이 매우 중요하다는 것을 깨달았어요.

스타트업이 어떤 문제를 해결하기 위해서는 정답을 알고

하는 게 아니라 시행착오가 많이 발생할 수밖에 없는데요.

조직 문화가 명확하면 실패를 통해 성장하고 단단해지지만,

명확하지 않으면 실패할 가능성이 커집니다. 조직 문화가

명확하지 않고 서로 같은 방향을 바라보지 않으면

구성원들의 사이가 점점 멀어진다고 생각하거든요. 의미

없는 논쟁도 늘어나고요. 그래서 결과적으로 한 회사가 많은

사람과 함께 업무에 몰입하기 위해서는 원칙 중심의 명확한

〈조직 문화〉가 근간이 되어야 한다고 생각합니다.

창업 과정에서 느낀, 소소하더라도 행복한 경험이 있나요?

직방을 처음 창업했을 때, 거의 모든 사람이 〈프롭테크〉라는

용어조차 낯설어했어요. 최근에는 프롭테크 산업의

잠재력이 안팎으로 많이 알려지며 주목받고 있고 이제는

미래 주요 산업으로 인식되고 있습니다. 프롭테크는 현장과

기술의 결합인 만큼 기존 산업과 스타트업 간의 협업이 그

어떤 분야보다 중요하게 작용합니다. 그래서 다른 산업

영역에서도 프롭테크의 성장 가능성을 포착해 적극적으로

새로운 사업을 시작하는 추세입니다. 국내에서 프롭테크는

부동산, 금융, IT, 리테일 등 다양한 산업과 활발하게

협업하며 공간의 가치를 높이고 있습니다. 더 나아가,

이제는 세계적으로도 한국의 프롭테크 산업에 많은 관심을

두고 있어요. 직방은 지난 2월 사우디 국립 주택 회사와

〈사우디 부동산 시장의 디지털화 추진을 위한 업무 협약〉을
체결하고 스마트홈, 메타버스 환경을 조성하기 위해
협력하기로 했습니다. 저는 이렇게 프롭테크 산업이
성장하고 주목받는 모습을 보며 창업하길 잘했다고
생각합니다.

당신은 어떤 것으로부터 영감과 에너지를 얻고 있나요?
항상 호기심을 갖고 열심히 관찰합니다. 직방을 처음 시작할
때만 해도 우리나라 상가에 부동산이 이렇게 많은지
몰랐는데, 점점 부동산이 보이기 시작하더라고요. 최근에는
직방이 스마트 홈을 시작했는데요. 그래서 요즘엔 어디를
가든 도어 록을 눈여겨보고 있어요. 해외에 가서도 어떤
기기를 사용하는지, 와이파이는 잘되는지 관찰하곤 합니다.
또, 다른 산업을 관찰하며 아이디어를 많이 얻고 있는데요.
한 산업에 오랫동안 있다 보면 레거시적인 생각을 하기
마련입니다. 그래서 저는 다른 산업에 호기심을 갖고
공부하고, 그곳에서 일어나고 있는 변화가 왜 우리에게는
일어나지 않는지 고민하며 새로운 영감을 얻고 있습니다.

당신이 생각하는 〈창업가 정신〉은
세상의 문제를 해결하는 것입니다. 세상에 없던 것을 새롭게
만들어 내는 맥락보다는 기존에 이미 존재하는 것이
불편해지고 더 이상 충분하지 않다는 생각이 들 때 해결책이
필요하기 때문이죠.

당신이 생각하는 〈혁신〉은

혁신은 맞는다고 생각하는 일을 되게끔 만드는 것입니다. 기존의 경험을 새롭게 바꿔 나가는 것. 변화에 대한 확신이 있고 그것을 위해 작은 것부터 노력하는 일. 이 모든 과정이 이루는 성과라고 생각합니다.

직방만의 핵심 가치가 있다면

〈Beyond Home, Zigbang.〉 직방은 우리가 사는 공간을 새롭게 정의하고, 기술로 새로운 시대의 주거 환경을 제시합니다. 원룸과 투룸 매물을 보여 주는 앱으로 시작한 직방은 아파트와 같이 더 큰 규모의 다양한 집을 거래하는 서비스로 확장했는데요. 최근에는 스마트 홈 분야까지 사업을 확장하며, 집의 디지털화를 위해 홈 IoT에 중점을 두고 있습니다. 이처럼, 직방은 주거 전반을 담당하면서 〈집〉과 〈공간〉이라는 하드웨어를 소프트웨어로 업그레이드해 나가고자 합니다.

직방의 조직 문화를 소개해 주세요

직방은 함께 문제를 풀어가기 위해 모인 다양한 전문가들이 서로를 잘 이해할 수 있도록 〈커뮤니케이션〉을 중요하게 생각합니다. 또, 상황에 맞춰 빠르게 변화할 수 있는 유연성과 확장성을 위해 업무 환경을 작게 쪼개고 움직임이 쉬운 모빌리티 중심의 업무 환경을 조성하고 있습니다. 마지막으로, 업무 계획은 〈예측 가능성〉이 높아야 하고,

서로의 업무 사정을 예측하고 상호 신뢰를 지켜 나가기 위해
노력합니다.

직방을 자랑한다면

직방은 자체 개발한 메타버스 기반의 가상 오피스
〈soma〉에서 원격 근무하고 있습니다. soma로 출근하기
때문에 장소의 제약 없이 일하고, 먼 곳에서도 가깝게 다
같이 일할 수 있습니다. 이처럼 물리적 장소에 대한 경계나
제약이 없으므로 실제로 국내는 물론 해외 각지에서 많은
인재가 soma에 접속해 소통하고 있습니다. 메타버스 근무
환경을 도입하면서 글로벌 직원들이 늘어나면서
자연스럽게 영어 이름을 사용하기 시작했고, 직급 없이
수평적 커뮤니케이션을 지향하는 조직 문화를 갖추게
됐습니다. 모든 구성원이 서로의 의견과 다양성을 존중하고
활발하게 의견을 제시할 수 있는 환경이라고 생각합니다.

〈한 아이를 키우려면 온 마을이 필요하다〉라는 아프리카
속담이 있습니다. 당신 회사가 성장하는 데 어떤 도움을
받았는지요?

초창기 회사의 목표를 같이 공감해 준 투자사와 주주들의
지지가 가장 중요했습니다. 중소벤처기업진흥공단
청년창업사관학교 1기 출신으로서 여러 가지 정부 지원을
받을 수 있었던 것도 큰 힘이 됐습니다. 하지만 무엇보다도
지금의 직방이 있기까지 함께한 동료들이 가장 중요한

도움을 줬다고 생각합니다. 훌륭한 동료들이 없었다면
지금의 직방은 없었을 것입니다.

스타트업의 대변인으로서 하고 싶은 이야기

기존의 것에서 불편함을 느낀다면 새로운 해결책이 필요한
순간입니다. 스타트업은 이런 과정을 주도적으로 이끌어
가는 작은 혁신의 씨앗이라고 생각합니다. 스타트업이
성장할 수 있는 생태계가 만들어진다면 그 혁신의 크기 역시
커질 것입니다. 씨앗이 죽지 않도록 계속해서 물을 주고
햇빛을 비추는 것이 가장 중요합니다. 그러니 첫째로 창업을
생각하는 아이템을 주변에 적극적으로 알리고 가감 없이
피드백을 받아야 합니다. 둘째로〈창업이란 시도는 좋다.
다만 실패는 두려워하라〉, 함께하는 동료와 그들의
가족들까지 창업자가 짊어질 무게입니다. 마지막으로 창업
초기 구성원이 공통된 목표를 갖는 것이 중요합니다.
동상이몽은 금물.

마지막 한마디

주변에서 창업한다는 분이 있다면 한번 이야기를
들어주세요. 무엇을 어떻게 해결하고자 하는지. 마크
저커버그나 일론 머스크가 당신의 곁에 있을 수 있습니다!

안성우

서울대학교 통계학과를 졸업하고 엔씨소프트, 삼일회계법인,

블루런벤처스를 거쳐 집을 구하는 과정을 쉽고 편리하게 만들고자 2010년 직방을 창업했다. 코리아스타트업포럼 공동 의장, 한국프롭테크포럼 의장을 역임하며 프롭테크 및 스타트업 생태계 조성에 이바지하고 있다.

부동산 거래에서 주거 관리까지, 기술로 새로운 시대의 주거 환경을 제시하는 직방.

직방 구성원들이 원격 근무하는 글로벌 가상 오피스 soma.

사우디아라비아의 국립주택회사NHC 라이얀 알아킬 부사장과 업무 협약서에 서명하고 있다.

째깍악어 × 김희정

구체적으로

하지 않으면

그건 그냥 아이디어일 뿐이다

생각은 있는데 행동으로
옮기지 못하는 것, 그것이
창업에 가장 큰 방해
요인입니다.

자기소개 부탁합니다

째깍악어를 창업하고, 팀이 나아갈 방향성을 제시하고, 사업
영역 전반을 총괄하는 김희정입니다. 부캐로 강아지 돌봄도
합니다. 고디바, 마일로, 사하라의 엄마이기도 하지요.
째깍악어는 〈육아에 도움이 필요할 때, 언제 어디서나
째깍악어가 해결한다〉는 임무로 일하는 팀입니다. 팀은
육아의 가치에 대해 공감하며, 육아 문제를 해결하기 위해
온라인부터 오프라인, 그 쉼 없는 육아에 도움이 되고자
고민하고 노력합니다. 최근에는 사명을
커넥팅더닷츠Connecting The Dots로 변경하였습니다.
점이 모여 선이 되듯이 점에 불과한 시도가 우리도 생각지
못한 미래를 만들 수 있다는 의미입니다. 째깍악어는 육아의
어려움에서 출발했는데 육아는 결국 한 아이의 성장, 부모의
성장, 그리고 교사의 성장이라는 걸 알게 되었습니다.
그래서 교육으로 사업을 확장하면서 사명을 좀 더 큰
그릇으로 바꿨어요. 째깍악어는 아이 돌봄 서비스 브랜드로
남겨 두고요.

창업을 결심하게 된 계기는 무엇입니까?

우리 사회에서 여성은 아이를 갖고 나서부터 수많은 난관에
부딪힙니다. 임신에서 비롯되는 지극히 개인적인 어려움
외에도 이를 반기지 않는 회사와의 관계, 복직은 다가오지만
믿을 만한 아이 돌보미를 찾는 것이 로토 당첨보다 어려운
상황, 열심히 버텨 아이가 초등학생이 되니 학원 뺑뺑이를

돌려야만 하는 처지 등등 아이를 키우는 경험은 무엇과도
바꿀 수 없는 소중한 경험이지만, 안타깝게도 우리 사회에는
아이를 잘 키울 수 있도록 돕는 유연한 양질의 돌봄
서비스를 찾기 어렵습니다. 저는 〈아이 키우는 엄마들이
다니기 좋은 회사〉를 만들고 싶었고, 그 회사가 〈결코
생산성이 떨어지지 않는다〉는 것을 증명하고 싶었습니다.

일하면서 생긴 사건, 사고가 있었나요? 해결하는 과정에서
어떤 배움을 얻었는지요?

아이를 돌보는 과정에서 가끔 예측할 수 없는 여러 가지
사건 사고가 발생합니다. 그래서 째깍악어는 안전한 돌봄을
위해 업계 최초로 돌봄 아이를 위한 상해 보험에
가입했습니다. 당시에는 〈세상에 그런 돌봄이 어디
있느냐〉라고 할 정도로 재보험사를 설득하며 보험 상품을
만들어 가입하는 과정까지 정말 쉽지 않았어요. 그런데
안전하게 돌봄을 진행하더라도, 기대한 것과 다르다며 가끔
악어 선생님께 심한 모욕이나 적절치 않은 언행을 하는
경우가 있어요. 상처받은 선생님이 저희 쪽으로 연락을
취하면 바로 사실 확인 후 필요시 부모 회원의 이용 제한 등
조치를 합니다. 우리에게는 부모 회원만큼 교사 회원도 매우
소중하기 때문이에요. 서비스의 질을 높이기 위해 무던히
노력하면서, 진입 장벽을 높여야 양쪽 모두 만족한다는 것을
배웠습니다.

창업 과정에서 느낀, 소소하더라도 행복한 경험이 있나요?

째깍악어는 저 혼자 1인 기업으로 시작했다가 교육 담당, 경영 지원, 개발자, 고객 상담 이렇게 다섯 명이 운영했습니다. 첫 투자 유치 이후 여섯 번째 멤버는 매출을 늘릴 수 있는 영업 담당자나 서비스를 키울 수 있는 개발자가 아닌 〈디자이너〉였습니다. 인턴으로 채용한 우리의 첫 번째 디자이너가 〈째깍이〉 캐릭터와 세계관을 만들어 제안해 주었어요. 그 캐릭터로 IP 사업을 시작했고, 지금은 업계에서 뚜렷한 차별점 중 하나로 인정받고 있습니다. 우리의 성장을 위해 적극적으로 아이디어를 내고 실행하는 동료의 모습을 볼 때마다 고맙고 행복합니다.

또 하나는, A 브리지 라운드 투자 유치 중일 때로 사실 모두 사업에 집중할 때여서 팀에게 IR을 위해 이것저것 부탁하기가 미안했어요. 최대한 빠르게 마무리하려고 저 혼자 조용히 준비하고, 투자자 미팅을 하러 가는데 자료 만드는 걸 도와준 팀원에게 전화가 왔습니다. PT 자료에 (본인이 만들어 준 자료 이외) 어떤 부분이 조금 미완성이던데 알고 있느냐고 해서, 알고 있다고 말했더니 본인이 미팅 도착하기 전까지 빠르게 수정해 보겠다는 거예요. 〈아, 내가 혼자가 아니구나!〉 느끼게 된 따뜻한 경험이었습니다.

당신은 어떤 것으로부터 영감과 에너지를 얻고 있나요?

저는 〈약한 것〉으로부터 에너지를 얻는 것 같아요. 째깍악어

덕분에 육아 휴직 후 복직하고 잘 적응했다거나 아이 낳고
5년 만에 부부가 치맥을 하며 갈등을 풀었다는 후기는 제가
더욱 힘을 내어 앞으로 나아가게 합니다.

강원도 평창에 제가 지은 농막이 하나 있는데 그곳에서 지금
반려하는 진돗개 고디바를 만나고, 고디바와의 인연으로
마일로를 만나고, 사하라를 만났어요. 고디바를 만나고부터
유기견 문제에 관심이 생겨 직접 발로 뛰며 안락사를 앞둔
강아지들을 구조하기도 했습니다. 제가 모든 문제를 해결할
수는 없겠지만, 이를 해결하고자 하는 간절한 마음에서 큰
에너지를 얻고 있습니다.

당신이 생각하는 〈창업가 정신〉은

〈추진력〉입니다. 생각은 있는데 행동으로 옮기지 못하는 것,
그것이 창업에 가장 큰 방해 요인입니다. 예전에 째깍악어
사업 모델을 데모데이 행사 등에서 발표하면 꼭 한 명
이상이 〈저도 이 사업 모델 생각했어요〉라고 말했어요.
하지만 생각만 했고 구체적으로 해보지 않으면 그건 그냥
아이디어일 뿐입니다.

당신이 생각하는 〈혁신〉은

불편함(부당함)입니다. 세상의 변화는 많은 걸 가진 강자가
아닌 약자가 만듭니다. 지금에 만족하거나 지금이 나에게
유리하다 생각되면 굳이 변화, 나아가 혁신을 생각할 필요가
없으니까요. 제가 아이 돌봄의 불편함을 뼈저리게 느낀 육아

약자였기에 째깍악어를 만든 것처럼 말이죠.

째깍악어만의 핵심 가치가 있다면

We Grow People. 성장입니다. 부모님도 육아를 하면서
성장할 수 있도록, 아이의 성장이 건강할 수 있도록,
선생님도 일을 하면서 성장할 수 있도록, 그리고 우리
동료와 파트너들도 성장할 수 있도록 성장하는 것에 핵심
가치를 두고 있습니다.

째깍악어의 조직 문화를 소개해 주세요

요즘은 〈우리 회사 이런 회사예요!〉라고 말하기 참
어렵다고 느껴요. 조직이 점점 커지면서 모든 구성원이 같은
비전과 임무를 이해하고 있기가 얼마나 어려운 일인지, 매일
부단히 노력해야 한다고 생각합니다. 우리의 임무를 위해
우리의 일하는 방식 중 하나는 제때 하는 것보다 제대로
하는 것입니다. 완성도가 100퍼센트 아니어도 괜찮습니다.
엉성하더라도 일단 해보는 것에 의의가 있습니다.
실수하더라도 수습할 수 있으면 괜찮고, 실패하더라도 또
다른 시도를 하는 것이 중요합니다. 우리는 남들이 가지
않은 길을 개척해 나가기 때문에 이런 태도가 더더욱
중요하다고 생각해요. 온보딩 중인 신규 동료와 2개월
미팅을 하면 꼭 질문하는 것이 있습니다. 〈우리 회사 와보니
이전 직장과 뭐가 제일 다른가요?〉 저는 이게 우리 회사만의
독특한 문화, 분위기라고 생각해요. 많이 듣는 것 중 하나가

〈회사가 숨기는 것 없이 모든 것을 공유하고, 투명하게 소통하려고 부단히 노력한다〉입니다. 실제로 인사 관련 정보를 제외하고는 모두가 정보 접근 권한이 같습니다. 매월 타운 홀 미팅에서 저는 프로젝트별 현황, 결과는 물론이고 현금 잔고와 현금 흐름을 공유해요. 같은 목표를 위해 각자의 역할을 가지고 모였고, 저의 역할과 책임이 이 부분이니 제가 맡은 업무의 결과와 계획을 제대로 공유하는 게 맞는다고 생각해서요. 우리는 투명한 소통을 중요하게 생각합니다. 실패하더라도 빠르게 다른 시도를 할 수 있게 하려면 이런 투명한 소통 문화가 받침이 되어야 한다고 믿고 있습니다.

째깍악어를 자랑한다면

입사한 지 얼마 안 된 개발자 동료가 신기하다는 듯이 말했습니다. 〈째깍악어는 모든 분이 진심으로 회사의 성장을 바라며 열심히 일하는데, 이런 곳은 처음이다〉라고 말이죠. 놀랍게도, 아이가 있든지 없든지 모든 구성원이 우리의 성장을 위해 최선을 다합니다. 그리고 우리가 함께 낸 성과에 대해 진심으로 뿌듯해하고 기뻐해 줘요. 너무나도 자랑스러운 일입니다.

〈한 아이를 키우려면 온 마을이 필요하다〉라는 아프리카 속담이 있습니다. 당신 회사가 성장하는 데 어떤 도움을 받았는지요?

저희 서비스를 이용하는 부모 회원들이 종종 관리자에게 남기는 글을 통해 응원의 메시지를 보내 주세요. 〈친정엄마보다 좋은 앱이에요〉, 〈제발 망하지 말아 주세요〉 등등. 악어 선생님들께도 문자를 받습니다. 〈오늘 부모님께 용돈을 드렸어요〉, 〈남동생 결혼에 쓰려고 적금도 50만 원 넣었습니다〉, 〈째깍악어 덕분에 경력을 다시 이어 갈 수 있게 됐어요〉라고 말이에요. 함께 달리는 동료와 서비스를 애용하는 부모님과 선생님, 더 나아지는 우리 사회까지 째깍악어는 많은 도움을 받고 있습니다. 제가 앞에 서서 많은 하이라이트를 받고 대변하고 있지만, 이 길을 가고 있는 〈우리〉가 해낸 일입니다.

스타트업의 대변인으로서 하고 싶은 이야기

스타트업은 대개 세상에 없던 길을 개척해 나갑니다. 또는 정체되거나 쇠락하는 기존 사업에 새로운 활력을 불어넣거나, 완전히 다른 설루션을 제시하지요. 그러므로 저는 더 많은 스타트업이 기존의 것들에 안주하지 않고 더 나은 방향으로 달려가길 바랍니다.

마지막 한마디

가끔 제가 농담처럼 하는 말이 있는데요. 뒤돌아보면 아무도 없는 거 아니냐고 말이에요. 저의 걱정과는 달리 혼자 시작한 째깍악어가 어느덧 100여 명이 되었어요. 창업 후 때론 너무나도 외로웠지만, 돌아보면 항상 저를 다독여 주는 동료가 있었습니다. 그러니 혼자 짊어지려고 하지 마세요. 〈다 나 때문인 것 같다〉는 생각은 책임감이 아니라 오만입니다. 혼자서 할 수도 없고 혼자 해서도 안 됩니다. 동료와 많이 나누세요. 책임도 성과도.

김희정

중앙대학교 경영학과를 졸업하고 연세대학교 경영대학원 MBA 과정을 마쳤다. 존슨앤드존슨과 리바이스 마케팅, 매일유업 유아식 사업부장으로 근무 중 〈아이를 몇 시간 믿을 만한 사람한테 맡기는 일이 이렇게 어려울 일인가〉라는 생각으로 2016년 호기롭게 돌봄 교사 매칭 플랫폼 째깍악어를 창업하고 7년째 고군분투하고 있다.

아이 돌봄의 불편함을 직접 느끼고 째깍악어를 만든 김희정.

째깍섬에서 놀고 있는 아이들.

인터뷰 중인 김희정. 째깍악어는 어느덧 50여 명의 구성원이 함께한다.

"출산·육아 꿈도 못꿔요"

김희정   스타트업 '째깍악어' 대표

출산하고 아이를 키우면서 창업하는 엄마들 찾기는 쉽지
않죠. 창업을 한다는 게 죽기 살기로 해야 실패가

왜 바꿔야 하는지

당위성이
있어야

한다

더 나은 삶을 위해 신념과
이에 대한 사명감이 있으면
웬만한 부분은 다 이겨 낼 수
있습니다.

자기소개 부탁합니다

청소연구소를 창업한 연현주입니다. 기존에
다음커뮤니케이션, 엔씨소프트, 카카오에서 20여 년간
인터넷 모바일 업무를 하다가, 뛰쳐나와(?) 뒤늦게
창업했습니다. 지금은 너무나 즐겁게 스타트업 삶을 즐기고
있으며 그만큼 고생도 많이 하고 있습니다. 세 아들의
엄마이기도 해서 매우 바쁜 하루하루를 지내고 있어요.
〈청소연구소〉는 바쁜 일상에 청소나 가사를 하기 힘든
〈고객〉과 청소 전문 교육을 받은 〈청소 매니저〉를 연결하는
서비스입니다. 맞벌이 부부, 독박 육아에 지친 부모님, 1인
가구, 어르신 가정 등 다양한 고객들이 청소연구소를
사용하고 있고, 100만 명 고객과 4만 5천여 명의 매니저가
현재 활동 중인 대한민국 대표 집 청소 플랫폼입니다!

창업을 결심하게 된 계기는 무엇입니까?

전 직장에서 서비스를 준비하다가 같이 준비하던 팀원
중에서 다섯 명이 함께 나와 창업하게 되었습니다. 세
아이를 키우면서 늘 〈왜 아직까지도 믿을 만한 가사
서비스를 제공하는 회사는 없을까? 일하는 분들은 왜
이렇게 열악한 환경에서 대우받으며 힘들게 일할까?〉 하는
의문이 들었고, 이 부분을 꼭 해결해야 한다는 신념으로
청소연구소를 시작하게 되었습니다. 지금은 늘 신뢰할 수
있는 가사 서비스 플랫폼을 만들고, 더불어 모든 매니저가
행복하고 즐겁게 일할 수 있는 터전을 만드는 데 자부심과

사명감을 갖고 일하고 있습니다.

일하면서 생긴 사건, 사고가 있었나요? 해결하는 과정에서
어떤 배움을 얻었는지요?

창업 초기에 굉장히 지저분한 집으로부터 예약이 왔어요.
매니저가 너무 힘들다고 못 하겠다고 집에 간다고 하고
돌아가 버렸을 정도로요. 너무 당황스러웠지만 얼마나
더러운지, 어떤 문제가 있는지, 이럴 때 청소는 어떻게 해야
할지, 고객과는 어떤 의사소통을 해야 할지 등 제가 직접
해결하고자 그 집을 방문하여 청소했습니다. 그리고 오염이
심한 집이면 추가 시간이나 고객 응대 방법, 매니저의 대처
방식에 관한 매뉴얼을 만들고 교육과 정책도 만들었어요.
그리고 이날부터 제가 청소하러 다니기 시작했어요. 제가
직접 해보지 않고는 어떤 것도 할 수 없다는 걸 알게 되었고,
이후부터는 많이 경험하여 만드는 데 초점을 맞추기
시작했습니다.

창업 과정에서 느낀, 소소하더라도 행복한 경험이 있나요?

첫 번째 행복은 고객의 감동 리뷰입니다. 제 일과 중 하나는
저녁에 퇴근하여 하루에 들어온 모든 고객의 후기를 보는
일입니다. 예상외로 고객과 매니저가 회사에 정말 많은
후기를 남겨 주세요. 저는 단 한 개의 후기도 빼지 않고 다
읽습니다. 감동적인 평이 정말 많아요. 돌아가신
친정엄마처럼 매니저가 잘해 주셔서 펑펑 울었다는 후기를

보고 같이 울기도 하고, 매니저에게 청소의 신이라며 칭찬한
글을 보면 너무 뿌듯하고, 우리 매니저들이 자랑스럽고
그래요. 한편 불편한 점이나 불만 사항도 다 확인하고 다음
날 피드백하고 개선 방향을 찾습니다. 이 모든 게 우리의
서비스에 대한 고객들의 감사와 애정인 것 같아 너무
행복합니다.

두 번째 행복은 매니저들의 감사 인사입니다. 우리 회사의
큰 사명 중 하나가 매니저들에게 행복한 일터를 만들어
드리는 것인 만큼, 매니저의 근로 환경, 처우 개선 등에 대해
많은 고민과 섬세한 정책을 계획하고 있습니다. 독감 예방
주사나 명절 홍삼 선물 등을 받은 매니저들이 그 어떤
돈보다 자신들을 위해 준다는 마음에 울컥하여 전화하는
분들이 많으세요. 정말 행복하고 좋은 일자리를 만들어 준
팀원들에게 가슴 깊이 울리는 감동이 있습니다.

당신은 어떤 것으로부터 영감과 에너지를 얻고 있나요?
창업 이후, 현장 서비스업을 하면서 〈진짜 서비스〉라는 것이
무엇일까에 대해 늘 고민해요. 그래서 주말이나 짬이 있을
때마다 현장에 가서 직원들의 태도, 응대 방법, 회사 정책
등에 대해 자세히 살펴봅니다. 그리고 온라인과 오프라인을
가리지 않고 다른 회사, 서비스의 문제가 된 사례, 잘된
서비스, 이벤트, 정책 등 많이 보고 있어요. 이것저것 다
살펴보면 재미있고 업무에도 도움이 됩니다. 혼자 고민해서
답이 나오는 게 아니라 아무 때나 24시간 사례나

아이디어들을 던지는 채널도 있는데 거기에 팀원들이 자유롭게 던지는 내용들도 세세하게 확인해요. 그리고 고객과 매니저의 얘기를 들으면서 서비스의 개선점도 찾고 있어요. 본인의 만족한 경험으로, 집들이하는 친구에게, 출산한 친구에게 집 청소를 선물하고 싶다는 고객의 의견에 따라서 〈청소연구소 선물하기〉 기능을 오픈했어요. 그리고 집 청소로 서비스를 시작했지만, 현재는 고객의 요청과 매니저의 추가 업무를 다양화하기 위하여 〈사무실 청소〉 서비스도 오픈하여 지역을 확장하고 있어요. 매니저에게 청소용품으로 제공되던 물품들을 판매해 달라는 고객의 요청에 따라 커머스 몰인 〈청연플러스숍〉도 오픈하게 되었습니다. 이렇게 사용자의 목소리를 들으면 서비스에 대한 새로운 아이디어와 확장을 할 수 있어 정말 많은 도움이 됩니다.

당신이 생각하는 〈창업가 정신〉은
〈혁신에 대한 사명감〉입니다. 바꾸고자 하는 혁신적인 아이디어와 방법이 있어야 하는데, 그것만으로는 부족해요. 아이디어와 기술만으로는 부족합니다. 왜 그걸 바꿔야 하는지 당위성이 있어야 하고, 이에 대한 근원적인 철학과 신념이 뒷받침되어야 합니다. 〈그냥 바꾸고 싶어요〉, 〈재밌을 거 같아요〉 하고 제안하는 것만으로는 부족해요. 불편한 부분을 고치고, 더 나은 삶을 위해 신념과 이에 대한 사명감이 있으면 웬만한 부분은 다 이겨 낼 수 있습니다.

당신이 생각하는 〈혁신〉은

혁신이 세상에 없던 새로운 기술을 의미하는 건 아닌 거
같아요. 그런 기술을 포함해서 새로운, 더 나은 〈세상〉인
거죠. 우리 이웃이 더 행복하고, 더 건강하고, 더 편리하고,
더 나은 삶을 살 수 있게 하는 게 〈혁신〉이라고 생각해요.

청소연구소만의 핵심 가치가 있다면

생활연구소(청소연구소의 회사명)의 핵심 가치는 공유,
유머, 사랑입니다. 우리가 무엇을 향해야 하고, 서로 어떤
일을 하고 있는지 늘 〈공유〉하면서 효율적으로 일하고, 매일
눈 뜨면 가고 싶고 하루하루 하는 일 모두가 즐겁고
재미있는 회사로 만들기 위해 필수적인 〈유머〉, 그리고 늘
아끼고 존중하며 〈사랑〉하는 동료들과 함께 꿈을 키우는
회사입니다.

청소연구소의 조직 문화를 소개해 주세요

회사가 늘 시끌벅적해요. 전 늘 말하면서 떠들면서
공유하면서 일하는 문화를 중요시해서 문서는 최소화하고
항상 이야기합니다. 아이디어도 의견도 자유롭게 영어
이름으로 소통하고 편하게 말해요. 저는 시끄러운 게
좋아요. 막힘이 없어야 해요. 회사에서 누구나 의견을
얘기하고 경청하고 같이 고민하고 개선하고 칭찬하고
피드백하는 〈시끌벅적〉한 회사를 지향합니다! 그리고
야근은 절대 〈지양〉하지만, 업무 시간에는 진짜 쉴 틈 없이

힘들게 일하는 걸 즐겨요! 격렬하게 토론하고, 고객 응대도 365일 하루도 빠지지 않고 하고 있어요.

청소연구소를 자랑한다면

회사에 늘 이벤트와 재밌는 일들이 가득해요. 봄가을에 큰 체육 대회를 하고, 워크숍도 가고, 한 달에 한 번 수요 미식회로 맛집 탐방도 하고(원래 회사에서 점심 식대 제공), 동호회도 다양하게 있고 회사에서 지원하고 있습니다(축구 동아리, 주류 동아리, 커피 동아리, 생활 체육 동아리 등등). 아, 참! 잡플래닛에 회사 평점이 5.0이라고 해요! 전 몰랐는데 입사 지원자분들이 주로 그 얘기를 하면서 너무 신기한 회사라서 와보고 싶었다고 합니다. (웃음)

〈한 아이를 키우려면 온 마을이 필요하다〉라는 아프리카 속담이 있습니다. 당신 회사가 성장하는 데 어떤 도움을 받았는지요?

너무나 많은 도움을 받고 있지요. 일단 청소연구소를 가장 크게 지탱해 주는 건 〈고객〉과 〈매니저들〉입니다. 당연하지만 고객의 의견, 매니저들의 의견과 사용성 등을 늘 관찰하고 거기서 모든 힌트를 얻어요. 투자사도 큰 도움을 줍니다. 저희는 주주 회사가 11개로 굉장한 주주 부자입니다. 회사 하나하나 유명할 뿐 아니라 진짜 회사를 아끼며 조언해 주는 찐 투자자들이에요(너무 자랑스러운데 뭐라고 표현하지 못하네요). 그리고 제가 늘 마음속에 고마운 분들이 있는데, 바로 우리 〈팀원들의 가족〉이에요.
회사가 성장하고는 있지만, 아직 작고 바쁜 상태인데, 우리
팀원들의 가족이 늘 회사 칭찬해 주고 남편이, 부인이, 아들,
딸이 멋진 회사에 다니고 있다고 자랑스러워합니다. 기사
스크랩해 주는 아버님, 우리 회사 일에 늘 관심 두고
조언하는 어머님, 맛있는 거 보내 주는 가족도 있어요.
아이들은 주말에 회사에 놀러 오죠. 〈우리 엄마 회사
최고〉라고. (웃음) 너무나 고맙고 늘 감사합니다.

스타트업의 대변인으로서 하고 싶은 이야기
스타트업은 새로운 아이디어와 새로운 실행으로
우리나라를 더욱 발전시키는 원동력이라고 생각합니다.
정치와 교육과 함께 경제적으로도 나라를 혁신하는 중요한
수단으로써 스타트업은 가치가 있습니다.

마지막 한마디
창업가 여러분, 지금 너무 잘하고 있습니다! 창업하고,
도전하고 있다는 것 자체에 의미가 있어요. 혹시
어렵더라도, 또 기회와 젊음이 있으니 포기하지 마십시오.

연현주

연세대학교 인문학부를 졸업하고 다음커뮤니케이션, 엔씨소프트,
카카오를 거쳐 2017년 생활연구소를 창업했다. 가사 노동의
해결을 위해 청소연구소 서비스를 출시했다.

전사 직원들과 시리즈 B 투자 유치 후 기념 촬영.

청소연구소 교육장에서 매니저들을 교육하고 있다.

늘 시끌벅적한 청소연구소의 사무실 풍경.

컬리 × 김슬아

우리는
고객에게

옳은 일을
한다

창업가 정신은 문제의식,
자기다움, 그리고 꺾이지
않는 마음입니다.

자기소개 부탁합니다

리테일테크 기업 컬리 창업자 김슬아입니다. 8년째 컬리를
운영하고 있습니다. 뛰어난 큐레이션 역량을 바탕으로
마땅히 팔려야 하는 상품을 좋은 가격에 제공하기 위해 오랜
시간 노력해 왔고, 덕분에 1천2백만 명의 고객이 믿고
이용하는 서비스로 성장했습니다. 컬리를 창업하기 전에는
다양한 일을 경험했어요. 정치학과를 졸업했고, 세상의
가난한 사람들을 다 먹여 살리겠다는 원대한 포부를 가지고
UN 입사를 꿈꾸던 순간도 있었습니다. 그때나 지금이나
어떤 일을 하든 세상에 임팩트 있는 일을 하고 싶었어요.
무엇보다 〈잘 먹고 잘 살기〉에 큰 관심이 있었고요. 하지만
어디서부터 무엇을 해야 할지 방법을 잘 몰라 일단 직장에
들어가야겠다고 생각했습니다. 대학을 졸업하고
골드만삭스와 맥킨지, 테마색, 베인앤컴퍼니에서
근무했는데, 그곳에서 제대로 일하는 법에 대해 혹독하게
훈련받았습니다. 특히, 맥킨지에서는 지금도 가장 중요하게
생각하는 두 가지, 어떤 상황에서도 정신력이 무너지지 않는
방법, 그리고 문제 해결에 집중하는 법을 배웠습니다.
회사에 다니면서 습득했던 일하는 방식과 태도들이 컬리를
운영하는 데 큰 도움이 되고 있어요.

창업을 결심하게 된 계기는 무엇입니까?

원래 저는 먹는 것에 정말 진심입니다. 컬리를 창업할 때도
그랬는데요. 〈오늘 뭐 먹지?〉와 〈장을 어디서 보지?〉를 거의

매일 고민했던 것 같습니다. 당시에도 온라인 장보기 서비스가 없었던 건 아닙니다. 문제는 온라인으로 뭔가를 시키면, 품질이 몹시 실망스러운 상태로 온다는 것이었죠. 어느 날은 주문한 채소가 너무 별로라서 농장에 직접 가봤습니다. 케일을 뜯어서 맛봤는데, 역시나 배송받은 상품과는 완전히 다르더군요. 매일 뭘 먹을까 고민하는 건 모든 사람이 하는 일인데 장보기는 왜 이렇게 불편하며, 품질은 또 왜 이렇게 관리가 안 되는 걸까, 원하는 식품을 최상의 상태로 먹으려면 온갖 곳을 다니며 발품을 파는 것 외에 방법이 없는 걸까, 그런 생각을 거듭했습니다. 바로 컬리의 시작이었죠.

사실 이 문제 해결을 위해 먼저 고민한 건 기존 업체로의 이직이었습니다. 하지만 두 가지가 계속 마음에 걸렸어요. 하나는 〈이 회사에서 내가 중요하게 생각하는 문제를 정말 풀 수 있을까〉 하는 거였고, 또 하나는 〈일하는 방식〉이었습니다. 제가 옳다고 믿는 업무 수행 방식과 기업 문화를 키우려면 그에 맞는 조직이 필요한데, 기존 유통사에서는 이를 실현하기 힘들 것 같았어요.

창업을 고민하게 되면서는 사업성 분석도 철저하게 했지요. 시장 규모와 기회, 성장 가능성 등을 면밀하게 살폈습니다. 충분히 도전할 만하다는 결론을 내렸고, 2015년 컬리를 창업했습니다.

일하면서 생긴 사건, 사고가 있었나요? 해결하는 과정에서 어떤 배움을 얻었는지요?

저는 리스크를 좋아하는 사람이 아닙니다. 하지만 창업은 크고 작은 리스크가 매일 일어납니다. 이 때문에 과정 관리를 정말 철저하게 해야 한다고 생각했습니다. 과정 관리를 위해서는 두 가지를 중점적으로 고민했어요.

첫째, 고객의 문제를 해결할 수 있는 옳은 질문을 하는 것에 집중했습니다. 질문의 방향이 어떠하냐에 따라 답도 다르게 나올 수밖에 없는데, 예를 들어 MD에게 〈이 상품은 좋은 상품입니까?〉라고 물어보는 것과 〈이 상품은 많이 팔릴 상품입니까?〉라고 묻는 것은 완전히 다르니까요.

둘째, 옳은 질문과 답을 했다면 이를 합리적 기준과 투명한 절차에 따라 빠르게 실행하는 것이 중요합니다. 매일의 좋은 의사 결정들이 하나하나 쌓이면 좋은 성과를 낼 수 있습니다. 이러한 성과는 조직 결정에 대해 구성원들로부터 신뢰를 얻을 수 있는 바탕이 되고 좋은 사람들이 모이는 원동력이 됩니다.

제게는 옳은 질문과 빠른 실행을 보여 주는 단적인 사례가 하나 있어요. 코로나19 유행 초반에 물류 센터에서 확진자가 나와 센터 문을 바로 닫았던 적이 있습니다. 물류 센터를 닫는 결정은 전체 매출의 70퍼센트를 포기한다는 것을 의미합니다. 매출과 비용 관점에서 대단히 큰 의사 결정이었지만, 우리는 먹는 것을 파는 사람들이고 고객의 안전과 건강은 어떠한 상황에서도 최우선 순위로 둔다는 원칙이 있었기에 그 원칙대로 행동했습니다.

더욱 놀라운 것은 이때 센터 문을 닫는 결정을 제가 아닌
최고 재무 책임자CFO가 먼저 했다는 것입니다. 당시 저는
방송 녹화 중이라 확진 소식을 뒤늦게 전달받았었어요.
센터를 닫겠다고 결정한 사람이 회사의 수익을 가장
예민하고 엄격하게 관리하는 CFO였다는 것이 정말
놀랍기도 하면서 한편으로 안심이 되었습니다. 컬리에는
내가 없어도 옳은 질문을 던지고 우리 기준에 따라 명확하게
의사 결정을 할 수 있는 사람들이 있다는 것을, 그리고 조직
문화라는 것이 한 사람이 아니라 구성원 모두가 공감하고
체화해야 만들어진다는 것을 깨달았던 값진
경험이었습니다.

창업 과정에서 느낀, 소소하더라도 행복한 경험이 있나요?
제가 사랑하는 서비스를 임팩트 있게 만들어 가고 성장시킬
수 있다는 것에 가장 큰 행복을 느낍니다. 전 CEO이기 전에
컬리를 좋아하는 한 명의 〈고객〉이므로, 제가 늘 사용하고
사랑하는 서비스를 매일매일 개선하고 발전시켜 나간다는
사실이 너무 좋습니다. 회사 성장과 고객으로서의 행복,
그리고 저의 행복이 삼위일체로 합치되는 것 같아요. 또
하나가 있다면, 앞서 말했듯이 함께 일하는 팀이 옳은
질문을 하고, 저를 뛰어넘는 조직으로 성장하는 걸 목격할
때의 기쁨이겠지요.

당신은 어떤 것으로부터 영감과 에너지를 얻고 있나요?

제가 하는 모든 것을 믿어 주고 응원해 주는 양가 부모님과
남편을 만난 것이 큰 행운이라 생각합니다. 어렸을 때부터
하고 싶은 모든 것을 하고 살되 책임은 스스로 지는 법을
배웠는데요. 이러한 가족들의 응원과 지지가 저를 다시
달리게 만드는 힘이자 에너지인 것 같습니다. 좋은
파트너사를 통해서도 영감과 에너지를 많이 얻습니다.
우리처럼 깊게 업을 고민해 본 협력사나 팀을 만나 이야기를
나누면, 서비스나 상품 방향에 대한 인사이트가 나올 때가
꽤 있습니다. 우리가 정말 의미 있고 가치 있는 일들을
같이한다고 느끼는 게 육체적인 에너지와는 또 다른
에너지를 주는 것 같습니다.

당신이 생각하는 〈창업가정신〉은

문제의식, 자기다움, 그리고 꺾이지 않는 마음입니다.
창업가 자신은 물론 세상에도 의미 있는 문제를 발견해
정의하고, 그 문제를 풀기 위해 도전하는 것으로
생각합니다. 그리고 그 문제에 관한 정의와 풀이가 맞는다고
생각한다면, 매일 조금씩 개선하겠다는 마음으로 변화를
만들어 가는 게 필요합니다. 오랜 시간 지속되어 왔던 유통
시장의 문제를 고객 관점에서 해결하기 위해 컬리를
창업했지만 그 과정은 절대 쉽지만은 않았습니다. 초창기엔
하루 주문이 고작 열다섯 건이었고, 창업 2년 차 때는
피칭도 100번 넘게 했습니다. 100번 모두 실패했던 시절도

있었어요. 도망가고 싶은 마음도 들었지만, 그런데도 일단 회사에 나갔습니다. 그리고 그날 제가 해야 할 일을 묵묵히 했죠. 그렇게 하루하루를 보내다 보니 시장이 바뀌고 새 길이 열리더군요. 서비스를 처음 만들 때 생각했던 목표에는 창업가와 창업 팀의 신념이 담겨 있을 텐데요. 그 목표를 향해 가는 과정에서 〈서비스다움〉을 잃지 않는 것이 롱런에 도움을 주는 것 같습니다.

당신이 생각하는 〈혁신〉은
혁신은 제대로 된 방식으로, 지치지 않고, 계속 도전하고 시도하는 것입니다.

컬리만의 핵심 가치가 있다면
고객에게 옳은 일을 하는 것입니다. 컬리는 매출이 나오더라도 고객에게 옳지 않은 일은 하지 않습니다. 커머스 회사에서 이 가치와 철학을 지키는 게 사실 쉽지는 않습니다. 그렇지만 소비자는 근본적으로 파는 사람보다 정보가 부족하므로 상품을 구매할 때 유통사의 큐레이션, 즉 판단 기준을 믿고 상품을 구매하는 것인데요. 〈이 회사를 선택할 때, 무엇이 나한테 옳은 일인지 한 번쯤 고민해 볼까〉라고 질문을 던졌을 때 〈컬리는 그럴 것〉이라는 믿음이 있어야만 컬리에서 구매하게 되는 것이죠. 그래서 컬리에 있는 많은 분은 〈지금 내가 하는 이 결정이 고객에게 옳은 일인가, 내가 고객이라도 이 의사 결정에 수긍할

것인가〉 하는 질문을 많이 합니다. 그리고 그 질문을 통과한
상품만 고객에게 판매하려 합니다.

또 컬리에는 〈8시 뉴스 룰〉이라는 것이 있는데요.
파트너사와 통화할 때도, 마케팅 계획을 짤 때도, 일하는
모든 순간마다 〈지금 내 행동이 당장 저녁 8시 뉴스에
나와도 괜찮은가〉라는 단순한 기준에 따라 움직입니다.
유통 비즈니스는 역사가 오랜 만큼 많은 기존 관행이
존재합니다. 그중엔 좋은 것도 나쁜 것들도 있을 텐데,
분명한 건 〈원래 그렇게 해왔다〉는 이유로 그저 따라가면
결국 혁신은 일어나기 힘들다는 것이지요. 오래된 업계
관행이라도 나 스스로 고객과 파트너, 동료들에게 있는
그대로 설명할 수 있는가를 돌아봐야 한다고 생각합니다.

컬리가 지켜 나가려 하는 또 다른 중요 가치 중 하나는
〈다양성〉입니다. 고객이 취향을 발견하고 작은 규모의
생산자들이 좋은 상품을 다양하게 생산하는 것은 생태계
전반으로 보면 굉장히 옳은 일입니다. 사업자로서는 굉장히
괴로운 일이고요. 그래서 저희는 다양성의 가치를 지키기
위해서 우리가 어디까지 투자하고, 비즈니스로 키울 수 있을
것인가에 대해서 많은 이야기를 나눕니다.

컬리에는 단기적인 성과보다 장기적인 가치를 생각하며
뚝심 있게 진행 중인 몇몇 프로젝트가 있습니다. 〈취향 찾기
샘플러〉나 〈희소가치 프로젝트〉 같은 것들로, 이런
프로젝트들은 역량 있는 MD가 수십억 원의 매출을
포기하고 달려들어야 진행할 수 있는 난도 높은

프로젝트입니다. 그런데도 프로젝트를 이어 가는 건
〈발견의 기쁨〉을 통한 다양성의 존중, 나아가 지속 가능한
유통 생태계 구축이야말로 컬리가 지향하는 가치이기
때문입니다.

컬리의 조직 문화를 소개해 주세요

컬리 조직의 생명은 〈진정성〉과 〈투명성〉입니다. 브랜드
슬로건 중 하나가 〈진정성 있는 도전〉인데요. 컬리
비즈니스에서 굉장히 어렵지만 또 의미 있는 지점 중
하나가, 유통 업체로서 어떤 질문을 하고 어떤 방식으로
일하느냐에 따라 이 생태계에 큰 영향을 끼칠 수 있다는
것입니다. 그래서 옳은 질문을 하는 것, 8시 뉴스 룰을
지키는 것들이 중요하고요. 바로 그 기저에 있는 가치가
진정성과 투명성인 것이지요. 저는 컬리가 옳은 질문을 하는
조직이며, 그 질문을 풀어 나가는 방식 또한 투명하다고
믿습니다. 구성원들이 진정성 있게 이 일을 대할 때, 또 내
옆 동료에게 모든 것을 투명하게 설명할 수 있을 때, 우리가
옳은 답을 할 수 있다고 생각합니다. 사내에서는 이 모든
것을 일컬어 〈컬리 웨이〉라고 부릅니다. 컬리 웨이는 컬리가
공유하는 꿈을 이루기 위해 일하는 방식이자, 성과를 내는
것에 결과만큼 중요한 과정을 지켜 나가는 방식을
의미합니다. 〈우리는 서로를 신뢰하는 원 팀입니다〉,
〈실행만이 성공을 만듭니다〉, 〈투명하게 소통하고 함께
헌신합니다〉 등의 원칙을 팀 모두가 인지하고 지키려

노력합니다.

컬리를 자랑한다면

컬리는 데이터와 기술을 바탕으로 직매입 구조, 상품 다양성
확보, 고객 피드백에 대한 집착, 친환경 포장재, 샛별 배송과
풀 콜드 체인으로 대표되는 물류 혁신 등을 통해 유통
혁신을 이뤄 온 스타트업입니다. 고객과 생산자, 업계
종사자 모두 행복한 유통 생태계 구현을 위해 8년째
한결같은 마음으로 최선을 다하고 있습니다.

〈한 아이를 키우려면 온 마을이 필요하다〉라는 아프리카
속담이 있습니다. 당신 회사가 성장하는 데 어떤 도움을
받았는지요?

우선, 컬리가 시장에서 풀어야 할 문제와 해결 방식에
공감하고 함께해 주신 주주들이 있습니다. 팀과 사업 모델에
대한 신뢰가 없었다면 투자가 어려웠을 텐데, 여러 가지
장애에도 불구하고 우리의 지향점과 실행력을 믿고 투자해
주어서 늘 감사하게 생각합니다. 정부의 다양한 지원도
있었습니다. 창업과 스타트업에 대한 사회적 인식을
긍정적으로 변화시키는 데 정부의 역할이 컸다고
생각합니다. 회사의 남다른 도전을 눈여겨보고 기꺼이
고객이 되어 준 1천2백만 명의 회원도 있습니다. 무엇보다
각자의 자리에서 주도성을 발휘하며 헌신하는 수많은
동료가 있어요. 이분들 덕분에 오늘의 컬리가 있는 것이겠죠.

스타트업의 대변인으로서 하고 싶은 이야기

최근 10년 사이 창업한 기술 기반 스타트업들은 전통
기업들과 성장 공식 자체가 다릅니다. 도전적인 사업 모델과
남다른 기술력, 확장성 있는 플랫폼을 기반으로 빠르게
성장합니다. 이사회 중심으로 경영하며, 눈앞의 이익보다 큰
시장에서 고객의 일상을 바꿀 큰 도전에 집중합니다. 이러한
스타트업들의 노력과 가치, 가능성이 더 제대로 평가받는
분위기가 형성되었으면 합니다.

마지막 한마디

환경, 상품, 사람이 선순환하는 지속 가능한 유통 생태계를
구현하기 위해 계속 노력하겠습니다.

김슬아

미국 웰즐리 대학교에서 정치학을 전공하고, 골드만삭스, 맥킨지,
테마색, 베인앤컴퍼니를 거쳐 2015년 컬리를 창업했다. 컬리는
2022년 매출 2조 원을 돌파했으며, 1천2백만 명이 사용하는
서비스로 성장했다.

매주 금요일, 컬리에 입점하는 모든 상품을 검토하는 컬리 상품 위원회에서
과일을 검토하고 있는 김슬아 대표.

창업 8년 만에 첫 오프라인 행사인 「2023 컬리 푸드 페스타」 콘퍼런스에서
기조 연설을 하고 있다.

2021년 김포 물류 센터 오픈 기자 간담회에서 물류 센터 오픈의 의미에 대해
설명하는 중.

안 되는
이유
100개보다

될 이유
1개가

중요하다

창업가 정신은 〈그럼에도 불구하고〉입니다.

자기소개 부탁합니다

시니어 종합 케어 플랫폼 케어닥 대표 박재병입니다. 세계를 유랑하던 생존 여행가에서 지금은 어르신들이 건강한 삶을 영위할 수 있도록 돕는 돌봄 전문가로 새로운 시니어 돌봄 문화를 만들어 가고 있습니다. 케어닥은 건강 상태에 따라 병원부터 집이나 시설 등 시니어의 생애 주기 전 영역에서 필요한 케어 서비스를 제공하며 삶의 질 향상과 건강한 노후 생활을 지지하고 있습니다. 특히 급여와 비급여 시장의 전 영역을 커버하며 종합 서비스를 제공하는 유일한 기업으로 시니어 산업의 발전에 앞장서고 있습니다. 케어닥을 통해 가족 모두가 걱정 없이 안심하고 돌봄을 경험하고 빠르게 회복하고 일상으로 복귀할 수 있도록 돕고자 합니다.

창업을 결심하게 된 계기는 무엇입니까?

대한민국은 세계에서 가장 빠르게 고령화가 진행되는 나라이지만, 아직 노인 돌봄에 대한 인식이나 사회적 제도가 그 속도를 따라가지 못하는 실정입니다. 현재도 노인 인구가 900만 명에 육박하지만, 국가의 도움을 받아 돌봄을 받는 노인 인구는 채 70만 명이 되지 않습니다. 이러한 구조적 모순과 더불어 오프라인 영역에 머물러 있는 운영 체제의 한계로 인해서, 만성적인 정보 부족과 정보 불균형으로 인해서 돌봄 서비스의 품질은 더 나아지기 힘든 상황입니다. 이러한 문제를 IT 기술로 해결하고자 창업하게 되었습니다.

일하면서 생긴 사건, 사고가 있었나요? 해결하는 과정에서
어떤 배움을 얻었는지요?

돌봄 서비스를 진행하며 어르신들을 만나다 보면 요양원과
같은 전문 시설에서 보살핌을 받아야 하는 분이 아주
많습니다. 그러나 어르신들에게 요양원은 돌봄을 받고 쉴 수
있는 공간보다 한번 들어가면 나오지 못할 거란 무서움이 더
큰 장소이죠. 이러한 어르신들의 요양원에 대한 인식,
무서움을 해소하기 위해서는 내 집과 같은 공간에서 케어
서비스를 받는 것이 가장 필요하다고 생각했습니다. 그래서
집과 같은 요양 시설 〈케어닥 케어호〉를 시작하게
되었습니다. 많은 시행착오와 어려움 속에 처음으로 요양
시설을 오픈하게 되었지만 케어 홈 1호 입주 고객께서
즐겁게 생활하는 모습을 보면서 너무나 행복하고
뿌듯했습니다. 또한 현재 국내 주거 복지 시설이 요양원이나
실버타운 정도에 그치는 상황에서 어르신들의 컨디션,
선호도, 경제력 등 다양한 시니어 생애 주기를 포용할 수
있을 만한 시니어 시설의 확보가 필수적이며, 더욱 편리하고
쾌적한 생활 환경을 누릴 수 있도록 관련 인프라를 넓혀
나가는 한다는 새로운 목표로 생기게 된 계기가 되었습니다.

창업 과정에서 느낀, 소소하더라도 행복한 경험이 있나요?
아마 사무실을 늘려가는 재미인 것 같습니다. 초기에는 공동
창업자 원룸에서 합숙하다가, 큰 합숙소로 옮기고, 이후에
공유 사무실을 전전하다가 첫 사무실을 단독으로 계약했을

때의 부담감과 감정, 그리고 그 이전보다 몇 배는 큰 사무실로 이사한 첫날 밤의 느낌은 잊을 수 없습니다. 또 하나는 우리 사무실에 탁구대와 소소한 놀이 기구들이 있는데 〈누가 이런 걸 쓸까?〉, 〈누가 탁구 칠까?〉 했지만 커피 내기에 열심인 저와 직원들을 볼 때 소소한 행복감을 느낍니다. 물론 이기면 더 기분 좋습니다.

당신은 어떤 것으로부터 영감과 에너지를 얻고 있나요?
아무래도 선배 대표들과의 만남과 책이 가장 큰 영감의 출처인 듯합니다. 저보다 앞서 길을 걸어간 선배 대표들에게 사람 문제나 사업 확장 문제를 여쭈면, 각자의 사업 아이템은 다를지라도 어쩌면 정답에 가까운 인사이트를 얻을 때가 많습니다. 그렇지만 저는 또 네트워킹을 즐기는 스타일은 아니어서, 다른 사람을 많이 만나지는 않는데요. 주말에는 밀린 업무를 하기보다는 꼭 책 읽는 시간을 가집니다. 집에서나 외부에 나가더라도 꼭 책 한 권 이상을 주말에 읽어요. 머릿속에서 회사 과업에 관한 생각을 비워 내는 시간을 가지는 목적과 함께 새로운 아이디어를 얻는 원천이 됩니다. 제 삶의 오아시스는 역시 공부인 듯합니다. 회사에서 못 풀었던 문제를 풀 때 제일 희열을 느끼는, 어떠한 형태로는 변태입니다.

당신이 생각하는 〈창업가 정신〉은
〈그럼에도 불구하고〉입니다. 그 이유는 창업가에게는 창업

과정과 성장 과정에서 수많은 시련이 닥치는데, 그것을
해결하고 헤쳐 나가는 데에는 안 되는 이유 백 가지보다
그럼에도 불구하고 되어야 하는 이유 한 가지가 더 중요하기
때문입니다.

당신이 생각하는 〈혁신〉은

〈와! 어떻게 이런 생각을 하지?〉입니다. 그 이유는 혁신이란
기존의 틀에서 전혀 생각하지 못하는 어떤 것을 행하고
만들어 내는 것이라 생각합니다. 그때 보통 우리는 〈와,
어떻게 이런 생각을 할까?〉라고 창업가끼리 넋두리나
이런저런 이야기를 하게 되는데요. 보통 이런 것들이 우리는
혁신이라 생각합니다. 기존의 관습이나 틀을 벗어나, 감탄을
자아낼 만큼 큰 변화를 혁신이라 생각합니다. 그런 면에서
IT 혁신 기업이라 외치는 우리도 충분히 감탄을
자아내는지에 대해서는 반성하게 됩니다.

케어닥만의 핵심 가치가 있다면

케어닥이 추구하는 핵심 가치는 데이터 기반으로,
〈돌봄이란 무엇인가〉 고민하는 진정성 있는 정신입니다.
한국에서 가장 큰 사회 문제를 꼽으라면, 노령화가 단연코
1번 문제라 생각합니다. 경제 사회 문화 전반에 영향을 주고,
국가 재정난과 가정의 재정난까지 초래하는 문제이기
때문입니다. 그렇기에 더 좋은 돌봄과 더 나은 돌봄이
무엇인가 고민하고 데이터로 측정해서 환자가 더 빨리 나을

수 있고 더 잘 예방하는지 고민하는 정신이 케어닥이
추구하는 핵심 가치이고, 제품과 서비스의 철학입니다. 물론
노인의 건강과 돌봄 데이터는 비즈니스적으로도 엄청난
가치를 가지고, 데이터의 확장성도 어마어마하다
생각합니다. 그러한 부분에 케어닥은 IT 기업으로서 데이터
바탕의 케어닥 돌봄을 한국 돌봄의 표준으로 만들고자
합니다.

케어닥의 조직 문화를 소개해 주세요

케어닥의 인재상과 채용 평가 등에서 점점 더 깊은 조직
문화가 되었으면 하는 것이 〈탓하지 말고, 해결하는
문화〉입니다. 사업하고, 프로젝트하고, 과업을 진행함에
있어서 이슈나 사고는 항상 생기기 마련인데 이것을 사람
탓이나 상황 탓을 하다 보면 일도 안되고 사람 사이의
관계도 해치는 결과를 많이 보아서, 우리 그런 거 하지 말고
문제 해결하고 예방하는 데에만 집중하자고 말하는
문화입니다. 저, 그리고 우리는 그렇게 하는 것이
전문가이고 프로 정신이자 스타트업 정신이라 생각합니다.

케어닥을 자랑한다면

동료들에게 케어닥의 좋은 점을 물으면, 아마도 1번이
회사의 비전과 성장이고, 2번이 동료인 듯합니다. 한국
사회가 당면하고, 앞으로도 당면할 아주 거대한 문제를 가장
현명하게 풀고 있는 회사에서 회사와 함께 성장하는 경험을

느끼실 수 있습니다. 또한 정치와 간섭이 아니라, 진정으로
이 문제를 해결하고 싶은 멋진 동료들이 실제로 존재하는
것을 이곳에서 정말로 느낄 수 있습니다. 이를 위해서
케어닥은 매주, 매달, 작업 수행 시기를 맞추며 객관적이고
진정으로 투명하게 소통하려고 노력합니다. 정보를
숨기거나 정보가 없어서 일하지 못하는 상황은 발생하지
않도록 노력하고 있습니다.

〈한 아이를 키우려면 온 마을이 필요하다〉라는 아프리카
속담이 있습니다. 당신 회사가 성장하는 데 어떤 도움을
받았는지요?
저희는 창업 초기, BM에 대한 고민 없이 그냥 한국 사회에
필요해 보여서 요양 시설을 찾아 주는 서비스부터
시작했습니다. 그러다가 스파크랩과 롯데벤처스를 만나서
초기 창업 투자인 시드 투자를 받아 생존과 사업이란
무엇인가 고민하게 되었고, D3쥬빌리 파트너들을 만나
케어닥이 가지는 사회적 책임과 가치가 무엇인가 고민하고
내재화하게 되었습니다. 그 이후에는 뮤렉스파트너스
오지성 부사장을 만나서 비즈니스란 무엇인지, 전략이란
무엇인지, 사업을 더 잘하려면 어떻게 해야 하는지 실질적인
안내를 받아 다시금 성장하고 있습니다.

스타트업의 대변인으로서 하고 싶은 이야기
한국 사회가 죽느냐 사느냐의 문제에서 살릴 수 있는 유일한

답이 있다면, 저는 단연코 스타트업이라고 생각합니다.
일자리를 만들고, IT 월드에 더 빠르게 적응하는 문화를
만들고, 새로운 기술을 도입하고, 그 기술을 상용화하는
데에 스타트업만큼 기민하게 잘하는 조직은 없다고
생각합니다. 그런 맥락에서 정부에서는 네거티브 규제인
〈이거 이거 빼고 다해라〉 대신에 〈잘해라!〉 같은 큰 형님의
긍정적인 자세로 스타트업을 바라봐 주었으면 합니다.
스타트업이 아직 작고 어리고 뭘 잘 모르는 철부지가 아닌,
대한민국의 유일한 희망이라 여겨 주십시오!

마지막 한마디

부족하지만 공부하고 성장하고 노력하고 있습니다.
투자자들에게도, 직원들에게도, 고객들에게도 더
잘하겠습니다. 계속하여 성장하겠습니다. 더 성장하고
싶습니다. 계속 저에게 최면을 걸면서 나아가겠습니다.
시니어 산업의 〈최고 에이지 테크 컴퍼니〉 케어닥이 되는 그
날까지 나아가겠습니다.

박재병

부산대학교에서 경영학을 전공했다. 2016년 독거노인 봉사 단체를
운영하며 국내 노인 돌봄 시장의 정보 불균형을 깨닫고 노인 돌봄
사업에 뛰어들었다. 2018년 시니어 돌봄 플랫폼 케어닥을
부산에서 창업하여 현재 전국적으로 확장하고 있다.

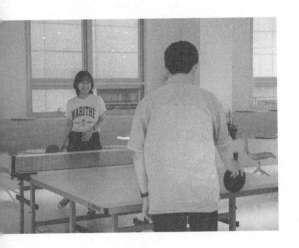

케어닥 사무실에는 탁구대와 소소한 놀이 기구들이 마련되어 있다.

케어닥 직원들은 작업 수행 시기를 서로 맞추며 객관적이고 투명하게 소통한다.

더 좋은 돌봄과 더 나은 돌봄이 무엇인가 고민하고 데이터로 측정하는 케어닥.

케어닥 × 박재병

어떻게든

방법을
찾아내야

살아남는다

더 잘 생존하기 위해 모든
노력을 쏟아붓는 것이
창업자가 가져야 할 가장
중요한 가치라고 생각합니다.

자기소개 부탁합니다

코나투스 김기동입니다. 자유로운 삶을 살고 싶어 스타트업 삶을 살고 있습니다. 두 아이의 아빠이고 가정에서 가장 큰 행복을 느끼며, 야외 활동이라면 뭐든지 좋아하나 또 한없이 집돌이입니다. 새로운 것보다 옛 것에 관심이 많고, 끊임없이 배우고 이해하는 것을 좋아합니다. 코나투스는 국내 유일의 라이드 헤일링(승차 공유) 스타트업입니다. 저희가 운영하는 〈반반 택시〉는 국내 3위 택시 호출 플랫폼으로 카카오택시, 우티와 열심히 경쟁하고 있습니다. 제주도를 포함해 전국 대부분 지역에서 호출할 수 있으며, 배차 성공률 및 평균 대기 시간 기준으로 카테고리 최상급 성능을 확보하고 있습니다. 최근에는 B2B 대상으로 원하는 사업자 누구나 자신의 서비스에서 택시를 호출할 수 있는 오픈 플랫폼을 출시해 좋은 반응을 얻고 있고, 라이드 헤일링을 기반으로 다양한 모빌리티 서비스에 새롭게 진출을 고민하고 있습니다.

창업을 결심하게 된 계기는 무엇입니까?

좀 더 자유롭고 행복해지고 싶어서 창업했습니다. 대학 재학 시절 창업한 적이 있는데 그때의 경험으로 다시 창업하게 된 것 같습니다.

일하면서 생긴 사건, 사고가 있었나요? 해결하는 과정에서
어떤 배움을 얻었는지요?

피치 못 할 사정으로 소중한 동료를 떠나 보내야 할 때가
있는데 이때가 가장 힘들고 슬픔이 커요. 같은 경험을
절대로 반복하지 않기 위해서 더 깊게 고민하고 반성합니다.

창업 과정에서 느낀, 소소하더라도 행복한 경험이 있나요?

먼저 좋은 동료들이 합류해서 우리가 할 수 있는 것들이 더
많아질 때 아주 기쁩니다. 그로 인해 우리가 속한 사회가 좀
더 살기 좋은 곳으로 변한다고 느낄 때, 그 기쁨이 더 큰 것
같습니다.

당신은 어떤 것으로부터 영감과 에너지를 얻고 있나요?

가족과 가능한 많은 시간을 보내려고 합니다. 그리고
작게라도 당장 누릴 수 있는 행복들은 놓치지 않고 누리려고
하는 편입니다.

당신이 생각하는 〈창업가 정신〉은

〈강한 생존 본능〉입니다. 어떤 환경 속에서도 어떻게든
방법을 찾아내고 살아남는 것. 그리고 더 잘 생존하기 위해
모든 노력을 쏟아붓는 것이 창업자가 가져야 할 가장 중요한
가치라고 생각합니다.

당신이 생각하는 〈혁신〉은

〈돌이킬 수 없는 경험〉입니다. 한번 경험하면 다시 되돌릴 수 없는 경험이 있는 것 같아요. 그런 경험을 제품화하는 것이 창업가만이 할 수 있는 혁신이라고 생각합니다.

코나투스만의 핵심 가치가 있다면

모두 네 가지로 첫째, 상생 철학. 둘째, 절대적으로 높은 기준. 셋째, 필요 이상의 투명성. 넷째, 놀랄 만큼 높은 자유와 신뢰입니다.

코나투스의 조직 문화를 소개해 주세요

같은 가치 체계를 바탕으로 같은 방향을 보고 달리도록 하는 것이 조직 문화의 핵심입니다. 위의 핵심 가치가 회사에서 대표를 포함해 전 구성원이 업무를 수행할 때 실제로 적용되도록 사내 의사 결정, 자원 투입, 소통 방식, 보상 체계 들을 지속 정비하고 있으며, 현장의 목소리를 적극적으로 청취해 개선하고 있습니다.

코나투스를 자랑한다면

이상한 사람이 없습니다. 동료가 최고의 복지인 것 같아요. 3년 이상 근무한 구성원에게 재충전 휴가를 제공하고 있는데, 현재 근무 중인 구성원의 60퍼센트 이상이 해당 휴가를 다녀왔을 만큼 오래 다닌 구성원이 많습니다. 좋은 동료들 덕분에 장기근속하고 있는 것 같아요. 또 〈브랜던

데이〉라고 해서(제안자 이름이 브랜던) 매월 마지막 주
금요일은 오전 근무만 하고, 오후는 재충전 시간을 갖는데
구성원들 만족도가 아주 높습니다.

〈한 아이를 키우려면 온 마을이 필요하다〉라는 아프리카
속담이 있습니다. 당신 회사가 성장하는 데 어떤 도움을
받았는지요?
지금껏 여러 고비를 넘기며 생존할 수 있었던 것은 저희를
도와준 수많은 숨은 조력자가 있었기에 가능했습니다.
모빌리티 업계 최초로 과기부의 규제 샌드박스 사업자로
선정된 덕분에 정식 서비스 개시가 가능했고, 이는 유관
부처 공무원들의 적극 행정이 있었기에 가능했다고
생각합니다. 저희도 주변의 동료 창업가들께 미력하나마
도움을 줄 기회가 있다면 꼭 보답하고 싶고, 저희를 통해서
좀 더 살기 좋은 사회가 될 수 있도록 최선을 다하겠습니다.

스타트업의 대변인으로서 하고 싶은 이야기
현재의 대기업들도 모두 과거에는 스타트업이었습니다.
이미 스타트업은 우리 사회의 혁신과 경제 발전에 큰 축을
담당하고 있고, 국내 고용의 큰 부분을 책임지고 있습니다.
많은 인재가 대기업을 나와 스타트업에 도전하고 있고,
스타트업은 리스크가 크다는 것도 이제는 옛말이 된 것
같습니다. 좀 더 자유롭고 주도적으로 일하고 싶은 사람,
그리고 그에 걸맞은 보상을 원하는 사람은 주저 말고

스타트업에 도전하고 성공의 주역이 되기를 바랍니다.
지금도 고통에 몸서리치면서 불철주야 열심히 달리고 계실
수많은 동료 창업가와 스타트업 종사자분들을 응원합니다.
끝까지 살아남기를 바랍니다. 저도 꼭 생존하겠습니다.

마지막 한마디

코나투스가 벌이는 다윗과 골리앗의 싸움이 어떤 결과로
이어질지 계속 지켜봐 주십시오. 예상을 깨고 결국에
승리하는 이야기가 될 테니까요.

김기동

서울대학교에서 물리학과를 전공하고 동 대학교 산업공학과에서
석사를 받았다. SK텔레콤과 SK플래닛에서 13년간 개발, 사업
기획, 전략 등을 맡았으며 2018년 코나투스를 창업했다.
코나투스는 독자적인 플랫폼 기술력을 확보하며 2019년 7월 ICT
규제 샌드박스 모빌리티 1호 사업자로 선정되었다.

코나투스 구성원끼리 서로 편하게 어울릴 수 있는 라운지(구 사무실).

창업 초기 옥상 포함 3백 평 규모로 넓고 쾌적한 사무실에서 일했다.

국내 유일의 승차 공유 스타트업 코나투스의 김기동.

코딧 × 정지은

복잡한
것을

간편하게
만들다

안 되던 것을 되게 만드는 것,
복잡하던 것을 간편하게
만드는 것이 창업가 정신이
아닐까요?

자기소개 부탁합니다

AI 법, 규제, 정책 플랫폼 코딧의 대표 정지은입니다!
저희는 첨단 기술을 활용해 규제와 정책 시장의 혁신을
이끄는 고브테크 스타트업입니다. 코딧은 인공 지능과 빅
데이터 기술을 바탕으로 방대한 양의 의안·법령·정책
데이터를 실시간으로 분석해, 기업과 관련된 규제 등 기업에
필요한 정보를 맞춤형으로 제공하고 있습니다. 주요 고객은
한국에 진출한 세계적 대기업과 빅테크, 국내 유니콘 및
스타트업뿐만 아니라 정부 부처, 국회 의원실, 협회에서도
코딧 설루션을 사용하고 있어요.

창업을 결심하게 된 계기는 무엇입니까?

어린 시절부터 공적 영역에서 일하며 정책을 통해 사회에
이바지하기를 꿈꿨습니다. 그래서 대학에서는 정치
경제학을, 대학원에서는 정책학을 전공했어요. 졸업 후
10년 넘게 경제 협력 개발 기구와 유네스코 등
국제기구에서 100여 개국의 정책과 규제를 비교, 분석하는
일을 했습니다. 좋은 직장이었지만 기술을 통한 도전과
혁신이 일상인 곳에서 일하고 싶었습니다. 특히 업무를
하면서 〈더 효율적으로 할 수 있지 않을까?〉, 〈실시간으로
전 세계의 정부 정책 및 규제 정보를 클릭 몇 번으로 얻을 수
있다면 얼마나 좋을까〉 하는 생각을 하게 되었고 이 문제를
풀 기술을 가진 팀원들을 만나 함께 창업하게 되었습니다.
이미 다른 영역에서는 인공 지능과 빅 데이터 기술이 빠르게

적용되고 있었지만 정책, 규제 분야에서는 아직 기술이
접목해야 할 부분이 많다고 생각했습니다. 지금! 바로!
올인하여 뛰어들지 않으면 안 된다고 생각하여 창업하게
되었어요.

일하면서 생긴 사건, 사고가 있었나요? 해결하는 과정에서
어떤 배움을 얻었는지요?

창업이 얼마나 힘든 것인지 겪어 보기 전까진 몰랐습니다.
나름대로 이전 직장에서도 살인적인 업무로 주 70시간
정도는 일했는데 이제는 주 100시간을 일해도 부족하게
느껴집니다. 창업의 핵심은 〈속도〉인데 인원은 적고 한 번도
해보지 않은 많은 일(투자 유치, 제품 개발, 홍보, 인사, 세무,
법무, 판매, 고객 응대, 대외 협력, 사무 공간 선정 및 관리
등) 때문에 굉장히 힘든 상황이었어요. 그래서 급하게 신입
인력 충원을 하게 되었는데 그 과정에서 여러 문제를
경험하면서 아찔한 순간들도 겪었지요. 인재 채용만큼은
서두르지 않는 것이 중요하다는 것과 초기 스타트업에는
경력이 풍부한 인재가 더 많이 필요하다는 점을
깨달았습니다. 채용 전까지는 전문 기관을 잘 활용하여
위탁하거나 경험이 많은 선배들에게 상세한 조언을 듣는
것이 중요하다는 점도 배웠습니다.

창업 과정에서 느낀, 소소하더라도 행복한 경험이 있나요?
상상 속에 있던 제품이 실제로 구현되고 사용자들이 실제로

돈을 주고 우리 서비스를 사용하는 것만큼 행복한 일이
있을까요? 그리고 서비스에 대한 긍정적인 피드백을 받았을
때의 기쁨은 그 어떤 것과도 비교하기 어려울 것 같습니다.
열심히 목표를 향해 함께 달려가는 팀이 있어 행복합니다.

당신은 어떤 것으로부터 영감과 에너지를 얻고 있나요?
함께 일하는 동료들과의 대화를 통해 영감 및 에너지,
그리고 위로를 얻습니다. 이희준 CTO와 개발 팀은 계속
공부하고 논문 및 특허 출원을 위한 관련 공부를 꾸준히
하면서, 논문 및 특허 출원을 위한 연구를 열심히 하는
모습을 보면 제가 더 자극받고 많이 배우게 되는 것 같아요.
그리고 코딧 정책 팀은 오랜 시간 국회와 정부 부처에서
근무한 팀원들로 구성되어 있는데, 팀원들과 함께 고객사에
유용한 규제 정책과 주요 정세 동향 등의 정보를 전달하기
위해 끊임없이 토론하며 인사이트를 도출해 나가는
과정에서도 많은 보람을 느끼고 새로운 에너지를 받고
있습니다.

당신이 생각하는 〈창업가 정신〉은
안 되는 것을 되게 하는 것! 〈그거 안 돼〉라고 하던 것을
〈그거 돼! 왜 안 돼?〉라고 하게 하는 것입니다. 안 되던 것을
되게 만드는 것, 복잡하던 것을 간편하게 만드는 것이
창업가 정신이 아닐까요?

당신이 생각하는 〈혁신〉은

제가 생각하는 혁신은 그저 그런 평범한 상태와의
싸움입니다. 〈원래 그런 거야. 이 정도에서 만족해. 불편해도
대충 되잖아?〉 같은 상태에 만족하면 혁신은 일어나지
못한다고 생각합니다. 더 나은 것, 더 좋은 상태, 더
효율적인 방법을 만들어 내기 위해 치열하게 고민하고
끊임없이 변화하는 것이 혁신이라고 생각합니다.

코딩만의 핵심 가치가 있다면

첫째, 〈고객 중심〉입니다. 고객이 사용할 때 우리의
서비스가 의미 있다고 생각합니다. 고객이 쓰는 서비스가
되려면 고객의 불편 사항을 잘 이해하고 그 안에서도 코딩이
가장 잘 해결할 수 있는 문제를 잘 해결해야 한다고
생각합니다. 그래서 코딩은 항상 고객을 생각하고 밀착
지지하는 것이 중요한 핵심 가치입니다.

둘째, 〈배움〉입니다. 끊임없이 빠르게 배우는 회사가 되는
것입니다. 한 번도 해보지 않은 것을 하는 것은 스타트업의
숙명인 것 같아요. 배움에 진심인 사람들이 많이 모여
있을수록 회사가 건강하게 성장할 수 있다고 생각합니다.

셋째, 〈작은 것에도 최선을 다하는 것〉입니다. 정보를
정확하게 전달하는 것이 중요한 가치이기에 품질
보증QA에도 굉장히 신경을 씁니다. 서비스의 기능적인
측면에서의 QA만이 아닌 관련 사실을 확실하게 점검하는
것을 중요하게 생각해요. 작은 부분에서 서비스의 질이

판가름 나는 것 같습니다!

코딧의 조직 문화를 소개해 주세요

첫째, 〈스터디〉로 끊임없이 배우는 문화를 만들어 가고 있습니다. 국내외 참고가 될 만한 것을 찾아보고 공유하며 새로운 프로그램을 써보고 비교합니다. 개발 팀은 특히 서로 코드를 리뷰하고 논문을 쓰고 스터디한 것을 발표하면서 기술적으로 진보하기 위해 노력해요. 무제한 온라인 강의, 각 분야의 전문가에게 듣는 세미나 등 어느 하나도 놓치지 않고 빠르게 배우려고 노력합니다!

둘째, 〈잘 먹는 문화〉로 먹는 것에 돈 아끼지 않는 문화입니다. 잘 먹고 일할 수 있도록 점심, 간식, 저녁을 제공하고 있습니다!

셋째, 〈문서화〉로 노션에 각자가 들었던 강의, 참여했던 회의, 레퍼런스 등을 깔끔하게 정리하여 공유하는 문화가 있습니다. 내가 참석하지 않았던 회의나 강의도 나중에 찾아볼 수 있고 다른 기업에도 공유할 수 있도록 꼼꼼하게 정리를 잘하는 문화를 만들고 있습니다!

코딧을 자랑한다면

짧은 시간 안에 엄청난 성장을 해나가고 있습니다. 23년 치 의안들과 국회의원 데이터와 12년 치 관련 뉴스, 15년 치 관련 정책 자료를 포함해 약 1억 건의 데이터를 수집하였고, 이러한 규모를 보유한 기업은 국내에서 코딧이 유일합니다.

또한 데이터를 기반으로 다양한 수익 모델을 구성하여, 설립 3년 만에 『포춘』이 선정한 500대 기업 다수가 코딧의 제품을 구매해 이용하고 있습니다. 코딧은 꿈이 큰 회사입니다. 터무니없이 꿈만 큰 것이 아닌 세계 시장에서 경쟁해서 이길 만한 제품을 실제로 만들고 판매할 수 있는 역량을 가지고 있는 회사입니다. 올해 하반기에는 산업통상자원부와 한국무역협회에서 주관하는 해외 지원 프로그램에 선정되며 코딧의 시장 경쟁력을 인정받았고, 이제 일본과 미국을 시작으로 본격적인 해외 진출에 나섭니다. 기술로 법, 규제, 정책 시장을 혁신할 기업, 코딧을 앞으로 지켜봐 주세요!

〈한 아이를 키우려면 온 마을이 필요하다〉라는 아프리카 속담이 있습니다. 당신 회사가 성장하는 데 어떤 도움을 받았는지요?

〈한 스타트업을 성장시키려면 온 국가가 필요하다〉라는 새로운 속담이 필요하지 않을까 싶습니다. 스타트업 구성원, 관련 생태계, 국회와 정부의 지원, 투자자 등 온 국가가 함께 만들어 가야 유니콘과 드래곤이 나오는 것이 아닐까 생각합니다. 그리고 밤낮으로 고생한 우리 팀원들이 성장하는 데 가장 큰 도움을 줬다고 생각합니다. 눈에 보이는 것이 아무것도 없을 때부터 비전을 믿고 함께 도전에 나선 팀원들에게 감사합니다. 앞으로도 회사의 성장으로 얻은 성과를 더 많이 나누고 싶습니다.

스타트업의 대변인으로서 하고 싶은 이야기

모두가 스타트업처럼 일하는 나라가 되길 희망합니다.
사용자의 문제를 가장 효과적인 방법으로 해결하고
민첩하게 새로운 환경과 변화에 적응하며 현 상황에
안주하지 않고 더 나은 제품, 팀, 기업, 국가와 나 자신을
만들기 위해 뛰어가는 스타트업 국가가 되길 바라봅니다.
그리고 창업가 여러분, 매우 힘드시죠? 이렇게까지 힘들지
몰랐는데, 알았으면 못 했을 것 같다고 생각하지 않을까
싶어요. 사업도 사업이지만 사람 때문에 힘든 일도 많을
거예요. 하지만 또 반대로 사람 때문에 가장 큰 위로와
기쁨을 느끼는 것이 창업의 길이 아닌가 싶습니다. 모두가
나를 믿고 인정해 주는 것은 아무리 큰 기업이 된다고
할지라도 어려울 것 같아요. 그래서 제가 결심한 것은, 나를
믿어 주고 응원하며 같이 꿈을 이뤄 가는 사람들에게 내
에너지를 집중하는 것입니다. 비판을 위한 비판을 하는
사람들은 언제나 있기 마련인데 이 말이 정말 도움이 되는
말인가를 생각해 보면 그렇지 않은 경우가 많습니다. 내가
들어야 하고 집중해야 할 소리에 귀 기울이는 것이
필요합니다.

마지막 한마디

정부, 지자체, 대기업, 핵심 인재 모두가 힘을 합쳐
유니콘이나 데카콘이 흔해 빠진 나라가 되길 소망해 봅니다.
스타트업 정신으로 혁신에 혁신을 거듭하며 각 분야에서

글로벌 최고가 되는 대한민국이 되길, 그리고 이렇게 이를
구성하는 인재들이 글로벌 최상급으로 성장해 가길
응원합니다!

정지은

런던 대학교에서 정치경제학을 공부하고, 외교부 인턴을
마치자마자 서울대학교 행정대학원에서 정책학 석사를 졸업한 뒤
유네스코 본사에서 2년 동안 근무했다. 2011년 400대 1을 뚫고
OECD에 〈Young Professional〉로 입사해 8년간 정책 분석관으로
활동하고 정년 보장까지 획득했지만, 퇴사 후 스타트업 업계에
뛰어들어 2020년 맞춤형 입법·정책 플랫폼 코딧을 창업했다.

OECD 사무총장과 함께하다.

〈스터디〉로 끊임없이 배우는 문화를 만들어 가는 코딧의 조직 문화.

코딧의 3주년 기념 파티에서.

순수한
열정과

치밀한
계획을

갖추다

치밀한 계획이 좋은 비즈니스
모델을 만들어 비전을 실행하고
회사를 다음 단계로 나아갈 수
있게 하는 거 같아요.

자기소개 부탁합니다

이름은 최종호이고, 여덟 살 딸과 네 살 아들의 아빠입니다.
창업한 지 6년이 좀 넘었고, 그전에는 삼성전자에서 헬스
케어 서비스 개발과 기획 업무를 4년 정도 했습니다. 공부를
좀 길게 했는데 그 경험이 사업에 도움이 되기도 방해가
되기도 하는 것 같아요. 키튼플래닛은 구강 건강 관리에
도움을 주는 제품과 서비스를 제공하는 곳입니다. 스마트
칫솔이나 치약 같은 물리적인 제품들도 만들고 이를 활용해
양치 교육을 돕는 모바일 애플리케이션과 치과를 연결하여
구강 관리를 효과적으로 할 수 있는 프로그램 개발에 더
집중하고 있습니다.

창업을 결심하게 된 계기는 무엇입니까?

필요한 것들이 사업적인 이유로 인해 바로 만들어지지 않는
현실에 답답했어요. 회사 생활 3년 차쯤 답답함이 더 크게
다가왔고 다니던 회사의 인큐베이션 프로그램 지원을 받아
창업할 수 있게 되었습니다. 그때 인큐베이션 담당자와
지금도 매주 통화하며 서로 성장을 도와주고 응원하고
있어요. 한순간 반짝하고 등장하고 즐거움을 주고 떠나는
제품이나 서비스가 아니라 오랫동안 곁에서 좋은 영향을
주며 길게 가는 서비스를 만들고 싶습니다.

일하면서 생긴 사건, 사고가 있었나요? 해결하는 과정에서
어떤 배움을 얻었는지요?

서비스 장애가 발생해서 기존보다 도리어 난처한 상황이
되었다는 평이 올라왔을 때가 기억납니다. 문제를
해결하고자 만든 서비스가 도리어 문제를 만든 건 아닐까
하고 두렵더군요. 서비스 안정성에 더 신경 쓰는 하지만
고객의 경험을 바꾸는 것에 좀 더 신중하게 접근해야겠다고
생각하게 되었죠.

창업 과정에서 느낀, 소소하더라도 행복한 경험이 있나요?

사업의 목적에 대해 주변 사람들이 공감하고 응원할 때,
회사와 브랜드를 사랑하고 잘되기를 염원하는 회사 내외
사람들과 회사의 미래에 관해 얘기를 나눌 때 참 즐겁습니다.

당신은 어떤 것으로부터 영감과 에너지를 얻고 있나요?

채용 마지막 과정에서 회사에 대해 질문을 받는 면담 시간이
제게 큰 에너지가 됩니다. 앞으로 펼칠 사업과 함께 조직에
관해 설명하고 공감하는 과정에서 힘이 들어 순간순간
약해지는 의지를 다시 강하게 만들게 되고, 그렇게 공감한
사람이 입사하여 큰 힘이 될 때 보람도 느낍니다.

당신이 생각하는 〈창업가 정신〉은

〈순수한 열정과 치밀한 계획〉입니다. 순수한 열정이 회사의
좋은 비전을 만들고, 치밀한 계획이 좋은 비즈니스 모델을

만들어 비전을 실행하고 회사를 다음 단계로 나아갈 수 있게
하는 거 같아요.

당신이 생각하는 〈혁신〉은
과거로 돌아갈 수 없는 새로운 경험을 주는 것입니다.
경험을 바꾸려면 관성을 이길 만큼의 뛰어남이 필요하기
때문입니다.

키튼플래닛만의 핵심 가치가 있다면
〈유쾌함〉입니다. 유쾌한 조직에서 창의성이 나오고
자발성도 협력도 논리적인 설득도 가능하다고 생각해요.

키튼플래닛의 조직 문화를 소개해 주세요
문제에 가장 가까이 있는 사람이 문제를 해결하는 중심이
되어 권한과 기회를 얻고 임무를 수행하는 것이 저희의 조직
문화입니다. 문제는 항상 발생하지만 놓치기 쉽고 권한과
기회가 주어지지 않으면 일이 즐겁지 않다고 생각해요.

키튼플래닛을 자랑한다면
자유 대화방이 정말 재미있어요. 서로에 대한 애정과 관심이
듬뿍 묻어나는 재치 있는 글들과 답변을 볼 때마다 정말
즐거워요. 앞으로도 유쾌함과 방향성을 잃지 않고 팀원들이
고객과 시장에 집중할 수 있는 분위기를 만들고 싶습니다.

〈한 아이를 키우려면 온 마을이 필요하다〉라는 아프리카
속담이 있습니다. 당신 회사가 성장하는 데 어떤 도움을
받았는지요?

서비스를 사용하며 장단점과 바라는 점을 열성적으로 알려
주는 사용자들, 지금은 퇴사했지만 많은 도움을 주고 떠난
옛 직원들, 사업의 가치와 미래에 공감하고 응원해 주는
투자사들, 서로의 부족한 부분을 채워 가며 같이 사업을
키워 가는 파트너사들, 그리고 회사의 성장과 개인의 성장을
갈구하며 오늘도 출근하는 코스모넛 31명.

스타트업의 대변인으로서 하고 싶은 이야기

스타트업은 〈우리는 왜 일하는가?〉라는 질문에 대해 우리가
만든 답변이라고 생각합니다. 더 가치 있는 사람이 되어 더
가치 있는 일을 함께 이루고 싶은 인간의 욕망이 발현된
사회 현상이자 조직입니다. 스타트업은 끊임없이 문제를
발견하고 해결하고 사라지기를 반복하며 사회를 변화시켜
가고 있습니다.

마지막 한마디

창업가 여러분, 〈이루고 못 이루고〉 하는 마음을 조급함이나
절박함으로 덮을 필요가 없습니다. 누구보다 치열하게
고민하고 노력하고 있는 것 알고 있어요. 몸도 마음도
건강히 잘 챙깁시다.

최종호

카이스트에서 응용수학학부와 석사 과정을 마친 후 서울대학교 전기공학부에서 박사 과정을 전공했다. 삼성전자 입사 후 헬스케어 서비스 기획과 개발을 하다가 사내 벤처 프로젝트에 참여하여 2017년 양치 교육 서비스 키튼플래닛을 창업하여 어느새 7년 차에 접어들고 있다.

서로에 대한 애정과 관심이 듬뿍 묻어나는 대표와 팀원들.

모바일 애플리케이션과 치과를 연결하는 프로그램 개발에 집중하고 있다.

회사의 성장과 개인의 성장을 갈구하는 키튼플래닛의 직원들.

세상 사람 모두가

같은 혁신을 누리게

만들다

창업의 본질은 세상이 필요로
하는 걸 풍요롭게 공급하는
것이라고 봅니다.

자기소개 부탁합니다

창업 12년 차 토스 팀 리더 이승건입니다. 유능하고 멋진 2천 명의 팀원과 함께 금융의 새로운 미래를 그리는 즐거운 날들을 보내고 있습니다. 토스는 금융이 얼마나 간편하면서도 안전할 수 있는지에 대한 상상력을 현실로 바꾸어 놓는 회사입니다. 2015년 공인 인증서 없는 간편 송금 서비스를 우리나라에 처음 내놓으면서 알려졌어요. 이후 무료 신용 조회, 카드/계좌 조회, 결제, 대출, 투자, 보험 등 소비자의 금융 생활을 더욱 편리하게 하는 다양한 서비스를 만들며 성장해 왔습니다. 이제는 일상에서 금융이 필요한 모든 순간 찾아갈 수 있는 플랫폼이 되었어요. 토스 고객 수는 현재 2천6백만 명을 넘어섰고, 2021년부터 시작한 토스증권과 토스뱅크 등을 발매하면서 전통 금융 분야에서도 혁신을 불어넣고 있습니다.

창업을 결심하게 된 계기는 무엇입니까?

창업하기 전에는 치과 의사였어요. 사회에서 좋은 시선으로 봐주는 직업이었고, 아픈 환자들을 돌보는 것은 보람 있는 일이었어요. 그렇지만 무언가 중요한 것이 빠져 있다는 느낌이 들었습니다. 더 많은 사람의 삶을 더 낫게 만들고 싶다는 생각이 늘 있었어요. 대한민국의 모든 사람, 나아가 전 세계인의 삶에 긍정적인 변화를 미칠 수 있는 일을 하고 싶다는 결론에 도달했죠. 그런 넓은 범위의 혁신은 기술로만 가능하다고 생각했고요. 이것이 창업을 결심하게 된

계기였습니다. 공보의 생활을 마친 바로 다음 날 사업자
등록을 했습니다. 이후 수년간 무수히 많은 실패를
경험했죠. 저는 KFC 창업자 커넬 할랜드 샌더스를
좋아하는데, 샌더스가 KFC를 창업했을 때 나이가
예순여덟이었습니다. 토스를 세상에 내놓기 전 가장
힘들었을 때 제 나이가 서른셋이었어요. 샌더스에 비하면
서른다섯 살이나 어렸죠. 다시 말하면 35년 더 실패해도
괜찮다는 거잖아요. 그를 보면서, 실패하는 것을
두려워하지도 크게 좌절하지도 않게 되었어요.

일하면서 생긴 사건, 사고가 있었나요? 해결하는 과정에서
어떤 배움을 얻었는지요?
어릴 때는 평생 오래오래 건강하게 잘 살 것 같았어요.
그런데 어느 순간 죽음에 대한 공포를 느끼게 되었어요.
인생이 정말 짧고, 죽을 때쯤에는 지난 수십 년간이 마치
5분, 10분처럼 느껴질 수 있겠구나 싶었죠. 그러고 나니, 매
순간 후회하지 않고 살아야겠더라고요. 애플 창업자 스티브
잡스가 2005년 스탠퍼드 대학교 졸업식 연설에서, 〈나를
계속 이끌어 온 힘은 바로 내가 하는 일을 사랑했다는
사실〉이라고 이야기했는데, 거기서 큰 울림을 얻었죠. 저도
하고 싶은 일을 찾았고 용기를 냈습니다. 그게
창업이었어요. 그래서 어떤 어려움이 오더라도 담담하게
헤쳐 나갈 수 있게 된 것 같아요.

창업 과정에서 느낀, 소소하더라도 행복한 경험이 있나요?

떡볶이를 정말 좋아해요. 특히 팀원들과 같이 떡볶이를
먹으면서 서로 공감하고 연대하고 있다는 사실을 깨달을
때는 정말 행복합니다. 제가 하는 일, 토스가 하는 일이
어쩌면 〈소수 의견〉일지 모른다고 생각했는데, 팀원들이
저와 같은 생각을 하며 저를 믿어 주고 있다고 느낄 때
든든합니다. 작은 오피스텔에서 서너 명이 등을 맞대고
일하다가 라면을 끓여 먹던 시절을 되돌아보곤 하는데, 작은
시작이었지만 세상에 정말 큰 변화를 일으켰다는 사실을
떠올릴 때도 행복합니다.

당신은 어떤 것으로부터 영감과 에너지를 얻고 있나요?

다른 기업가로부터 많은 영감과 자극을 받습니다. 빌
게이츠는 아직 컴퓨터가 상용화되지 않았던 시절 〈모든
책상 위에 컴퓨터를, 모든 가정에 컴퓨터를〉이라는 원대한
꿈을 꿨습니다. 지금은 너무나 당연한 이야기이지만
처음에는 말도 안 되는 소리라고 했죠. 헨리 포드는 〈모든
노동자가 차를 한 대씩 갖게 만들겠다〉는 포부를
가졌습니다. 모두가 〈꿈같은 소리〉 한다고 했지만, 그 꿈은
현실이 된 지 오래입니다. 그런 기업가들을 보면서, 더 크게
꿈꿔도 된다고 용기를 얻습니다.

당신이 생각하는 〈창업가 정신〉은

〈세상에 풍요를 공급하는 것〉이 창업가 정신이라고

생각합니다. 다시 말하면 상품과 서비스를 통해 사회에 공헌한다는 의지일 겁니다. 물론 기업이 제대로 가능하기 위해서는 돈을 벌어야 하지만, 창업의 본질은 세상이 필요로 하는 걸 풍요롭게 공급하는 것이라고 봅니다.

당신이 생각하는 〈혁신〉은
〈일부에게만 가능하던 것을 세상 사람 모두가 할 수 있게 만드는 것〉이 혁신입니다. 세상에 없던 것을 만들어 내거나 불가능한 것을 가능하게 만드는 것만이 아니라고 생각해요. 그런 혁신은 드물지요. 일부만 들을 수 있었던 음악을 모두 듣게 만들고, 일부만 쓸 수 있던 고급 택시를 모두가 경험할 수 있게 만든 사례가 더 유의미한 혁신이라고 봅니다. 이미 도달한 미래를 모두가 누릴 수 있도록 만드는 것이죠.

토스만의 핵심 가치가 있다면
토스가 가장 중요하게 여기는 가치는 〈고객 중심적 사고〉입니다. 모든 결정은 고객 관점에서 이익이 되는지를 기준으로 삼습니다. 성장이나 매출 등의 지표보다 어떻게 하면 고객에게 최고의 경험을 줄 수 있는지를 고민합니다. 간편 송금을 비롯해 토스가 제공하는 모든 서비스는 공급자 중심으로 돌아가던 기존 금융업을 소비자 중심으로 바꾸고 있고, 그 덕분에 많은 고객의 사랑을 받고 있다고 생각해요. 토스에서는 쉽게 결론이 나지 않는 문제가 있다면 언제나 〈사용자에게 가장 좋은 방향은 무엇인가?〉 하는 질문으로 돌아갑니다.

토스의 조직 문화를 소개해 주세요

높은 역량과 도덕성을 갖춘 인재를 채용하고, 그렇게 채용된 팀원에게는 모든 정보를 투명하게 공유하고 자율과 책임을 부여하는 것이 토스라는 조직을 운영하는 대원칙입니다. 수평 문화의 핵심은 영어 호칭이나 격식 없는 복장으로 달성할 수 있는 것이 아니라, 정보에 대한 접근 권한이 구성원 간에 얼마나 동등한지에 달려 있습니다. 토스 팀의 정보 공유 원칙은 〈팀원의 개인 정보를 제외한 모든 정보를 공유한다〉는 것인데요. 모든 팀원이 모든 사안, 즉 다른 팀의 업무나 회사 전체의 전략 등에 대해 알고 있어야만 매 순간 더 나은 의사 결정을 할 수 있고 조직에 대한 참여와 행복이 커진다고 생각합니다.

토스를 자랑한다면

토스 팀은 매일 아주 빠르게 커나가고 있어요. 2020년 상반기에 400명 남짓했던 팀이 3년 사이 지금은 2천 명이 넘는 회사가 됐으니 다섯 배 넘게 성장했네요. 매주 10~20명씩 새로운 사람이 팀에 합류합니다. 매일매일 새로운 회사처럼 느껴지기도 합니다. 〈왜 이렇게 채용을 많이 하느냐〉고 묻는 사람들도 있지만, 저는 토스가 앞으로도 훨씬 더 큰 규모가 될 거로 생각합니다. 토스가 꾸는 꿈의 크기가 커지고 있기 때문이지요. (2021년만 해도) 토스증권이 성공적으로 출범했고, 토스뱅크 역시 첫발을 대디딜 수 있었습니다. 금융의 불편한 순간들을 해결해 가겠다는 꿈을 실현해 나가다 보니, 팀이 계속 확장되어 나갈 수밖에 없는 것 같아요.

〈한 아이를 키우려면 온 마을이 필요하다〉라는 아프리카 속담이 있습니다. 당신 회사가 성장하는 데 어떤 도움을 받았는지요?

지금의 토스가 있기까지 정말로 많은 분에게 도움을 받았지만, 단연 토스 팀원 모두가 가장 큰 공신입니다. 출중한 역량과 주인의식을 가지고 함께 달려와 준 동료 팀원들 덕분에 늘 영감을 얻습니다. 사용자는 급격히 불어나는데 매출은 내지 못해 동동거렸던 순간을 포함해 그동안 토스의 가능성을 믿어 준 많은 투자사에도 감사합니다. 덕분에 어려운 시절을 견뎠고, 성장의 경험을 함께 나눌 수 있었습니다.

스타트업의 대변인으로서 하고 싶은 이야기

시대와 상관없이, 우리나라의 새로운 경제 성장 동력은 늘 창업이었습니다. 나라 경제를 위해서뿐만 아니라, 대기업 조직 문화에 새로운 대안을 제시한다는 측면에서도 스타트업의 등장은 늘 반가운 일이라고 생각합니다. 더 많은 부모가 자녀의 창업, 혹은 스타트업 합류를 추천하는 시대가 되었으면 좋겠어요. 기회가 닿을 때마다 하는 말이지만,

당신이 좋아하는 일을 하세요! 좋아하는 일을 찾았다면
인내와 끈기가 중요합니다. 사업을 처음 시작하는 단계에도
어려움이 있지만, 어느 정도 성장의 궤도에 올랐다고 생각한
순간에도, 이제는 자리를 잡았다고 생각하는 그 순간에도
무수한 난관을 마주치게 되는 것이 창업가의 삶입니다.

마지막 한마디

저는 다른 무엇도 아닌 기업이 세상을 바꾼다고 믿습니다.
1933년 영국에서 여성의 참정권이 처음으로 인정받게
되었는데, 더 이르게도 더 늦게도 아닌 1933년이었던
이유는, 그로부터 15년 전쯤 세탁기가 상용화되었기
때문입니다. 세탁기의 개발은 여성을 가사 노동으로부터
해방했고, 여유 시간을 얻은 여성들은 공장에서 일해 돈을
벌고 사회 운동에 참여해 참정권을 주장할 수 있는 자유를
갖게 되었습니다. 인류의 삶을 근본적으로 바꾸는 것은
세탁기를 대중에 보급한 밀레와 같은 기업들입니다. 저는
우리나라가 혁신 기업가들의 천국이 되기를 꿈꿉니다.

이승건

서울대학교 치의학과를 졸업하고 2015년 토스를 창업하여 공인
인증서 없는 간편 송금 서비스를 국내 최초로 내놓았다.
코리아스타트업포럼 공동 의장과 한국핀테크산업협회 초대
회장으로도 활동했다.

토스 팀의 정보 공유 원칙은 〈팀원의 개인 정보를 제외한 모든 정보를 공유한다〉는 것.

2천여 명의 팀원과 함께 금융의 새로운 미래를 그리는 토스

누구나 쉽게 금융 서비스를 이용하는 토스 앱.

변화는

두려워하지
말고

먼저
시도한다

고객, 팀, 동료, 조직, 시장을
계속 해석하고 변화를 좇아가야
하며 먼저 시도해야 합니다.

자기소개 부탁합니다

제1의 협업 툴 〈잔디JANDI〉를 서비스하는 토스랩 대표
이사 김대현입니다. 토스랩은 IT 서비스를 통해 업무 영역의
비효율을 해결하는 곳입니다. 회사의 업무 도메인이나
규모와 관계없이 가장 많은 비효율이 일어날 수 있는 대화와
협업 문제를 해결하고자 〈잔디〉를 서비스하고 있습니다.

창업을 결심하게 된 계기는 무엇입니까?

스타트업 대부분이 좀 더 세상을 나아지게 하는 데 도움이
되기를 바라며, 저 역시 그 길목에 있고 싶었습니다. 가장
변화와 혁신을 많이 느낄 수 있는 부분은 우리가 시간을
많이 쓰면서 살고 있는 영역일 거예요. 그래서 의식주와
관련한 새로운 서비스가 매우 많은 변화를 가져다주고
있는데, 하루의 절반 가까이 투자하는 일하는 영역에서도
혁신이 필요하다고 생각했습니다. 개인적인 경험상
회사에서 일하면서 직급 간, 부서 간 이해가 다르고
비효율적인 대화와 협업 체계로 인해 불필요한 자원 낭비를
많이 한다고 느꼈고, 이를 제가 가진 IT 경험을 바탕으로
서비스로 풀면, 사람들 대부분이 좀 더 효율적이며 쉽고
소소한 재미를 통해 일할 수 있을 것으로 기대했어요.
그리고 잔디와 같은 형태의 서비스를 사용하다 보면
자연스럽게 회사의 문화도 딱딱하거나 수직적이기보다는
좀 더 유연하고 대화와 소통이 잘되는 회사 문화를 갖게
되고, 또 세대 간 틈새를 줄이고 효율적이고 성공적인 기업

문화에도 이바지할 것으로 생각했습니다. 특히 거의 모든 기업이 공통적으로 가지고 있는 정보 공유의 부재와 커뮤니케이션의 문제를 잔디로 해결할 수 있다는 확신을 가지게 되어 사업을 시작하게 되었습니다.

일하면서 생긴 사건, 사고가 있었나요? 해결하는 과정에서 어떤 배움을 얻었는지요?

사실 매일매일 어려운 문제가 발생하고 이를 해결하다 보면 내공이 쌓여 가는 것 같아요. 가장 두려울 때는 제 개인의 문제보다는 팀원들에게 급여를 주지 못하는 게 아닐까 했던 순간인 것 같습니다. 투자 기반으로 성장을 도모하는 IT 서비스 회사 특성상, 사업 초기(2~3년 차) 투자 유치가 여러 이유로 지연되면서 제가 너무 솔직하면 직원들이 불안해할 것 같고, 그렇다고 거짓말은 할 수 없어 위기 경영을 하면서 어려움을 극복했는데, 다행히 우려했던 일은 발생하지 않았습니다. 그 과정에서 사전에 어느 정도까지 변수를 고려해야 하는지, 해당 이슈의 이해 관계자들(팀원들 포함)과 어떻게 의사소통해야 나아가는지를 배웠고, 앞으로 비슷하거나 유사한 상황이 발생하면 정신적, 전략적 대응이 좀 더 나아질 것 같습니다.

창업 과정에서 느낀, 소소하더라도 행복한 경험이 있나요?

우리가 만든 서비스를 사용하는 사용자들을 만났을 때, 또 잔디 사용자들이 그 편리함과 가치를 높게 평가해 줄 때,

동료들과의 노력으로 어려운 문제들을 해결해 나가는
순간순간에 행복감을 느낍니다.

당신은 어떤 것으로부터 영감과 에너지를 얻고 있나요?
결국 사람을 통해 많이 얻는 것 같습니다. 내가 매일 속해
있는 곳 외의 사람을 만나면 객관적인 시각이 좀 더
확보되면서 큰 틀에서 아이디어가 정리될 경우가 있어요.
어려움에 직면한 때도 지금 겪고 있는 문제가 비단 나만의
문제는 아닐 거로 생각하고 유사한 상황을 누가 먼저 겪어
봤을지 떠올리고 선배 기업가나 주변 대표들의 이야기를
들으려 노력합니다. 저는 되도록 번아웃이 오지 않도록
관리가 중요하다 생각하여 쉴 수 있을 때 집중해서 잘
쉬려고 노력합니다. 특히 시간이 항상 자유롭지 않고 일은
끝이 없기에 여가 시간을 잘 만들어 내고 일에서 소진되는
에너지를 빠르게 회복하는 게 중요하다고 생각하는데, 이때
언제 어떤 형태로 자투리 시간이 나더라도 제약 없이 뭔가를
할 수 있도록 다양한 것에 관심을 가지려고 합니다(특정한
취미만 있으면 그걸 하기 위한 시간이나 장소나 때가 안
맞을 수 있어서).

당신이 생각하는 〈창업가 정신〉은
변화를 두려워하지 않고 시도하는 것입니다. 고객, 팀, 동료,
조직, 시장을 계속 해석하고 변화를 좇아가야 하며 먼저
시도해야 합니다.

당신이 생각하는 〈혁신〉은

항상 더 나은 방법을 찾는 것입니다. 이미 익숙한 일이나
과정도 항상 더 나은 방법은 아직 나오지 않았다고
가정하고, 거창하지 않아도 작은 과정을 개선하거나 바꿔
나가는 것이 혁신이라고 생각합니다.

토스랩만의 핵심 가치가 있다면

공유, 자율, 책임. 투명하고 실시간적 공유를 통해 각자가
방향성을 명확히 이해하고, 자율과 책임을 통해 업무 효율과
자기 주도 업무 환경을 실천합니다. 협업 툴 잔디를
서비스하며 그 누구보다 우리 팀이 잘 협업하고 효율적으로
업무해야 한다고 생각해요.

토스랩의 조직 문화를 소개해 주세요

회사의 조직 문화는 누군가 관여하지 않을 때 나타나는 행동
양식이라고 여겨서, 어떤 한두 가지 제도가 문화를
대변하지는 않는다고 생각합니다. 토스랩은 업무 몰입을
우선하는 조직 문화를 갖고 있고 이를 위해 자율과 책임을
강조해요. 사내 제도들도 바로 이 업무 몰입을 지원할 수
있는 제도라면 여건이 허락하는 한 만들고 실행합니다. 예를
들어, 각자의 컨디션에 따라 최상으로 일할 수 있는 시차
출퇴근을 하는 잔디 아워(8~11시에 출근), 한 달에 두 번
원하는 장소에서 일할 수 있는 〈어디서든 일하잔디〉 등 여러
제도가 있습니다.

토스랩을 자랑한다면

업무 시간에 집중도가 높아서 팀원 대부분이 토스랩에 와서 일과 삶의 균형이 좋아졌다고 할 때, 이 분야 최고의 동료들이 많은 회사, 편한 회사는 아닌 거 같고 일하기 좋은 회사라고 모두가 생각할 때.

〈한 아이를 키우려면 온 마을이 필요하다〉라는 아프리카 속담이 있습니다. 당신 회사가 성장하는 데 어떤 도움을 받았는지요?

선배 창업가들, 정부의 지원 사업, 협회의 관심과 프로그램, 서비스의 등용문이었던 많은 경진 대회, 정부 산하 기관들의 관심과 제언, 그리고 각 프로그램, 투자자들의 조언과 투자 등 정말 많은 도움을 받으며 성장해 왔습니다. 그것에 보답하기 위해 좋은 제품과 사업으로 사회 전반의 효용을 늘리고, 더 일하기 좋은 환경을 만들어 내는 IT 서비스 회사가 되겠습니다.

스타트업의 대변인으로서 하고 싶은 이야기

세상이 나아지거나 편리해지는 데 크게 이바지하는 그룹을 생각해 보면, 그중 스타트업이 으뜸일 것 같습니다. 우리가 매일 사용하고 있고, 덕분에 삶의 질이 높아진 대다수 서비스는 스타트업이 시작한 것입니다.

마지막 한마디

어떤 사례도 나의 것과는 다를 수 있으며, 참고 사항이라고 생각됩니다. 각자의 길을 응원합니다!

김대현

서울대학교에서 석사 과정을 마치고 IT 업계에 입문했다. LG CNS 계열사에서 근무하다가 도전을 꿈꾸고 소셜 커머스 태동 초기 티몬에 합류해 4년간 일하며 벤처를 경험했다. 대기업에서, 그리고 벤처의 빠른 조직의 성장 과정에서도 소통과 협업의 중요성을 느끼며 직접 그 문제를 풀어 업무 환경의 생산성에 이바지하고자 〈잔디를 깔고 있는〉 중이다.

2022년 『포브스』가 선정한 〈아시아 100대 유망 기업〉에 이름을 올렸다.

매월 진행하는 전사 타운 홀 미팅 모습.

Forbes

Toss Lab

South Korea

Category: **Enterprise Technology**

Year founded: **2014** • CEO: **Matt Kim**

Key backers: **Atinum Investment, Must Asset Management, Qualcomm Ventures, SBI Investment Korea, Shinhan Capital, SoftBank Ventures Asia, SparkLabs, TInvestment**

Aiming to become the Slack of Asia, Toss Lab's workplace-collaboration tool, Jandi, is available in Korean, Chinese, Japanese and Vietnamese, as well as English. The startup says its customers include Lotte Department Store, Korean furniture maker Hanssem and LG CNS, LG Group's IT services unit. Toss Lab raised $13 million in series B funding in 2020.

Toss Lab cofounders.   COURTESY OF TOSS LAB

트레바리 × 윤수영

훨씬 더

근사한
방식으로

문제를
해결하다

창업가 정신은 〈어떤
큰일을 주체적으로 해내고
싶어 하는 것〉이라고 할 수
있지 않을까 해요.

자기소개 부탁합니다

2015년 9월 트레바리를 창업해서 지금까지 운영하는 윤수영입니다. 〈읽고, 쓰고, 대화하고, 친해지는〉 독서 모임 커뮤니티 트레바리를 운영하면서 〈세상을 더 지적으로, 사람들을 더 친하게〉 만들어 나가고 있습니다.

창업을 결심하게 된 계기는 무엇입니까?

팔리면 팔릴수록 세상에 도움이 되는 것을 팔기 위해. 조금 더 주체적이고 밀도 있는 삶을 살기 위해.

일하면서 생긴 사건, 사고가 있었나요? 해결하는 과정에서 어떤 배움을 얻었는지요?

내가 대충 생각하고 넘어갔던 일로 인해 팀의 사기가 저하되거나 고객이 불만족했을 때. 그리고 그 사실을 일이 커진 나중에야 알게 되었을 때. 동료와 고객에 대해서 한순간도 방심하지 말고 늘 집요하고 겸손하게 마음을 다해야 한다는 깨달음을 매일 얻고 있습니다.

창업 과정에서 느낀, 소소하더라도 행복한 경험이 있나요?

세상을 더 지적으로, 사람들을 더 친하게 만들어 나가는 일은 아주아주 큰 행복입니다. 그리고 이런 멋진 목표를 함께 공유하는 멋진 동료들과 함께 일한다는 것 역시 더할 나위 없이 큰 행복입니다.

당신은 어떤 것으로부터 영감과 에너지를 얻고 있나요?

다양한 책을 읽습니다. 책을 읽고 나름의 생각을 정리해서 글로 씁니다. 그렇게 정리한 생각을 사람들과 대화하며 공유하고, 피드백을 받습니다. 이런 과정을 거치면서 삶의 에너지를 쌓고, 인사이트도 키워 나갑니다.

당신이 생각하는 〈창업가 정신〉은

세상에는 워낙 다양한 종류의 창업이 있고, 그 창업가들을 한데 묶어 특징짓기는 너무 어려운 일입니다. 그래도 대답한다면 〈어떤 큰일을 주체적으로 해내고 싶어 하는 것〉이라고 할 수 있지 않을까 해요.

당신이 생각하는 〈혁신〉은

혁신은 기존의 방식보다 훨씬 더 근사한 방식으로 문제를 해결하는 것입니다.

트레바리만의 핵심 가치가 있다면

〈세상을 더 지적으로, 사람들을 더 친하게!〉 회사의 존재 이유입니다.

트레바리의 조직 문화를 소개해 주세요

세상을 더 지적으로, 사람들을 더 친하게 만드는 것에 진심인 사람들로 팀을 구성하는 것. 그리고 팀이 실제로 성과를 낼 수 있도록 최대한 잘 지원하는 것. 그럼으로써 팀에게 유무형의 큰 보상이 돌아가도록 하는 것.

트레바리를 자랑한다면

우리는 멋진 사람들과 함께 멋진 변화를 만들고 있습니다.
그리고 우리가 만드는 변화는 갈수록 더 크고 멋질 것입니다.

〈한 아이를 키우려면 온 마을이 필요하다〉라는 아프리카 속담이 있습니다. 당신 회사가 성장하는 데 어떤 도움을 받았는지요?

아직 충분히 크게 성장하지 않았지만 지금까지 트레바리를
거쳐 간 모든 동료, 존경하는 파트너들과 클럽장들, 그리고
이 서비스를 사랑해 주는 멤버(고객)들.

스타트업의 대변인으로서 하고 싶은 이야기

사회는 고여 있지 않고 계속 흘러야 합니다. 스타트업은
사회와 경제에 계속해서 새로운 흐름을 만들어 내는 데
이바지할 수 있습니다. 우리 모두 자긍심을 가지고
사업합시다! 그리고 자긍심을 가질 수 있도록 사업합시다!
파이팅! (저부터 잘하겠습니다.)

마지막 한마디

스타트업도 결국은 수단입니다. 당신은 인생에서 어떤
목적의식을 가지고 있나요?

윤수영

고려대학교에서 경영학을 공부한 뒤 2014년 다음커뮤니케이션에 입사해서 1년 동안 근무했다. 2015년 트레바리를 시작해 멋진 동료들과 함께 〈세상을 더 지적으로, 사람들을 더 친하게〉 만들기 위해 노력하고 있다.

멋진 목표를 함께 공유하는 동료들과 함께 일한다는 트레바리.

사람들을 더 친하게 만드는 것에 진심인 윤수영과 친구들.

트레바리 창립 6주년 때 팀원들과 함께.

트레바리 × 윤수영

파라메타 × 김종협

당연한 것을

다시
생각하는
것이

혁신의
시작이다

항상 새로운 시작을 만들어
가야 한다고 생각합니다.

자기소개 부탁합니다

블록체인으로 세상을 이롭게 하고 싶은
파라메타PARAMETA 김종협입니다. 처음 공동 창업했던
기업은 정보 보안 회사였고, 저는 개발을 담당했습니다.
보안 산업은 규제가 매우 심한 분야지만 오히려
가이드라인과 일부 요구 사항만 반영하면 고객의 니즈를
충족시킬 좋은 제품을 만들 수 있다고 생각했습니다. 그러나
시간이 흐르며 규제의 틀 안에서 갑갑함을 느끼기
시작했습니다. 그러던 중 블록체인이 만들어 낼 수 있는
혁신에 매료됐고, 이를 현실화하고자 파라메타(구
아이콘루프)에 합류했습니다.
파라메타는 Web3와 블록체인의 혁신을 현실 세계로
연결하는 회사입니다. 새로운 기술, 그리고 산업인 만큼
많은 규제를 극복해 나가야 하고 이해 당사자들을 설득해야
하지만, 파라메타는 더디더라도 정석대로 세상에 Web3와
블록체인의 가치를 전달하고 있습니다.

창업을 결심하게 된 계기는 무엇입니까?

그저 수학과 물리가 좋아서 과학고에 진학했고 컴퓨터가
좋아서 컴퓨터공학과에 다니다 현역 입대보다 회사 생활을
하고 싶어서 산업 기능 요원으로 복무했습니다. 졸업 후에도
그저 설계부터 개발, 영업을 모두 해보고 싶어 창업했어요.
이렇듯 큰 고민 없이 하고 싶은 것을 선택하고 실행에 옮겨
온 것 같습니다. 블록체인을 처음 접한 이후 돈이란

무엇인지, 플랫폼의 이면은 어떠한 것인지 고민하게 되었고, 세상을 근본적으로 다시 살펴보게 되었어요. 그 과정에서 투명하고 신뢰할 수 있는 블록체인 기술로 더 공정하고 공평한 세상을 만들 수 있을 것이라는 확신이 들었으며, 파라메타를 통해 그 비전을 실현해 가고 있습니다.

일하면서 생긴 사건, 사고가 있었나요? 해결하는 과정에서 어떤 배움을 얻었는지요?
블록체인 사업을 전개하면서 맞닥뜨린 가상 자산에 대한 오해나 편견이 가장 힘들었던 것 같습니다. 우리만 잘한다고 해결될 문제들은 아니지만 조금씩이라도 결과로써 보여 준다면 티핑 포인트를 넘을 수 있을 것이라 믿고 있습니다.

창업 과정에서 느낀, 소소하더라도 행복한 경험이 있나요?
새로운 패러다임으로 세상을 대하다 보니 모든 것이 새롭게 보이고 무엇이든 가능하다며 팀원들과 상상의 나래를 펼치는 매 순간 행복을 느끼고 있습니다.

당신은 어떤 것으로부터 영감과 에너지를 얻고 있나요?
훌륭한 주변 창업자들의 인사이트도 많은 영감이 되지만, 가까운 이들의 따끔하고 솔직한 비판이 가장 큰 에너지가 되는 것 같습니다. 아무래도 실질적으로 변화할 수 있는 계기가 되기 때문이 아닐까 합니다.

당신이 생각하는 〈창업가 정신〉은

〈우리는 역사가 아닌 시작이라고 늘 생각하는 것〉입니다.
지나온 길을 뒤돌아보며 어떤 업적을 남겼다고 기억될
것인가를 생각하기보다는, 항상 새로운 시작을 만들어 가야
한다고 생각합니다.

당신이 생각하는 〈혁신〉은

〈다시 생각하기〉입니다. 세상에 원래 그런 것은 없으며
정답이 있는 것 또한 아니기에, 당연하다 여겼던 것들을
다시 생각해 보는 것이 혁신의 시작이라고 생각합니다.

파라메타만의 핵심 가치가 있다면

TRUST를 회사의 핵심 가치로 정의했습니다. TRUST는
Teamwork, Result, Understanding, Self-discipline,
Transparency의 머리글자로, 이러한 가치를 통해 신뢰를
형성하고자 합니다.

파라메타의 조직 문화를 소개해 주세요

블록체인에서 중요한 요소 중 하나가 합의 과정입니다.
커뮤니케이션 비용이 많이 요구되는 등 다소 비효율적인
부분이 있지만, 그로 인한 가치는 훨씬 더 크다고
생각합니다. 이에 회사의 조직 문화도 합의의 가치를
추구하는 방향으로 설정해 가고 있습니다. 나도 언제든 틀릴
수 있다는 마음가짐으로 제공할 수 있는 모든 정보를

구성원과 공유하고 합의된 내용대로 실행하며, 이러한
과정으로 지속하고 반복한다는 믿음을 가질 수 있도록
노력하고 있습니다.

파라메타를 자랑한다면

Web3와 블록체인이라는 신대륙을 탐험하며 플랫폼 중심의
인터넷 시대를 넘어선 새로운 인터넷 시대를 열어 가는 과정
중에 있는데. 파라메타에는 이 여정을 함께할 세계 최고
수준의 연구·개발 인력과 비즈니스 전문가들이 모여
있습니다.

〈한 아이를 키우려면 온 마을이 필요하다〉라는 아프리카 속담이 있습니다. 당신 회사가 성장하는 데 어떤 도움을 받았는지요?

파라메타의 험난한 여정을 함께하는 모든 팀원과
파라메타의 비전에 공감해 준 많은 투자자, 그리고 Web3와
블록체인의 가치를 전달하기 위해 노력하고 있는 많은
창업자에게 큰 도움을 받았다고 생각합니다.

스타트업의 대변인으로서 하고 싶은 이야기

이 세상에 변하지 않는 것이 있다면 그것은 〈모든 것은
변하고 있다〉라는 사실일 것입니다. 끊임없이 새로운
시작을 통해 변화를 꿈꾸는 스타트업을 응원해 주세요!
사람들 대부분은 미래를 바꾸는 일 근처에도 가지 못하고

그냥 살아가지만, 우리는 지금, 이 순간에도 세상을 바꾸고자 노력하고 있습니다. 정해진 길이나 지도도 없고 매일 새로운 위험과 문제가 기다렸다는 듯 나타나겠지만, 언제나 그래 왔듯 반드시 답을 찾을 수 있을 것입니다.

마지막 한마디

모든 진실은 세 단계를 거친다고 합니다. 처음에는 비웃음을 사고, 그다음에는 무참하게 억압받고, 마지막에는 자명한 진실로 받아들여집니다. 파라메타뿐 아니라 많은 스타트업이 첫 번째, 또는 두 번째 단계를 겪고 있지만 결국 자명한 진실이 되는 순간이 올 것입니다. 다 같이 파이팅!

김종협

포항공과대학교 컴퓨터공학과를 졸업하고 비티웍스를 공동 창업했다. 2016년 국내 1세대 블록체인 기업인 아이콘루프를 설립하고, 2023년 회사명을 파라메타로 바꾸며 Web3 사업을 확대한다고 밝혔다. 현재 포스텍 블록체인 및 디지털 에셋 전문가 과정에 교수진으로도 참여하고 있다.

협업 중인 파라메타 팀원들의 모습.

창립 기념 행사에서 즐거운 시간을 보내고 있는 파라메타 구성원들

대중에게
더 많은
영향을
미칠 때

세상은
더 빠르게
바뀐다

창업가 정신은 인류의 단위에서
선한 영향력을 실행하는
것입니다.

자기소개 부탁합니다

제 사명은 인류의 꿈 크기를 키우는 일을 하는 것입니다. 그 이유는 많은 인류가 더 높은 꿈을 꾸면 세상이 더 좋아진다고 믿기 때문입니다. 그런데 왜 큰 꿈을 꾸면 세상이 좋아지는가? 저는 한 사람의 인생의 잠재력이 극대화되는 경우는 한 사람의 꿈 크기가 굉장히 커질 때라고 생각해서입니다. 사람은 꿈의 크기가 커질 때 본인의 꿈의 방향, 노력, 취미, 인간관계를 바꾸죠. 큰 꿈을 꾸는 사람들은 세상에 도움이 되는 일을 합니다. 그리고 이타적인 방향으로 본인의 삶의 방향성을 정합니다. 그래서 꿈의 크기가 큰 사람들이 많아질수록 세상은 더 좋아집니다. 그래서 저는 인류의 꿈 크기를 키우는 일을 하고 싶었고 인류가 위대한 제품과 서비스를 경험할 때 비로소 꿈의 크기가 커진다고 믿기에 기업가라는 직업을 선택했습니다.

창업을 결심하게 된 계기는 무엇입니까?

세상에 영향력을 남기는 방식 중 가장 큰 영향력이라고 생각하기 때문입니다. 창업을 통해 풍요로운 세상을 만들 수 있으며 사람들의 삶을 획기적으로 개선할 수 있습니다. 그뿐만 아니라 사람들의 의식과 생각과 꿈의 크기까지 영향을 미칠 수 있습니다. 한 사람이 죽기 전에 가장 큰 영향력을 주변 사람들에 끼칠 수 있다면 저는 창업이라고 확신합니다.

일하면서 생긴 사건, 사고가 있었나요? 해결하는 과정에서
어떤 배움을 얻었는지요?

세상에 정말 필요한 서비스였지만 정부로부터 (정확히는
지자체로부터) 서비스 정지를 당했습니다. 그 이유는 저희
서비스가 너무 잘되면서 공무원들의 일이 많아져서 저희가
그냥 나쁜 회사가 되었습니다. 너무 억울했고 정말 많은
나쁜 생각이 들었습니다. 세상에 도움이 되는 일을 해도
이렇게 불법자가 될 수 있구나. 하지만 더 긍정적으로
생각하려고 했습니다. 그들이 그냥 나쁜 게 아니라 왜
그렇게 생각했을까, 그리고 어떻게 이 문제를 해결할 수
있을까. 문제에 대해서 쪼개고 또 쪼개면서 본질적인 문제의
원인을 찾아냈고 그걸 해결하는 데 집중했습니다. 그리고
결국 해결하게 되었습니다.

창업 과정에서 느낀, 소소하더라도 행복한 경험이 있나요?

회사 대표로서 행복한 경험은 아무래도 정말 열광하는
사용자들의 만족도 높은 후기를 볼 때인 것 같습니다.
개인적으로 행복한 경험도 있는데요. 저를 통해서 팀원들이
〈꿈의 크기가 더 커졌다, 세상을 정말 바꿔 볼 수 있을 것
같다〉라는 얘기를 들을 때 정말 행복합니다.

당신은 어떤 것으로부터 영감과 에너지를 얻고 있나요?

영감은 책과 혼술에서 얻습니다. 독서는 아무리 바빠도 매일
최대한 조금이라도 읽으려고 하고요. 그리고 가끔 혼술을

통해서 머릿속에 복잡한 생각들, 파편화된 영감들을 더 발전시키고 융합하는 데 도움을 받습니다. 에너지 충전은 동료들과 멋진 미래에 관해 얘기할 때, 또 무엇보다 아내와 함께하는 시간에서 가장 큰 에너지를 받습니다.

당신이 생각하는 〈창업가 정신〉은

창업가 정신은 인류의 단위에서 선한 영향력을 실행하는 것입니다. 그 이유는 창업가는 혁신적인 제품으로 선한 가치를 남기고, 그 가치의 단위를 세계적 규모로 확장하는 사람들이기 때문입니다.

당신이 생각하는 〈혁신〉은

제품의 효용성에서 끝나지 않고 사람들의 의식 구조와 꿈의 크기, 사람들의 생각까지 바꿔 놓을 수 있는 제품과 서비스가 〈혁신적〉인 것입니다. 누구나 다 싸게 만들 수 있고 간편하게 만들 수 있습니다. 그러나 저는 사람들의 생각을 한 단계 더 진보시켜 꿈의 크기를 키우는 것이 혁신이라고 생각합니다.

페오펫만의 핵심 가치가 있다면

〈이타심〉입니다. 회사는 고객을 도울 때 가치를 창출할 수 있고, 그 가치를 창출할 때 돈을 벌 수 있기 때문이지요.

페오펫의 조직 문화를 소개해 주세요

사내 창업가를 육성하는 조직 문화를 지향하고 있습니다.
구글 알파벳 지주 회사 같은 조직 구조를 목표합니다.
우리는 채용할 때 〈직원〉이 아닌 새로운 창업가들과
파트너십을 기본적으로 맺는다고 생각합니다. 페오펫은
VC가 되고 합류하는 동료들은 〈early stage startup〉입니다.
페오펫에 채용되는 팀원들이 창업가로 성장하고 회사와
회사가 모인 연합체 조직 문화를 꿈꿉니다.

페오펫을 자랑한다면

펫 시장의 유일한 흑자 플랫폼이며, 펫 시장 관문에
해당하는 신규 분양 회원 가입의 80퍼센트 시장 점유율을
독점하고 있습니다. 펫 시장에서 가장 빠르게 성장하고
있으며 한국에서 가장 먼저 미국에 상장하는 국내 펫
플랫폼이 나올 것이라 확신합니다.

〈한 아이를 키우려면 온 마을이 필요하다〉라는 아프리카
속담이 있습니다. 당신 회사가 성장하는 데 어떤 도움을
받았는지요?

아무래도 초기 투자자, 그리고 정말 몇십만 원 월급을
받으며 초기부터 성장, 그리고 궤도에 오를 때 기다려 준
팀원들 덕분입니다. 또 정말 아무 대가 없이 도와준 선배
창업자들이 있습니다. 저는 회사가 여기까지 오기에 정말
많은 사람의 도움을 받았고 저 또한 이 생태계 많은 도움을

베풀어 가고자 합니다.

스타트업의 대변인으로서 하고 싶은 이야기

스타트업이 세상을 바꾸고 있습니다. 송금하는 문화, 배달하는 문화, 그리고 압도적으로 편리한 커머스 경험들은 토스, 배달의민족, 쿠팡이라는 10년이 넘은 스타트업에 의해서 사람들의 삶의 패턴이 만들어지고 있습니다. 대기업이 아니라 탄생한 지 갓 10년이 넘은 스타트업들이 삶의 주류가 되어 가고 있어요. 이런 회사들이 왜 세상을 바꿀까요? 어떤 정치 없이, 누구의 눈치 없이 고객 만족만을 위해 고객에게 집중하기 때문에 그렇습니다. 본질만 생각하고, 고객 가치를 추구하고 그것에 동의한 사람들만 모이는 곳이므로 자기 경력과 성장에만 집중할 수 있고 어찌 보면 자기 인생의 시간을 성장에 집약적으로 사용할 수 있는 유일한 집단이라고 할까요? 살아가다 보면 내가 원하지 않는 것에 시간을 많이 써야 할 때가 있잖아요. 스타트업은 그런 게 통하지 않는 집단, 오직 고객 가치만을 위해 모인 곳이기에 인생에 가장 투자 수익률이 높은 집단이라고 생각합니다. 더 열정적이고 더 야망 있고 더 똑똑한 사람들이 스타트업을 창업하고 합류하였으면 좋겠습니다.

마지막 한마디

저희 팀원들에게 이런 질문을 많이 들었어요. 왜 이렇게 열심히 사느냐고. 왜 이렇게 큰 꿈을 꾸느냐고. 저는 이렇게 답합니다. 우리가 태어난 이유를 보면 사실 되게 다양한 해석을 할 수 있는데요. 제가 가장 좋아하는 해석은 우리가 크게 먹고살 걱정 없이 이렇게 행복하게 꿈을 꿀 수 있는 비교적 안정적인 국가에서 미래를 바라볼 수 있는 건 다 선조들 덕분이라고 생각합니다. 그들 희생 덕분에 우리가 있을 수 있다고 생각합니다.

그런데 그들이 도대체 뭘 얻기 위해서 그렇게 목숨을 걸고 피, 땀, 눈물을 흘렸을까요? 저는 그들의 숭고한 사명 의식이라고 생각합니다. 바로 세상을 더 나은 곳으로 만들겠다는 사명, 세상을 더 합리적인 곳으로 만들고 모든 사람이 공평하고 우리 후대 세대들이 더 나은 미래를 꿈꿀 수 있는 공간으로 만들겠다는 그런 사명이 있었다고 생각합니다. 저는 그 은혜를 우리 다음 세대들 후손들에게 돌려주고 갚아야 할 의무가 있다고 생각하고 저는 그것을 스타트업으로 더 나은 세상을 만들고 후손의 꿈 크기를 계속 키우는 일을 하고자 합니다. 그 이바지가 꼭 한국이라는 국가에 한정될 필요가 없다고 생각합니다. 인류를 대상으로 내가 이바지하고 그들에게 영감을 줄 수 있는 일을 해야 한다고 생각합니다. 이제는 국가 단위는 의미가 없습니다. 지구라는 단위 아래에서는 우리 모두 한 민족입니다.

최현일

명지대학교에서 경영정보학을 전공하다가 중퇴했다. 우버에서 첫 경력을 시작했고, 이때 영업왕 별명을 얻었다. 두 번의 창업을 거쳐 2017년 페오펫을 창업했다. 현재는 펫 생애 주기 토털 멤버십 플랫폼으로, 펫 시장에서 매우 빨리 성장한 회사 중 한 곳으로 인정받고 있다. 2027년 국내 최초로 미국 상장을 목표하고 있다.

모바일 반려동물 등록 서비스 페오펫의 팀원들.

디캠프 데모데이에서 피칭할 때.

다른 사람에게 도움을 줄 수 있는 삶을 살고 싶다는 최현일.

페오펫 × 최현일

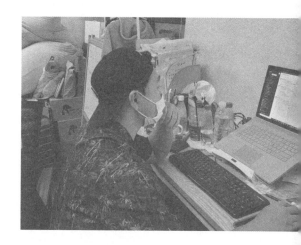

우리가

만들어 낼
삶의
변화는

무궁무진하다

내가 생각하는 창업가
정신은 〈포기하지 않는
용기〉입니다.

자기소개 부탁합니다

대한민국 최고의 여가 활동 플랫폼, 프립 서비스를 운영하는
임수열입니다. 저는 축구와 자연을 사랑해서 등산, 서핑,
캠핑 같은 야외 활동을 좋아합니다. 여가 액티비티 플랫폼
프립은 국내 유일, 최대의 호스트 기반 액티비티
플랫폼입니다. 저희는 다양한 경험이 개인의 삶을 더욱
풍성하게 만들어 준다고 믿으며 사람들에게 세상의 다양한
경험을 액티비티 형태로 선사하고 있어요. We Inspire
People to Experience the World.

프립에서는 아웃도어, 액티비티, 원데이 클래스, 건강 및
미용, 소셜 모임, 봉사활동, 그리고 여행까지 세상의 모든
라이프 스타일과 경험을 온오프라인으로 만날 수 있어요.
새로운 경험을 원하는 사용자는 언제 어디서든 쉽게 프립을
통해 참여할 수 있으며, 자신만의 매력적인 콘텐츠를 가지고
있다면 누구나 프립의 호스트가 되어 사람들을 만나고
원하는 일을 하며 살 수 있습니다. 현재 140만 명의
사용자가 다양한 여가를 즐기고 있죠.

특히 프립에는 그 어떤 곳에서도 만날 수 없는 자신만의
특별한 경험과 스토리가 담긴 호스트들이 있습니다. 프립의
액티비티는 단순 상품이 아니라 호스트 개개인의 독특한
경험이 탑재되어 있어서 같은 주제의 모임이라도 다양한
콘텐츠가 나올 수 있어요. 등산하면서 음악을 듣는 모임,
밤에 등산할 모임, 춤추면서 등산하는 모임 등 등산이라는
주제 하나에도 굉장히 다양한 형태가 만들어지는 것처럼

말이죠. 또, 프립은 일종의 플랫폼이면서 네트워크를
지향하는 커뮤니티이기에 고객 충성도가 매우 높아요.
프립에서 특정 호스트의 액티비티를 경험하고 나면
계속해서 느슨한 네트워크가 형성됩니다. 이들은 지속해서
프립 플랫폼에서 머물며 때로는 등산을, 때로는 서핑을,
캠핑을, 그림 클래스를 들으며 다양한 여가 생활을 경험하고
삶의 다양성을 넓혀 가고 있어요.
프립은 일 외의 나머지 시간, 즉 여가를 혁신하는 것에
미래가 있다고 생각합니다. 여가에 무엇을 해야 할지 모르는
사람들이 〈뭘 할까?〉라는 질문을 던질 때 〈프립하자!〉라는
답을 줄 수 있는 서비스, 그렇게 사람들에게 다양한 생활을
안내하고 설계해 줄 수 있는 서비스, 라이프 스타일
내비게이터가 될 수 있도록 힘쓰고 있습니다.

창업을 결심하게 된 계기는 무엇입니까?
대학 시절만 해도 뚜렷한 목적 없이 그저 상위 0.1퍼센트가
되는 것만 생각하며 살았어요. 그러다 졸업을 한 학기
앞두고 영국 웨일스로 미션 캠프를 가게 되었는데, 그
캠프에서 한 선생님이 〈지금 세상이 아파하는 것에
반응하며 사는 것이 중요하다〉라는 이야기를 해주셨죠.
〈일단 내 성공이 우선이다〉라며 살아왔던 제게는 도끼 같은
말이었습니다. 제게 세상 사람들이 힘들어하는 것은
〈극도로 경직된 사회〉 속에서 쳇바퀴 돌 듯 살아가는
삶이었고, 이를 해결할 수 있는 것은 삶을 조금이라도 더

넓게 바라볼 수 있는 〈다양한 경험〉이라고 생각했어요.
그래서 2013년 사람들을 모아 삼척 장호항으로 스노클링
모임을 떠났는데, 그게 첫 번째 프립이었고 지금까지 이어
오고 있습니다. 저는 프립 팀원들과 함께 사람들의 삶을
변화시키고 싶어요. 저희는 단편적이고 충분하지 못한 여가,
원하는 일을 하며 살지 못하는 사회 구조, 그것으로 비롯된
낮은 삶의 만족도를 문제라고 정의하고 이를 호스트 경험
기반의 플랫폼으로 해결하고자 합니다. 프립을 통해
사용자는 다채로운 세상을 경험하여 풍성한 여가를 보내고,
호스트들은 자신이 진정으로 좋아하는 일을 하며 수익까지
창출할 수 있죠. 이를 통해 궁극적으로 삶의 질, 우리 사회가
더 나은 방향으로 변화할 것으로 생각합니다.

일하면서 생긴 사건, 사고가 있었나요? 해결하는 과정에서
어떤 배움을 얻었는지요?

회사를 경영하면서 어려운 일이야 항상 있지만, 예전에
회사의 자금 상황이 어려웠던 때가 있었습니다. 여러
돌파구를 찾았는데 쉽지 않았죠. 그때 많은 동료를 떠나보낼
수밖에 없었어요. 몸과 마음이 힘들어 운전하다 갓길에 차를
세워 두고 토했던 게 떠오릅니다. 아직도 그때가 가장
힘들었던 순간인 듯해요. 이 경험을 통해 결국 성장이
중요하다는 것을 느꼈어요. 회사가 성장해야 소중한 동료를
지킬 수 있고 우리가 목표하는 혁신을 만들어 낼 수
있습니다. 이 회사를 창업하기로 했던 본질로 돌아가 우리가

해결하고자 하는 미션과 가치를 다시 생각하고, 이를 이뤄
내기 위한 성장을 가장 먼저 생각하는 계기가 되었어요.

창업 과정에서 느낀, 소소하더라도 행복한 경험이 있나요?
결국 고객이 주는 피드백 아닐까요? 암 투병하고 있는
고객이 프립을 통해 삶의 새로운 즐거움을 찾았다는 후기,
프립을 통해 다시 잊고 꿈을 찾았다는 후기 등 사람들의
삶이 조금이라도 나아지고 있다는 실시간으로 올라오는
피드백을 보면 힘들 때마다 에너지를 얻습니다. 이와
비슷하지만 함께 일하는 구성원들이 즐거움을 느낄 때
행복합니다. 우리 회사에서 일하는 것이 정말 재미있다,
성장하는 것을 느낀다, 앞으로도 계속 함께 일하고 재미있는
것을 만들어 보고 싶다는 느낌을 얻으면, 저 역시도
행복하고 동기 부여가 됩니다. 그런 문화를 더 많이 만들고
싶어요.

당신은 어떤 것으로부터 영감과 에너지를 얻고 있나요?
저는 자연을 굉장히 좋아합니다. 그래서 자연을 보고 느끼는
데에서 영감을 느끼는 편입니다. 조용한 숲의 바람 소리를
들으면서 생각 정리도 하기도 하고요. 주말이면 항상 근교에
나가서 자연을 즐기려 하는 편입니다. 조용한 곳에 캠프장을
하나 만들까 생각도 합니다. (웃음)

당신이 생각하는 〈창업가 정신〉은

내가 생각하는 창업가 정신은 〈포기하지 않는 용기〉입니다.

당신이 생각하는 〈혁신〉은

내가 생각하는 혁신은 〈소비자의 문제를 새로운 방법으로 빠르게 해결하는 것〉입니다.

프립만의 핵심 가치가 있다면

프립은 구성원 모두가 리더라고 생각해요. 그래서 우리의 행동 원칙과 조직 문화의 근간이 되는 원칙도 리더십 원칙이라고 이름을 지었죠. 총 여덟 가지로 구성되어 있는데, 다음과 같습니다. Wow the Customer, One Team One Goal, Keep Learning, Take Risk and Go, Deep Dive, Highest Standard, Zero Based Thinking, Disagree and Commit.

프립의 조직 문화를 소개해 주세요

프립은 위의 여덟 가지 리더십 원칙을 바탕으로 조직 문화와 사내 제도, 복지 등을 운영하고 있어요. 실제로 이러한 문화나 제도를 만드는 주체도 구성원들이고요. 주니어부터 시니어까지 다양한 팀과 직급으로 구성된 조직 문화 TF 멤버들이 자유롭게 조직에 적용했으면 하는 문화나 이벤트 등을 만들어 가고 있습니다. 기본적으로 많이 소통하고 자유롭게 이야기를 나눌 수 있는 문화를 만들어 가려고 노력하고 있습니다.

프립을 자랑한다면

2022년 코로나19 위기에도 불구하고 꾸준히 사용자
증가하고 있어 현재까지 회원이 140만 명에 달하고요. 누적
투자도 총 180억 원을 유치했어요. 그런데 이건 회사의
표면적인 이야기일 뿐이고요. 실제로는 함께 프립을 만들어
가는 동료들이 최고 자랑거리라고 생각해요. 저희는 단순히
제품을 팔고 홍보하는 일을 하는 것이 아니라, 사람들의
경험을 바탕으로 새로운 경험을 만들어 내고 이를 통해서
여가를 혁신하고자 합니다. 여가라는 것은 결국 사람들의
〈삶〉에 대한 것인데, 삶을 변화시키기는 결코 쉬운 일이
아니죠. 도전의 연속입니다. 그런데도 지치지 않고 꾸준히
변화를 만들어 내는 우리 멋진 팀원들과 함께할 수 있어서
다행이라고 생각해요. 이 팀원들과 함께 절대로 포기하지
않고 우리가 생각하는 혁신을 이뤄 내기 위해 노력한다면
정말 멋진 일들이 다가올 것이라고 확신합니다. 프립은
이제야 겨우 한 발짝 정도 내디뎠고 앞으로 우리가 만들어
낼 사회의 변화와 삶의 변화는 무궁무진할 거로 생각합니다.

〈한 아이를 키우려면 온 마을이 필요하다〉라는 아프리카
속담이 있습니다. 당신 회사가 성장하는 데 어떤 도움을
받았는지요?
어쩌면 누군가의 도움으로 인해 이 모든 것이 시작되었다고

생각해요. 프립을 처음 생각하던 시점에 당시 제가 다니던 회사 대표께서 제 창업 아이디어를 듣고는 흔쾌히 2천만 원을 투자해 준 덕분에 시작할 수 있었습니다. (그때 뭘 믿고 투자하느냐고 물어보니 〈뭐라도 할 것이라고 믿고, 안 되면 그만큼 와서 일해라〉라고 했습니다. 대표님! 다시 한번 감사합니다!) 그 이후로도 많은 분께 너무나 큰 도움을 지속해서 받고 있어요. 창업과 사업은 정말 누군가의 도움 없이는 단 한 발짝도 성장할 수 없는 것 같습니다.

스타트업의 대변인으로서 하고 싶은 이야기

사회의 다양한 문제를 기존의 방법이 아닌 〈새롭고 혁신적인 방법으로 해결책을 제시하는 것〉, 그것도 〈아주아주 빠르게 해결해 내는 것〉이 우리 스타트업이 하는 일이라고 생각합니다. 이런 것들이 우리 사회에 당연히 필요하겠지요? 그리고 스타트업의 여정은 두려움을 극복하는 것 같습니다. 힘들어도 담대하게 잘 이겨 냅시다!

마지막 한마디

프립하세요! 세상 모든 경험의 시작을 도와드립니다.

임수열

카이스트에서 전자공학을 공부한 뒤 비즈니스로 사회적 영향을 미치는 것에 관심이 생겨 사회적 기업을 창업했다. 2011년 그루폰 코리아에서 IT 서비스를 경험하고, 2012년 크레비스파트너스에서 사업 개발에 대해서 배웠다. 2013년 〈우리는 사람들이 세상을 더 경험할 수 있도록 합니다〉라는 미션 아래 다양한 여가 콘텐츠를 제공하여 건강한 문화를 만들고자 프렌트립을 창업하여 2016년 국내 최대의 취미 여가 플랫폼 〈프립〉을 운영하고 있다.

프립은 국내 유일, 최대의 호스트 기반 액티비티 플랫폼이다.

라이프 스타일 내비게이터가 목표인 프립.

서핑을 좋아하는 프립 서비스의 임수열.

모두가

안 된다고
하는 일에

과감히
도전하다

〈불가능은 없다〉는 믿음으로
더 과감하게 도전하는 팀이
많아졌으면 좋겠습니다.

자기소개 부탁합니다

기술을 사랑하는 기업가 안서형입니다. IT 스타트업 비트바이트를 설립하여 매일 150개 국가에서 사용하는 글로벌 키보드 앱 〈플레이키보드〉를 서비스하고 있어요. IT 서비스를 만날 수 없는 범위의 사람들에게 선보이고 그 사람들의 일상을 가치 있고 행복하게 만들고 싶어, 2018년 플레이키보드 서비스를 출시하고 법인을 설립했어요. 사용자가 열광하는 제품을 만들어 세계 단위로 선보여, 그들의 일상을 가치 있게 만들었음을 확인할 때 큰 행복과 살아가는 이유를 느낍니다. 인류의 기술력은 화성 유인 탐사를 계획할 정도로 진보하였지만, 아직도 〈오타〉는 그 누구도 해결하지 못했습니다. 중요한 문자에 오타가 있어 아찔했던 순간, 빨리 티켓을 구해야 하는 상황에서 주소나 이메일을 일일이 입력하느라 기회를 놓쳐 버리는 등 모바일 입력 상황에서 누구나 불편하거나 후회되는 일을 겪고 있습니다. 플레이키보드 팀은 이 문제를 해결하고자 입력 상황에 대한 통찰과 공감, 인간을 향한 기술로 모바일 입력을 더 빠르고 정확하게 만들어 가고 있습니다.

창업을 결심하게 된 계기는 무엇입니까?

9년 전, 학교 친구들과 함께 대기업에서 주최한 사회 문제 해결 공모전에 참가하기 위해, 비속어를 입력한 횟수를 통계로 보여 주고 스스로 언어 습관을 개선하도록 도와주는 〈바른말 키패드〉 앱을 개발했어요. 2015년 가을에 출시한 앱이 한글날 언론에 보도되어 단 며칠 만에 5만 명 이상의 사용자를 확보하고 〈덕분에 비속어 사용이 줄어서 정말 감사하다〉는 수천 명의 사용자 피드백을 받게 되었죠. 처음에는 개발자인 우리가 〈사용해 주셔서 감사합니다, 고객님〉이라고 할 줄 알았는데, 오히려 사용자들이 저희에게 〈앱을 개발해 줘서 감사하다〉고 말하는 거예요. 우리가 만든 서비스로 얼굴도 모르는 수많은 사람의 언어 습관을 개선했다고 생각하면 정말 뿌듯했고, 공모전이 끝나더라도 이 서비스를 포기하고 싶지 않았어요. 피드백을 통해 서비스를 개선하여 사람들이 더 열광하는 서비스를 만들고 싶었고 심지어 〈비즈니스 모델을 붙이면 모바일 키보드 앱으로 사업할 수 있겠다〉는 생각이 들었죠. 구체적인 사업 계획이나 팀 구축조차 되지 않은 시점에서 무작정 세무서로 달려가서 개인 사업자 등록을 하게 되었고, 그게 현재의 주식회사 비트바이트와 플레이키보드 서비스로 이어지게 되었습니다.

저희가 서비스하는 키보드 앱(스마트폰의 가상 키보드)은 모든 앱의 입력 상황에서 항상 사용할 수 있는 특징이 있어, 1인당 실행 횟수가 인스타그램보다 다섯 배, 카카오톡보다 53퍼센트 많은 〈모바일 최대의 노출 영역〉이에요. 그 말은 플레이키보드가 사용자의 일상과 항상 함께하면서 모바일 소통 경험에 직접적인 영향을 줄 수 있다는 것을 의미해요. 앞으로도 사람들의 일상과 밀접하게 함께하면서 매일 수백 번 나누는 모바일 소통의 부정적 경험을 줄이고, 좋아하는

콘텐츠와 같이하는 즐겁고 행복한 소통 경험을 제공하는
서비스를 만들어 가고 싶어요.

일하면서 생긴 사건, 사고가 있었나요? 해결하는 과정에서
어떤 배움을 얻었는지요?

앱을 업데이트하는 과정에서 기술 이슈가 발생하여, 모든
사용자가 업데이트 후 앱에 접속할 수 없었던 사고가 발생한
적이 있었어요. 키보드 테마를 바꾸거나 설정을 변경하기
위해서 앱에 접속하려는 사용자들이 하루아침에 앱을
사용하지 못하는 상황이었죠. 정말 많은 항의 메시지를
받았고, 수많은 사용자를 불편하게 해 죄송한 마음이
컸어요. 이 사고를 계기로 저희 팀은 QA 프로세스를
강화하고, 이후 업데이트는 앱의 안정성이 확인될 때까지
단계별로 부분 출시하는 프로세스를 도입하게 되었어요.
매일 수십만 명이 사용하는 서비스, 그것도 일상과 가장
밀접한 키보드 앱을 안정적으로 서비스한다는 것이 얼마나
무거운 책임감이 필요한 일인지 뼈저리게 느꼈습니다.

창업 과정에서 느낀, 소소하더라도 행복한 경험이 있나요?

플레이키보드만의 차별화된 경험 중 하나인 움직이는
이모티콘 키보드의 구현에 성공했을 때, 정말 신나고
설렜어요. 사실 저희가 시도하기 전에 〈입력한 말에 반응/
움직이는 키보드 앱〉은 전례가 없었거든요. 구현에는
성공하더라도 배터리가 많이 소모되거나 퍼포먼스가

저하되는 이슈가 생기지 않을지 걱정했는데, 뛰어난 역량의 팀원들 덕분에 메모리(램) 사용량을 삼성 기본 키보드와 비슷한 수준까지 최적화하는 데 성공했습니다. 정말 저를 포함한 팀원들이 〈이게 되네요?〉라고 외쳤던 순간이었어요.

2018년 플레이키보드를 출시한 후 얼마 되지 않았을 때, 몇몇 사용자가 남겨 준 앱 리뷰가 가장 먼저 떠오르네요. 그 당시에는 많은 사용자에게 서비스를 알리고 쉽게 경험하도록 앱 내 모든 콘텐츠(키보드 테마)를 무료로 제공했어요. 그러자 한 사용자가 〈플키〉(저희는 서비스명을 줄여 이렇게 불러요)를 너무 만족하면서 쓰고 있는데, 무료라서 돈을 못 벌어 서비스가 중단되지 않을까(!) 너무 걱정된다며 〈키보드 테마를 1~2천 원에 판매해도 되니 제발 서비스 중단만큼은 하지 말아 달라는 리뷰를 달아 주었습니다. 〈커피 한 잔 값이라도 후원하고 싶으니 계좌를 알려 달라〉는 분도 있었어요. 이 리뷰를 본 순간 저희 서비스의 가치를 정량적으로 인정받은 것 같아 참 기뻤죠. 단순히 좋다, 만족한다는 피드백도 감사했지만, 비용을 지급하면서까지 사용할 의사가 있다는 것은 시장이 존재하고 확실한 사용자의 요구가 있다는 것을 뜻하기에 그 기쁨이 컸던 것 같아요.

그리고 도전적이고 마음 따뜻한 좋은 동료와 함께 일하고 있다는 것을 알아챌 때 행복해요. 회사와 서비스가 빠르게 성장하려면 좋은 동료들이 곁에 있어야 한다는 말을 주위에서 많이 들었는데, 요즘 일하다 문득 저희 팀원들을 바라볼 때 이 말의 의미를 직접 느끼고 있어요. 팀의 목표를 이루기 위해 조금은 도전적인 일, 때로는 지구상에서 아무도 시도해 보지 않았던 일을 해야 할 때 그 누구도 안 된다, 못한다고 말하는 사람이 없고, 다들 그 목표를 이루려는 방법을 치열하게 고민하고 있어요. 그 과정에서 필요한 정보를 공유하여 팀원 간 정보의 격차가 생기지 않게 노력하고, 서로 배려하는 마음으로 행동하고, 그 배려에 고마움을 표현하는 저희 팀원들을 보며 대표인 저도 선한 영향을 많이 받고 있습니다. 그리고 그런 동료들을 보며 저 자신도 성장하고, 팀에 그 선한 영향을 다시 줄 수 있는 사람이 되는 것에 진심으로 감사함과 행복을 느끼고 있어요.

당신은 어떤 것으로부터 영감과 에너지를 얻고 있나요?
저는 사람들과 만나 술 한잔하며 이야기할 때 에너지를 얻습니다. IT나 스타트업 업계에 종사하시는 분이 아니어도 상관없어요. 그리고 좋아하는 일을 하거나 자신이 선택한 분야에서 끊임없이 노력하고 향상하는 사람을 보며 멋있다, 나도 저렇게 노력하고 결과로 증명하고 싶다는 생각이 들며 동기 부여가 됩니다.

당신이 생각하는 〈창업가 정신〉은
불가능은 없다고 믿는 것이에요. 세상에 꼭 필요한 일이지만 아무도 안 된다고 생각했던 일에 과감하게 도전하고 세상에 변화를 만드는 것이 스타트업의 역할이라고 생각해요.

앞으로도 〈불가능은 없다〉는 믿음으로 더 과감하게
도전하는 팀이 많아졌으면 좋겠습니다.

당신이 생각하는 〈혁신〉은
긍정적인 변화를 만드는 것이에요. 크건 작건 〈긍정적인
변화가 일어났다〉라는 것은 모두 의미 있는 혁신이라고
생각해요. 아무도 문제라고 생각하지 못했거나 도전하기를
주저했던 무언가를 바꾸는 정말 어려운 일인데, 이걸 해내는
것이 혁신 아닐까요?

플레이키보드만의 핵심 가치가 있다면
〈사용자 중심 사고〉입니다. 우리 서비스의 타깃이 될
사람들이 무엇을 원하는지, 어떤 포인트에 열광하는지를
아는 것이 정말 중요하다고 믿어요. 사용자가 없으면
서비스가 존재할 수 없고, 서비스를 만드는 우리 팀은 〈진짜
사용자가 아니니, 이럴 것이다〉라고 추측만 하지 말고
가설을 세워 사용자들에게 물어보고, 테스트하고, 검증하는
과정을 팀의 일하는 방식에 자연스럽게 적용할 수 있도록 큰
노력을 기울이고 있고, 팀 전체가 그 중요성을 인지하며
일하고 있습니다.

플레이키보드의 조직 문화를 소개해 주세요
플레이키보드 팀에는 삶의 목적이 명확하며, 오래도록 마음
한편에 꿈꿔 왔던 것을 이뤄 낸다는 강한 열망을 가진

동료들이 모여 있습니다. 탁월한 동료들과 함께 세상에 꼭
필요한 변화를 만들어 내는 조직입니다. 팀의 성장을 위해
배움을 공유하는 문화가 잘 정착되어 있는데, 누구나 더
나은 방향으로 일을 잘하기 위한 정보를 접했다면 슬랙의
#insight 채널에서 공유하고 있고, 외부에서 보았을 때
〈이렇게 서로 정보 공유를 잘 하는 조직이 있느냐〉며
놀라더라고요. 새로운 정보를 먼저 접하기도 하고, 저도
팀원 각자가 최근 어떤 영역에 관심을 두거나 무엇을 더
잘하려고 하는지 알 수 있어서 유익했습니다. 또한 직군과
관계없이 제품과 팀에 이바지할 수 있는 방향이라면 누구나
피드백하거나 요청할 수 있습니다. 옳은 방향으로 나아가기
위해 팀원 간 가감 없는 피드백을 지향하고, 논쟁을
두려워하지 않는 문화도 중요하게 여기고 있습니다. 그래서
저희 팀에 새로 합류하는 사람들은 〈일할 때는 매우
진지하고 치열한데, 점심시간이나 타운 홀 미팅에서는 너무
유쾌하고 즐거워 분위기가 정말 다르다〉라고 말할 때가
있습니다.

플레이키보드를 자랑한다면

모바일 키보드는 일상의 필수재이므로 플레이키보드는 한
달에 약 1억 5천만 회의 실행 수를 보유하고 있습니다.
저희가 매일 유저에게 제공하는 가치는 반복 입력의 허들을
줄여, 시간을 더 가치 있게 활용하도록 돕는 것입니다.
우리는 매일 주소, 이메일, 전화번호, 계좌 번호 등을

반복해서 입력하지만, 플레이키보드 유저는 〈자주 쓰는 말〉
기능으로 1초 만에 입력할 수 있어 누적 250년 이상의
시간을 줄여 왔습니다. 누군가는 플레이키보드 덕분에
정보를 빠르게 입력해서 꼭 가고 싶었던 행사의 티켓팅에
성공했을 수도 있고, 소중한 사람과의 식사 시간에서
〈잠깐만, 급한 답장 좀 할게〉라는 말 대신 그 사람과
한마디라도 더 나눌 수 있는 시간을 벌었을 것이라고
생각해요. 유저의 일상과 늘 함께하는 키보드 서비스이기
때문에 만들 수 있는 변화이고, 그래서 키보드를 혁신하면
전 세계인의 일상을 바꿀 수 있다고 믿습니다.

〈한 아이를 키우려면 온 마을이 필요하다〉라는 아프리카
속담이 있습니다. 당신 회사가 성장하는 데 어떤 도움을
받았는지요?

아무런 준비 없이 무작정 사업자 등록부터 수많은 사람에게
사랑받는 서비스 회사로 성장하기까지 정말 많은 분에게
도움받았습니다. 저와 저희 팀의 힘으로는 절대 이렇게
성장할 수 없었을 거예요. 사업 초기에 지분과 투자에 대한
개념부터 시작해서 정말 많은 경영 노하우를 공유해 준 동료
스타트업 대표님, 어려움이 있을 때 마음 편히 찾아가
고민을 나눌 수 있는 투자사 대표, 힘들 때 연락하면 술
사주며 이야기를 들어주는 친구들, 전 세계에서 저희의
서비스를 사랑해 주는 사용자 여러분까지, 감사한 분들이
이토록 많습니다. 제가 도움받은 것 이상으로, 저도

아무것도 준비되지 않은 상황에서 새로 사업에 도전하는 후배 기업가분들께 제 역량을 기꺼이 공유할 수 있는 사람이 되고 싶습니다.

스타트업의 대변인으로서 하고 싶은 이야기

세상에 존재하는 수많은 문제를 인식하고 정말 필요했던 변화를 만들어 가는 사람은 소수라고 생각해요. 많은 사람이 〈우리가 어떻게 그 일을 해〉, 〈어차피 안 될 거야〉라고 생각하며 어려움과 불확실함에 도전하기보다는 외면하고 회피하게 되는 것 같아요. 꼭 필요하지만 아무도 시도하지 않았던 그 일에 도전하는 것이 스타트업의 존재 이유입니다. 세상에는 정말 많은 문제가 존재하는데, 누군가는 그 문제를 해결해야 하지 않겠어요?

마지막 한마디

어떤 문제를 해결할 수 있는 솔루션을 직접 만들어서, 만날 수 없는 광범위한 사람들에게 선보이고, 그 사람들의 일상을 가치 있게 만들 수 있는 것이 스타트업의 매력이라고 생각합니다. 세상을 이롭게 만들어 가는 기업가 여러분, 스스로 자부심을 느끼셔도 좋다고 생각합니다. 쉽지 않은 길을 가고 있지만, 함께 힘내 보자고요!

안서형

국민대학교 소프트웨어학과 재학 중 2018년 법인을 설립했다.

2017년 대한민국 인재상(부총리 겸 교육부 장관상)과 같은 해
소셜벤처 경연대회 대상(고용노동부 장관상)을 각각 받았다.
2019년부터 2021년까지 교육부 미래교육위원회 위원으로
활동했다. 2022년부터 과학기술정보통신부 SW 마에스트로
멘토를 맡고 있다.

글로벌 키보드 앱 플레이키보드를 운영하는 비트바이트의 사무실.

안서형의 학창 시절 모습.

오랜 문화가

변화한다는 것

자체가
혁신이다

첫째, 성과에 대해 버티기.
둘째, 사람에 대해 버티기.
셋째, 나 자신에 대해 버티기.

자기소개 부탁합니다

안녕하세요, 제주와 서울을, 예술과 비즈니스를 오가며
해녀의 부엌을 운영하는 김하원입니다. 해녀의 부엌은
해녀와 청년 예술인들이 함께 해녀의 문화를 음식으로
풀어내는 팀입니다. 현재 제주에서 공연과 미디어 아트,
그리고 다이닝을 결합한 레스토랑을 운영하며 해녀 문화를
세계인에게 알리는 콘텐츠를 꾸준히 개발하고 있습니다.

창업을 결심하게 된 계기는 무엇입니까?

저는 해녀 집안에서 자라왔는데, 우연히 방학에 잠시 제주에
갔을 때 해녀들이 처한 문제를 알게 되었습니다. 당시
해녀들이 채취하는 해산물이 국내 판로가 형성되지 못하여
가격과 생산량에 대한 주도권을 잃어버린 상황에 부닥쳐
있었어요. 일본 의존도가 지나치게 높은 문제를 해결하기
위해 국내 시장을 형성해야만 했습니다. 그래서 제주를
방문하는 관광객을 대상으로 해산물의 가치를 알릴 수 있는
극장식 레스토랑 〈해녀의 부엌〉을 만들었습니다.

일하면서 생긴 사건, 사고가 있었나요? 해결하는 과정에서
어떤 배움을 얻었는지요?

아무래도 제주는 청년 인재를 채용하기 어려운 곳이다 보니,
저희 청년 팀원들이 상담을 요청하거나 할 말이 있다고
다가오면 그때부터 굉장히 두렵기 시작합니다. 당연한
과정이라는 생각을 가지고, 이곳에서 함께했던 청년들이

돌아가서도 멋진 도전을 할 수 있도록 응원하는 분위기를
만들려 노력합니다.

창업 과정에서 느낀, 소소하더라도 행복한 경험이 있나요?
사실 행복한 경험이 너무 많은데, 그동안 해녀라는 삶에
대해서 단 한 순간도 자긍심을 느끼지 못하며 살아온 분들이
고객을 만나며 〈잘 살아왔구나!〉라고 말씀하며 눈물을 흘릴
때 행복하고 뿌듯했습니다.

당신은 어떤 것으로부터 영감과 에너지를 얻고 있나요?
저는 놀이를 통해서 많은 영감을 얻습니다. 자연과 놀기도
하고, 어떤 놀이의 과정에 온전히 집중하며 흐름을
객관적으로 인지하려고 노력하고 그 요소를 제가 만드는
콘텐츠에 넣고자 노력합니다.

당신이 생각하는 〈창업가 정신〉은
첫째, 성과에 대해 버티기. 바로 성과가 나지 않더라도
버텨야 하므로. 둘째, 사람에 대해 버티기. 처음부터 엄청난
인재와 함께하기 어려운 것이 스타트업이기에 그 사람의
성장도 같이 버텨야 하므로. 셋째, 나 자신에 대해 버티기. 첫
번째와 두 번째가 잘되지 않을 때도 버틸 힘이 필요하므로.

당신이 생각하는 〈혁신〉은
문화의 변화입니다. 그 이유는 굉장히 오랜 시간 동안, 모든

삶의 방식으로 이루어진 문화가 변화된다는 것 자체가
혁신이라고 생각합니다.

해녀의 부엌만의 핵심 가치가 있다면
해녀의 정신입니다. 이제는 해녀 문화가 사라져 가고
있는데, 우리가 해녀의 어떤 부분을 이어 나갈 수 있을까
생각했을 때 우리는 해녀 정신을 이어 가는 기업이
되어야겠다고 생각했습니다. 우리가 기억하고 배워야 할
가치가 큽니다. 대표적으로 우리는 우리의 문화를 만들어
내기 위해 자연을 파괴했지만, 해녀들은 자연과 공존하기
위해서 자신들의 문화를 만들었습니다.

해녀의 부엌의 조직 문화를 소개해 주세요
한 사람의 성장에 대한 투자가 많은 편입니다. 같이 생존해
나가기 위한 조직 문화가 형성되어 있습니다. 책, 전시,
공연에 대한 투자를 아낌없이 합니다. 함께 강인하게
성장하기 위한 조직 문화를 만들어 가고 있습니다.

해녀의 부엌을 자랑한다면
〈해녀의 부어커〉들은 자신감과 자부심이 세계 1등인 것
같습니다. 실제로 해녀의 부엌 11계명 중 첫 번째가 〈우리는
세계 유일 해녀의 부어커다〉입니다.

〈한 아이를 키우려면 온 마을이 필요하다〉라는 아프리카 속담이 있습니다. 당신 회사가 성장하는 데 어떤 도움을 받았는지요?
한국예술종합학교의 선후배 동기들과 지역 예술가들이 발 벗고 나서서 이곳을 위해 큰 노력과 힘을 보탰습니다.

스타트업의 대변인으로서 하고 싶은 이야기
세상이 더 긍정적으로 변하기 위해 청년들의 도전이 끊임없어야 한다고 생각합니다.

마지막 한마디
창업을 꿈꾸는 사람이 있다면, 일단 그냥 해보세요. 아무리 머릿속으로 생각해도 행동해야 깨지고 무너지는 과정에서 얻는 것이 많습니다.

김하원
한국예술종합학교에서 연기과를 전공하다 고향인 제주도 어촌으로 내려와 2019년 해녀들을 위한 해녀의 부엌을 설립했다. 한예종 동기와 선배 예술인들과 시작한 해녀의 부엌은 공연과 요리를 접목한 스타트업으로 제주도 해녀들도 직접 연극에 참여하고 있다.

권영희 할머님과 함께한 해녀의 부엌 대표 김하원.

해녀의 부엌은 공연과 함께 식사를 즐길 수 있다.

제주 해녀들과 함께 제주 해산물의 가치를 높이는 해녀의 부엌.

지은이 코리아스타트업포럼

국내 스타트업의 생태계 발전을 지원하고 공동의 이익을 대변하기 위해 2016년 9월 50여 개 스타트업이 모여 출범하였고, 2018년 4월 사단 법인으로 새로운 시작을 알렸다. 현재 2,150여 개 스타트업과 혁신 기업이 동참하는 국내 최대 스타트업 단체로 스타트업의 비즈니스 환경 개선과 규제 혁신, 성장 지원을 위한 다양한 프로그램을 운영하고 있다. 『스타트업 대표 35인에게 창업가 정신을 묻는다』는 코리아스타트업포럼의 출범 5주년을 기념하여 시작한 인터뷰 프로젝트 〈THE 창업가 캠페인〉을 책으로 엮은 것이다. 대한민국의 혁신을 이끌어 가는 주인공인 〈창업가〉를 조명하며, 창업가 정신이 이 시대에 미치는 영향력을 널리 확산하기 위한 프로젝트로 창업가에게는 공감과 위로를, 독자에게는 혁신과 희망, 그리고 도전의 메시지를 전달하고자 한다. 35인의 창업가가 들려주는 솔직한 이야기에서 우리는 과감한 도전 정신과 용기, 사회에 미치는 영향력을 발견할 수 있다.

스타트업 대표 35인에게 창업가 정신을 묻는다

지은이 코리아스타트업포럼 **발행인** 홍예빈·홍유진 **발행처** 미메시스
주소 경기도 파주시 문발로 253 파주출판도시
대표전화 031-955-4000 **팩스** 031-955-4004
홈페이지 www.openbooks.co.kr **email** mimesis@openbooks.co.kr
Copyright (C) 코리아스타트업포럼, 2023, *Printed in Korea.*
ISBN 979-11-5535-300-4 04810 979-11-5535-299-1(세트)
발행일 2023년 10월 5일 초판 1쇄

미메시스는 열린책들의 예술서 전문 브랜드입니다.